Wilhelm Strube

Wagnis und Furcht des Nicolaus Copernicus

INTRODVCTIO

GEOGRAPHICA PETRI APIANI IN DOCTISSIMAS VERNERI Annotationes, cõtinens plenum intellectum & iudicium omnis operationis, quæ per sinus & chordas in Geographia confici potest, adiuncto Radio astronomico cum quadrante nouo Meteoroscopii loco longe vtilissimo.

HVIC ACCEDIT Translatio noua primi libri Geographiæ Cl. Ptolemæi. Translationi adiuncta sunt argumenta & paraphrases singulorum capitum: libellus quoq; de quatuor terrarum orbis in plano figurationib. Authore Vernero.

LOCVS etiam pulcherrimus desumptus ex fine septimi libri eiusdem Geographiæ Claudii Ptolemæi de plana terrarum orbis descriptione iam olim & à veterib. instituta Geographis, vnà cum opusculo Amirucii Constantinopolitani de iis, quæ Geographiæ debent adesse.

ADIVNCTA est & epistola IOANNIS de Regio monte ad Reuerendissimum patrem & Dominum D. Bessarionem Cardinalem Nicenum, atq; patriarcham Constantinopolitanum, de compositione & vsu cuiusdam Meteoroscopii armillaris. Cui recens iam opera PETRI APIANI accessit Torquetum instrumentum pulcherrimũ sane & vtilissimum.

INGOLSTADII. Cum Gratia & Priuilegio Imperiali. AN. M.D.XXXIII.

Wilhelm Strube

Wagnis und Furcht des Nicolaus Copernicus

Mitautorin: Helga Strube

Ein biographischer Roman

tabu verlag

Inhalt

1

Auch in dieser Nacht des Jahres 1494 verließ Bernhard Wapowski mit einigen Kommilitonen die Krakauer Universität durch ein kleines Nebentor. Sie ahnten nicht, dass in den dunklen Winkeln der Gasse vermummte Gestalten auf sie lauerten. Sie dachten über die letzten Worte nach, die ihnen Professor Brudzewski wie ein Vermächtnis mit auf den Weg gegeben hatte: „Prüft mit den Augen und Ohren, aber urteilt mit dem Verstand."

Plötzlich wurden sie aus ihren Gedanken herausgerissen. Kaum hatten sie das Geklirr der Waffen wahrgenommen, da waren sie schon umstellt und gebunden. Tücher verschlossen ihnen Mund und Augen, Püffe und Stöße trieben sie hastig voran. Sie hörten nur das Getrappel von Füßen und den Sturm, der sich auf die Türme und Dächer warf, die zerrissenen Glockenschläge der Kirchen und Kapellen und das Keuchen derjenigen, die sie vor sich hertrieben.

Bernhard Wapowski zerrte vergeblich an den Riemen, die seine Handgelenke auf den Rücken banden. Sie schnitten ihm nur tiefer ins Fleisch. Er versuchte auszubrechen, doch er war mit den anderen zusammengefesselt und bekam einen Tritt. Zähneknirschend begriff er seine Ohnmacht, Schweiß brach ihm aus. Neben den anderen stolperte er über das holprige Pflaster, bis er mit dem Schienbein gegen einen Eimer stieß und in eine schlammige, nach Jauche stinkende Masse trat. Er verbiss den Schmerz, spannte die Muskeln und wehrte sich gegen die Angst, die ihm das Blut in den Kopf trieb. Er wollte schreien, aber es kam nur ein Grunzen durch das fest über den Mund gespannte Tuch. Er merkte, wie er an einem Eisen festgezurrt wurde, das an einer Mauer befestigt war, und versuchte, sich mit Fußtritten zu wehren, bis ihn ein Fausthieb in den Magen traf.

„Nun habt ihr eine Nacht Zeit, über Ovid und die anderen Heiden nachzudenken", hörte er einen rauen Bass. „Wir werden allen Ketzern solche Lektionen erteilen. Genießt das Glück, die Ersten zu sein." Höhnisches Gelächter unterbrach den Sprecher, bis er sich wieder Gehör verschaffte. „Wir haben für jeden einen Eimer Jauche geschöpft. Ich hoffe sehr, dass ihr solche Mühe zu schätzen wisst. Ihr bekommt ihn über den Kopf, damit ihr besser nachdenken könnt."

Wapowski hörte den ersten und zweiten Schwapp, bevor ihm selbst ein Eimer über den Kopf gestülpt wurde. Ekel hob ihm den Magen, und die Furcht zu ersticken überfiel ihn mit lähmendem Entsetzen. Er kam erst wieder zur Besinnung, als eine schrille Stimme rief: „Zwei fehlen ja!"

Seine Freunde Nicolaus und Andreas waren bei Brudzewski geblieben. Wapowski schöpfte Hoffnung. Vielleicht hatten sie den Anschlag schon entdeckt und holten Hilfe. Es wäre auch zu gemein, wenn diese hinterhältigen Burschen ... Aber wenn Nicolaus und Andreas nun auch in die Falle liefen?

Seine Hoffnung verlor bei dieser Vorstellung an Kraft. Das konnte eine verflucht unangenehme Maiennacht werden, denn der Nordwind war kalt und mit den Eisheiligen im Bunde. Wapowski merkte, wie seine Zähne gegeneinander schlugen und wie ihm die Beine zu zittern begannen, dass er vor Empörung brüllen und vor Selbstmitleid hätte heulen mögen. Die Jauche brannte und biss auf der Haut, der Gestank war unerträglich, und das Atmen fiel ihm immer schwerer. So ein Irrsinn auch, alle Drohungen zu missachten! Als wenn die Parteigänger der scholastischen Theologie ihren Anspruch auf geistige Vorherrschaft kampflos aufgeben würden. Sie hassten jeden Gedanken, der sich nicht mit den christlichen Lehren erklären ließ. Sie hatten die Hussiten verfolgt und eiferten nun gegen alle, die sich mit der Literatur und Philosophie alter römischer oder griechischer Schriftsteller befassten.

Wenn er bloß diesen stinkenden Eimer abwerfen könnte! Er schüttelte den Kopf, hüpfte, beugte sich vor, um im nächsten Augenblick wieder gegen die Mauer gestoßen zu werden.

Einige schienen hier zu warten, während die anderen Nicolaus und Andreas auflauerten. Halb ohnmächtig von der stickigen Luft und der beißenden Kälte, hielt Wapowski den Kopf schräg, um besser zu hören, was um ihn geschah.

„Das wird ein Gelächter in der Frühe geben“, sagte einer zufrieden.

„Verdammt kalt“, knurrte ein anderer und trampelte mit den Füßen. „Ich habe Appetit auf Warmbier.

Hoffentlich bringen sie die beiden anderen bald, sonst hau ich ab."

„Pfeif auf die kalten Füße", entgegnete ein Dritter vorwurfsvoll. „Der Spaß sollte dir Hitze genug geben. Die Humanisten mit den Scheißeimern auf dem Kopf, daran erwärmt sich mein Blut mehr als an einer strammen Dirne."

Alle Worte klangen dumpf und verzerrt durch den Holzeimer, und es war Wapowski nicht möglich, eine Stimme zu erkennen. Dennoch versuchte er jedes Wort zu verstehen. Die drei Stimmen klangen immer ungeduldiger.

„Dauert verdammt lange", sagte einer mürrisch.

„Ob sie entwischt sind?", fragte der andere.

„Worauf warten wir noch?", rief der Dritte. „Ich bin jetzt auch für Warmbier. Mit den beiden werden unsere Freunde schon allein fertig. Kommt!"

Wapowski hörte Schritte, die sich entfernten, und dann nur noch den Sturm, der unter dem Eimer wie eine ferne Brandung klang.

Zur gleichen Zeit bekamen Nicolaus und Andreas Copernicus von Brudzewski ein vergilbtes Manuskript überreicht. „Ich wollte euch dieses Andenken mit auf den Weg geben." Brudzewskis Stimme bebte leise. „Ich erhielt es in einer glücklicheren Zeit von Celtes, den ihr leider ebensowenig kennen lerntet wie Callimachus. Sie begeisterten uns für die Schönheit der antiken Literatur."

Brudzewskis müde Augen leuchteten für einen Augenblick auf. „Vielleicht lernt ihr Griechisch, wenn ihr in

Bologna seid, und vielleicht übersetzt ihr eines Tages diese Schrift ins Lateinische, und möglicherweise erlebe ich es noch."

Brudzewski dachte dabei vor allem an Nicolaus, dem er sich wie ein väterlicher Freund verbunden fühlte. Er, Brudzewski, hatte ihn dazu erzogen, keine Lehre mehr als selbstverständliche Wahrheit hinzunehmen, sondern sie mit wachem Verstand und Beharrlichkeit zu prüfen. Und Nicolaus hatte sich mit kindlicher Neugier den neuen, als ketzerisch verschrienen Lehren zugewandt.

Brudzewski geleitete die Brüder bis zu den Arkaden des Innenhofes der Universität.

Danach fühlte er sich plötzlich sehr einsam, entmutigt und verbittert und unzufrieden mit sich selbst. Es war nicht richtig von ihm, die Universität zu verlassen, während die Theologen immer verbissener gegen die Humanisten vorgingen. Durch sein Ansehen und sein Amt als Rektor hatte er die Bedrängten beschützen können, auch wenn er den hohen Kirchenämtern verpflichtet war. Aber er war krank und kraftlos, zermürbt auch von dem ewigen Gezänk zwischen den alles wissenden Theologen, den alles rechtfertigenden Juristen, den wortgetreuen Nachbetern des Albertus Magnus oder Abälard oder Ptolemäus, die alle darin übereinstimmten, dass die Hussiten Teufel und die Humanisten Frevler waren. Jeder neue Gedanke, der sich nicht mit der anerkannten Lehre belegen ließ, war verdächtig. Wehe dem, der an einem Dogma zweifelte!

Brudzewski löschte die Kerzenflamme und blickte aus dem Fenster in die stürmische Nacht.

Der Mond leuchtete hinter einer Wolke auf. Das junge Laub der Ulmen flatterte unter den Stößen des eisigen Windes. Fröstelnd wickelte sich Brudzewski in eine dicke Decke und legte sich schwerfällig auf seinen Strohsack. Er stöhnte gequält. Er hatte Nicolaus Copernicus auf einen gefährlichen Weg geführt. Aber er hatte es tun müssen, einer irrsinnigen Erwartung und Hoffnung zuliebe.
„Herrgott“, flüsterte er, „ich flehe dich an, beschütze ihn vor deinen Dienern, ich habe ihn verleitet, die Wahrheit zu suchen, die göttliche Wahrheit, wie ich meine.“

Nicolaus und Andreas überquerten den Hof der Universität, öffneten die kleine schwere Eichentür und zogen sie hinter sich zu. Als sie den Riegel einschnappen hörten, traten sie aus dem Torbogen in das Licht-und-Schatten-Spiel von Mond und Wolken. Sie zogen ihre weiten Umhänge, die der Wind wie Segel blähte, fest um die Schultern und schritten in der Mitte der Gasse zum Marktplatz.
„Eine schöne Geste von dem Alten“, sagte Andreas, „wenn ich auch nur etwas von dem Glanz abbekommen habe, mit dem Brudzewski meinen genialen Bruder umgibt.“
Andreas sah Nicolaus an, dessen Züge unbewegt blieben. Unter den breiten Backenknochen wirkten die Wangen hohl, doch das kräftige Kinn und die vollen Lippen rundeten das Gesicht ebenso wie die dichten Haare, die in langen Wellen bis auf die Schulter reichten. Nicolaus wandte den Kopf und begegnete dem Blick seines Bruders.

„So gern ich in Krakau war, aber ich freue mich sehr auf Bologna.“
„Zum Teufel mit deinen Ausflüchten.“ Andreas stieß einen herabgestürzten Ziegel zur Seite. Er war kleiner als Nicolaus, untersetzt und kräftig. Seine Augen waren lebhaft, während die von Nicolaus kühl und bedächtig wirkten.
„Ich wäre jedenfalls besser Kaufmann geworden“, fuhr Andreas resignierend fort. „Zum Gelehrten und Priester tauge ich nicht. Ein paar neue Gedanken über die Bibel oder die Welt, und schon bist du ein Ketzer. Ich bin kein Märtyrer und auch kein Buchstabenknacker. Seine Exzellenz hat mir das Leben gründlich verpfuscht.“
Andreas war sechzehn Jahre alt gewesen, als der Vater starb, ein unternehmungsfreudiger und erfolgreicher Großkaufmann, ein angesehener Bürger Thorns und Mitglied des Stadtrats. Für Andreas war es eine beschlossene Sache gewesen, dem Vater zu folgen. Er hatte sich schon nach Krakau und nach Danzig reisen sehen, um Geschäfte abzuschließen und Waren von Ungarn nach Dänemark oder Spanien zu transportieren: Kupfer, Holz, Teer, Getreide, Salz, Honig, Wachs, Wein, Öl, Gewürze, Orangen. Täglich hatte er die große Handelsstraße vor Augen gehabt, die Weichsel, die dreihundert Meter hinter ihrem Wohnhaus unterhalb der Stadtmauer in einem sanften Bogen dahinfloss. Keine Woche war vergangen, ohne dass Schiffe angelegt hatten, Waren ausgeladen und in den Speichern gestapelt wurden. Die Schauerleute und Karrentreiber waren vom Morgengrauen bis in die Dämmerung vom Hafen durch das

Stadttor gezogen, während die Kaufherren, über den Abakus gebeugt, Kosten und Gewinne ausrechneten. In feierlichem Aufzug war der Geschäftsfreund dann am frühen Morgen zu seinem Schiff geleitet und mit Geschenken und guten Wünschen nach Danzig oder Krakau verabschiedet worden.

Nicolaus hatte dies alles nur erst mit den Augen des Kindes aufgenommen, ohne dass sich in seinem Kopf schon fest umrissene Pläne für die Zukunft entwickeln konnten. Ihn hatte es daher viel weniger hart getroffen, als nach dem Tod des Vaters der Onkel Lukas Watzenrode das Handelsunternehmen auflöste. Das war vielleicht übereilt gewesen. In fünf Jahren hätte Andreas das Geschäft des Vaters selbständig führen können. Allerdings hätte der Onkel für diese Zeit einen Kommissär einsetzen müssen. Denn er war Bischof und mit vielen und größeren Plänen beschäftigt. Gewohnt, seinen Willen durchzusetzen, hatte er als Vormund über die Zukunft seiner Neffen und Nichten und seiner verwitweten Schwester bestimmt. Die Mutter und die älteste Tochter Barbara hatte er in ein gutes Kloster eingekauft, die zweite Tochter, Katharina, einem Krakauer Kaufherrn vermählt, und den Söhnen hatte er die geistliche Laufbahn eröffnet.

Nicolaus hatte sich bald in das neue Leben hineingefunden, Andreas dagegen zürnte dem Onkel und folgte nur widerwillig dessen Plänen. Er empfand keinen Ehrgeiz, im Dienst der Kirche aufzusteigen.

Nicolaus kannte die Vorwürfe, die sein Bruder gegen den Onkel erhob, aber er vermied, darauf einzugehen, denn sonst gab es Streit. Und seit einem Jahr gab es auch in seinem eigenen Verhältnis zu Onkel Lukas einen Punkt, über den er sich noch nicht im Klaren war.

Da Nicolaus nicht antwortete, schwieg auch Andreas. Sie hörten den Sturm toben und zogen die Köpfe ein. Kurz vor dem Markt blieb Nicolaus stehen. Er deutete auf den Himmel und sagte erregt: „Schau mal auf den Mond, Andreas, länger, noch länger. Was bemerkst du?"
Andreas zog seine Kappe fester. „Ganz schön hell, der Mond, nicht wahr. Und die Wolken haben ein Tempo drauf, Donnerwetter ja. So müssten wir nach Thorn reisen können."
„Woher weißt du, dass sich die Wolken bewegen und nicht der Mond?", fragte Nicolaus ungeduldig.
Andreas kniff die Augen zusammen. „In der Tat, wenn man es so betrachtet, könnte sich auch der Mond bewegen." Er lachte belustigt. „Eine tolle Täuschung, in der Tat." Er blinzelte über die Spitze des Rathausturmes, die unterhalb des Mondes zu enden schien, und rief erfreut aus: „Wenn du den Turm dort betrachtest, glaubst du schließlich auch, er bewege sich gegen die Wolken. Phantastisch, man sieht es oft, ohne sich etwas dabei zu denken."
Nicolaus war wie immer fasziniert, wenn er die Erscheinungen des Himmels betrachtete. Schon als Kind hatte er den Augenblick geliebt, wenn in der Dämmerung die ersten Sterne am Firmament auftauchten. Die einfache Freude am Geflimmer der Sterne und dem Schein des Mondes war geblieben. Nun kannte er auch die Sternbilder und den Lauf der Sonne und Planeten, die der

scharfsinnige Ptolemäus aus Alexandria schon vor eintausenddreihundert Jahren berechnet hatte. Gewiss, es gab da kleine Fehler, Korrekturen waren nötig geworden, aber insgesamt war das astronomische Werk des großen Alexandriners ebenso wunderbar wie der Bau der göttlichen Welt.

Nicolaus hielt sich an seinem Bruder fest. Der Boden unter seinen Füßen schien zu schwanken. Mein Gott, war denn alles, was man sah, nicht so, wie man es sah? Die Wolken hetzten an dem Turm vorbei, das war gewiss, aber die Augen ließen sich täuschen.

Nicolaus fiel der Abend ein, an dem Brudzewski erstmals über Dinge gesprochen hatte, die im Unterricht der Universität nicht behandelt werden durften. Damals war für ihn eine Welt zusammengebrochen, denn alles, was er bis dahin geglaubt und gelernt hatte, erwies sich als unsicher.

Er war zuerst verzweifelt gewesen und sich vorgekommen wie ein Seefahrer, dem der Sturm das Steuerruder zerschlagen hatte. Es hatte einige Wochen gedauert, bis er wusste, dass er nicht verloren war. Er hatte die große und gefährliche Kunst erlernt, auf seinen Verstand zu bauen und sich ein eigenes Urteil zu bilden. Auch Augen und Ohren, Hände, Mund und Nase, auch sie waren zu täuschen. Gewissheit gab letztlich nur die Prüfung durch den Verstand.

Wenn nun alles, was man am Himmel sah, eine Täuschung war? Nicolaus hatte plötzlich eine irrsinnige Vision. „Was würde man sehen, wenn man mit der Sonne um die Erde fliegen würde?“

Andreas stieß ihn freundlich in die Seite. „Ideen hast du, Kleiner. Mit der Sonne um die Erde. – Komm, ich habe Durst.“ Er wollte Nicolaus mit sich fortziehen, doch dieser bleib unbeirrt stehen.

„Was würden wir dann sehen?“, fragte er hartnäckig. Seine Augen bekamen einen träumerischen Glanz. „Vielleicht würden wir dann glauben, dass sich die Erde um die Sonne bewegt?“

Andreas war verblüfft über diese Worte, deren Sinn er erst nach und nach erfasste. Er war zwar gewohnt, von Nicolaus überrascht zu werden, aber noch nie hatte dieser einen so verrückten und auch gefährlichen Gedanken ausgesprochen.

„Müssen wir unbedingt in dem Sauwetter darüber reden?“, fragte er unwirsch. „Außerdem stinkt es hier gottjämmerlich nach Jauche.“

Als sie den Marktplatz erreichten, blieben sie plötzlich stehen. „Was geht da vor?“, flüsterte Andreas aufgeregt, während er und Nicolaus sich in den Schatten einer Hauswand drückten.

Der Mond verschwand hinter einer schwarzen Wolke. Finsternis breitete sich aus; Nicolaus und Andreas hörten nur den Sturm, höhnisches Gelächter und eiliges Getrappel, das sich ihnen näherte.

Im gleichen Augenblick, als der Mond wieder hervortrat, sahen Andreas und Nicolaus vier maskierte Gestalten auf sich zukommen.

Sie drückten sich fester an die Wand und glaubten schon, unbeachtet zu bleiben, doch wie verabredet schwenkte die Gruppe ein und umringte sie.

Die Nacht schien plötzlich still geworden zu sein. Der Wind verlor sich hoch in den Lüften. Nur das stoßweise Atmen der Maskierten, von denen ein unangenehmer Geruch ausging, war zu hören.
„Ah, die Gebrüder Koppernick aus Thorn“, sagte der raue Bass zufrieden und schadenfroh. „Nett, euch noch zu treffen.“
„Rede sie nicht unter ihrer Würde an“, sagte eine schrille Stimme höhnisch, „sie nennen sich doch nach Humanistenart Copernicus.“
„Abtrünnige sind es?“, fragte der raue Bass geheuchelt erstaunt. „Verräter an der Heiligen Schrift und Kirche?“
„Ketzer sind sie!“, rief der Besitzer der schrillen Stimme entrüstet. „Und Heuchler dazu.“
Er trat einen Schritt vor, blieb aber stehen, als Andreas sein Kurzschwert zog.
„Werdet nur nicht frech, Copernici“, drohte der raue Bass. „Wir können auch stechen und schlagen. Fahr nur fort in deiner Anklage, mein Bruder“, ermunterte er salbungsvoll die schrille Stimme, „heißt es doch in der Schrift: ‚Du sollst nur einem Gott dienen.‘“
„Sie gehen zur Kirche und zur Beichte“, hub die Stimme an, gelassen erst, dann anklagend und wie besessen. „Sie verstoßen nicht gegen Glaubensregeln, aber zu Hause beten sie Ovid, Vergil oder Cicero an. Sie stellen die Bücher der alten Römer und Griechen, ihre schamlosen Sitten und ihre verderbte Sinneslust über die Frömmigkeit und Demut eines Christenmenschen.“
„Wir verstecken unser Gesicht jedenfalls nicht hinter Masken“, sagte Andreas aufgebracht.

„Gebt ihm eins auf seine freche Schnauze", geiferte eine andere Stimme, aber es rührte sich niemand.
„Geduld, Brüder", tadelte der raue Bass. „Es steht schlimm um die Seelen der Verirrten. Sie sind nicht nur verstockt, sie sind auch böse. Sie gehören auf den Scheiterhaufen, Brüder." Seine Stimme wurde schärfer. „Eines Tages werdet ihr brennen wie Hus und die anderen Ketzer. Heute aber lassen wir Gnade vor Recht ergehen. Wir wollen eure heißen Köpfe nur ein bisschen kühlen und zum Duften bringen." Er schwieg einen Augenblick und befahl herrisch: „Gebt die Waffen her!"
Nicolaus suchte die Augen hinter den Schlitzen der Masken, während er sein Schwert zog. Dann sagte er fest: „Holt sie euch, denn in der Schrift heißt es: ‚Rede nicht vor des Unverständigen Ohren, denn er verachtet die Klugheit deiner Rede.'"
Die Maskierten zögerten. Sie warteten auf ein Zeichen ihres Anführers, aber der war unentschlossen, ob er einen Waffengang riskieren sollte. Er wusste, dass die Koppernicks in den Waffen gut geübt waren.
Andreas wollte sich durch einen Überraschungsangriff freischlagen, als Nicolaus vortrat und sagte: „Ich will zu euch reden." Er hob die Hand und deutete nach oben: „Seht auf den Turm dort. – Er bewegt sich gegen die Wolken und steht doch fest."
Andreas frohlockte über die List und wollte Nicolaus mit sich fortreißen, doch dieser hielt ihn zurück und sagte laut: „Es wäre leicht gewesen, euch zu überrumpeln." – Die maskierten Köpfe flogen blitzartig herum. Nicolaus nutzte die Überraschung und sagte: „Man kann

Menschen quälen und töten, aber nicht die Wahrheit eines Gedankens."

Er trat auf die Gestalt mit der Bassstimme zu und wartete, bis sie sich zur Seite wandte und den Weg freigab.

Während Andreas und Nicolaus sich von der Gruppe entfernten, hörten sie erregtes Reden, und sie spürten die Blicke, die ihnen nachgeschickt wurden. Doch niemand folgte ihnen, und sie erreichten unbeschadet das Haus ihres Schwagers, in dem sie wohnten, öffneten schnell die Tür und schlossen sie sorgfältig zu.

„Trinken wir einen Becher", sagte Andreas munter, „ich hätte diesen Burschen am liebsten das Wams zerhauen."

„Sie wissen nicht, was sie tun", entgegnete Nicolaus, dem die Hand zu zittern begann, während er den Becher zum Mund führte. Er setzte sich und stützte das Kinn auf die Fäuste.

„Reg dich nicht auf", sagte Andreas so gelassen wie möglich.

„Hass und Terror sind mir zuwider wie die Pest", sagte Nicolaus empört.

Andreas trat ans Fenster und lehnte den Kopf gegen eine der bunten, in Blei gefassten Scheiben. „Pfeif auf die Bande", sagte er verächtlich. „Auf uns wartet schließlich Bologna; Italien, die Quelle des Humanismus, der Traum unseres Lebens. Zum Wohl!" Er trank den Becher leer und hieb ihn auf den schweren Tisch, dass die letzten Tropfen über die Platte hüpften.

Nicolaus' Gesicht entspannte sich, verlor aber nicht den nachdenklichen Ernst. Sein Bruder fühlte sich noch immer als sein Beschützer und manchmal auch als väterlicher Berater, der seinen verträumten Sohn auf drastische Weise ins raue Leben stoßen muss. Aber oft vertauschten sich unbemerkt die Rollen, und so hörte Andreas Nicolaus sagen: „Vielleicht träumt man von einer glücklicheren Ferne nur, weil man das, was man besitzt, nicht zu schätzen weiß. Callimachus floh immerhin das Land unserer Träume. Krakau dagegen bot ihm Schutz und Brot."

Andreas runzelte die Stirn. Unruhig ging er in der Diele hin und her. Das Kerzenlicht flackerte und warf lange Schatten gegen das schwere Kreuzgewölbe.

Vor knapp vier Jahren war er mit Nicolaus nach Krakau gekommen, nicht mit dem Schiff stromauf, eine langwierige Fahrt, bei der das Boot oft von den Ufern aus von Pferden oder Menschen gezogen werden musste. Nein, sie waren, als Abgesandte des Bischofs und von je einem Diener begleitet, zu Pferde über Kalisch und Tschenstochau gereist; überall hatten sie Priore und andere geistliche oder weltliche Herren als willkommene Gäste begrüßt.

Gastlich waren sie auch in Krakau aufgenommen worden, von ihrer Schwester Katharina und ihrem Gemahl, von Magistern und Dozenten. Es war ihnen nicht schwer gefallen, Freunde unter den Lehrern und Scholaren zu finden. Corvinus und Wapowski vor allem. In dieser glanzvollen Stadt, Hauptstadt des Königreichs Polen, einer Stadt des Handels, der Künste und frischer geistiger Bestrebungen, hatten sie sich heimisch gefühlt – obwohl in den Leseräumen die schweren Bücher an eiserne Ketten geschmiedet waren wie der Geist einiger

Magister an die Scholastik. Vertraut war ihnen die Universität geworden: die Arkaden im Innenhof, die Unterrichtsräume, die kleinen Wohnräume der Professoren, das Kabinett mit den astronomischen Geräten, dem Dreistab oder dem Quadranten.

„Du hast ja Recht, Kleiner, im Großen und Ganzen", sagte Andreas schließlich. „Aber sag mir, warum geht Brudzewski nach Wilna? Ist es vielleicht besser, eines Fürsten Sekretär als ein Fürst der Wissenschaft zu sein?" Andreas stützte sich auf den Tisch und fuhr wütend fort: „Sie haben ihn mürbe gemacht, die Buchstabenscheißer, die Bibelheiligen, die Nachbeter der Kirchenväter. Er flieht, weil ihn die Brüder ankotzen, die auch Aristoteles verbieten würden, obgleich ihn Albertus Magnus zum Vorläufer Christi ernannt hat."

Nicolaus erhob sich und legte seinem Bruder die Hand auf die Schulter. „Sei nicht ungerecht!", sagte er stolz. „Wir haben hier viel mehr gelernt, als die Artistenfakultät gewöhnlich bietet. Wir kennen die Werke des Euklid, Ptolemäus, Peurbach, Regiomontan, Nicolas von Cusa, wir kennen Cicero, Vergil, Ovid, Seneca ..."

„Amen!", unterbrach Andreas Nicolaus' begeisterte Rede frostig. „Wir gehören ja auch zu den Begünstigten, Schützlinge eines freisinnigen Bischofs. Wir hatten Zugang zu den privaten Stunden. Sonst gibt es doch nur noch das vorgeschriebene Gewäsch, das keinen mehr reizt, von Schweden oder England nach Krakau zu pilgern."

Nicolaus schenkte Wein ein und reichte Andreas den Becher. „Die Weichsel führt einmal viel und einmal

wenig Wasser; sind wir nicht beide überzeugt, dass sich der Humanismus und die Vernunft durchsetzen werden?"
Andreas stürzte den Wein hinunter. Er zog Nicolaus ans Fenster. Von den Maskierten war nichts zu sehen. Aber am Pranger auf dem Marktplatz entdeckte er ein paar Gestalten. „Wer mag das sein?", fragte er.
Nicolaus hob die Schultern. Plötzlich schlug er sich vor die Stirn und rief: „Mein Gott, das könnten Wapowski und die anderen sein!"
„Natürlich!", schrie Andreas. „Idioten, wir! Los, wir befreien sie."
Er nahm eine Pistole von der Wand und schüttete Pulver auf die Pfanne, während Nicolaus ein weißes Laken unter den Arm klemmte.
„Was willst du damit?", fragte Andreas kopfschüttelnd, als sie die Diele durch die Hintertür verließen.
Über den Hof gelangten sie in einen kleinen Garten, der von einer hohen Mauer umgeben war. Durch ein niedriges Tor erreichten sie eine Gasse unweit des Marktplatzes. Sie lauschten, hörten aber keine Stimmen, sondern nur den Sturm und das Geklapper lockerer Schindeln und Fensterläden.
Im Schatten der Häuser schlichen sie bis zur Ecke.
Sie sahen keinen Menschen, nur die Opfer am Schandeisen der Marienkirche, deren Glocke die halbe Stunde nach Mitternacht schlug.
Andreas hob die Pistole und flüsterte: „Deck mir den Rücken. Ich schneide sie los."
Der Augenblick war günstig, denn den Mond verdeckte eine dicke Wolke.

Andreas schnellte über den freien Platz. Sein Gewand flatterte wild hinter ihm her. Als er die Angebundenen erreichte, zog er sein Schwert und schnitt die Lederriemen durch. „Los, ihr seid frei!", keuchte er. Der scharfe Geruch biss ihm in die Nase.
Der Mond schob sich in voller Größe hinter der Wolke hervor. Wapowski blinzelte, als er sich den Eimer vom Kopf hob. Mühsam nur ließen sich die steifen Arme bewegen. Er wischte sich den Dreck aus dem Gesicht und rang nach Luft.
Im gleichen Augenblick stürzten die Maskierten aus ihrem Hinterhalt. Wapowski hatte gerade den Eimer weggeschleudert, und einer der Angreifer rannte dagegen. Sein Aufschrei warnte Andreas, der schützend vor die Opfer sprang, in der einen Hand die Pistole, in der anderen das Schwert.
„Keinen Schritt weiter!", brüllte er. „Ich schieße, und mein Bruder wird die Feuerglocke läuten!"
Inzwischen hatten auch die andern Gefangenen ihre Hände und Köpfe freibekommen. Der Zorn, der sie beim Anblick der Maskierten überfiel, gab ihren steif gefrorenen Armen und Füßen unerwartet Kraft. Sie schleuderten die Eimer gegen die Maskierten, drangen auf sie ein und warfen ihnen den Kot ins Gesicht.
Das versetzte die Maskierten in Wut. Sie zogen die Schwerter, doch plötzlich drehten sie sich entsetzt um und rannten wie besessen davon.
Andreas war einige Atemzüge lang überrascht, denn er konnte sich die überstürzte Flucht nicht erklären. Der

Übergang vom blutigen Ernst zur lächerlichen Posse vollzog sich schnell.
Ein Gespenst trieb die Maskierten in wilder Panik vor sich her. Wapowski bekreuzigte sich, dann, als Andreas wild zu lachen begann, stieß er die Arme in die Luft, schrie und tanzte hinter dem Gespenst her, das plötzlich kehrtmachte, das weiße Tuch abwarf und atemlos rief: „Beim Bart des heiligen Antonius, unter die Pumpe mit euch!"
Als die Glocken die Stunde nach Mitternacht schlugen und Andreas und Nicolaus aus ihrem Zimmer auf den Marktplatz blickten, lag dieser einsam in dem lautlosen Licht-und-Schatten-Spiel von Mond und Wolken.

2

Die Morgennebel fielen mit der aufsteigenden Sonne und gaben den Blick frei auf die breit und mächtig herandrängende Weichsel. Ihre Strömung drückte so kräftig gegen den fünfundzwanzig Meter langen Schiffsrumpf, dass er sich backbords tiefer neigte. Knarrend drehten sich die Taue in den Kehlen des Bollwerkes. Die Weichsel führte noch Hochwasser, obgleich der Schnee im Jablunkagebirge und den Beskiden schon vor einem Monat abgetaut war. Aber nach den Regengüssen im Mai waren die Flüsse erneut angeschwollen. Die Schiffer, die stromabwärts fuhren, waren trotz der wachsenden Gefahren erfreut, denn die Reise verlief so schneller.

„Allzeit gute Fahrt!" Bartholomäus Gertner, Großkaufmann und Schwager der Brüder Copernicus, gab das Signal zum Aufbruch. Er wirkte wie ein Fürst in seiner weiß gestärkten Halskrause und dem grünen, gold verzierten Schultermantel. Zwei Diener, wie Lakaien gekleidet, hielten sein prächtig aufgezäumtes Pferd.

„Leb wohl, mein edler Schwager!", rief ihm Andreas mit spöttischem Unterton zu, während er seiner Schwester erst artig die Hand und dann wie ein Verliebter Wangen, Stirn und Mund küsste.

Katharina stieß ihn von sich, lachte, zog ihn heran und umarmte ihn. „Wenn dein vornehmer Ritter vergessen sollte, was er für eine wunderbare Frau hat, dann wird ihn der Bannstrahl der Kirche treffen. Das ist alles, was ich für dich noch tun kann." Andreas verbeugte sich und sprang an Bord.

Nicolaus dankte Gertner noch einmal für die Gastfreundschaft. Seiner Schwester, die ihm sehr ähnlich sah, küsste er die Stirn. Sie drückte ihn an sich und flüsterte: „Gib auf Andreas Acht."

Als das Schiff abgelegt hatte und schnell abtrieb, rief Gertner: „Passt auf die Ladung auf! Das Beste, Veit Stoß' Statue, ist für Onkel Lukas, Seine Eminenz."

Die Gesichter verschwanden, nur die Gestalten und die Farben der Gewänder blieben noch einige Zeit erkennbar.

„Diese verdammte Krämerseele denkt immer zuerst ans Geld!", rief Andreas. „Mein Schwert bleibt in der Scheide, wenn die Wegelagerer kommen. Keinen Fetzen hole ich aus dem Wasser, wenn wir kentern sollten." Er warf sich auf einen Lederballen und streckte Arme und Beine weit von sich.

„Dann sei froh, dass du kein Kaufmann geworden bist", sagte Nicolaus.

„Was?!", rief Andreas aufgebracht. „Als Kompagnon wollte er mich haben, mit meiner Pfründe seine Geschäfte vergrößern! Es reicht ihm noch nicht, dass Katharina ihm das halbe Vermögen mit in die Ehe gebracht hat."

„Ich verstehe dich nicht." Nicolaus blickte auf das Schloss und den Dom des Wawel, die, auf einem steilen Kalkfelsen errichtet, die Stadt überragten.

„Ich will mein eigener Herr sein“, entgegnete Andreas. „Entweder als Kaufmann oder als Kleriker. Jetzt will ich leben, wie es mir Spaß macht.“

Das Schiff erreichte die Mitte des Flusses. Die Strömung war stark, und sie drückte das Schiff im Südostbogen weit an das Ufer. Der Kapitän steuerte es geschickt an mehreren Flößen vorbei, die nur schwer durch den fast rechtwinklig verlaufenden Bogen der Weichsel manövriert werden konnten. Die Enterhaken waren diesmal nicht gebraucht worden, und die zwölf Bootsleute stellten sie wieder in die Seilschlingen des Mastes zurück. Sie ergriffen die Ruder und legten sich hart in die Riemen.

„Recht so, Leute, bis Sandomir müssen wir den Konvoi erreicht haben. Es könnte uns sonst verdammt schlecht ergehen.“ Der Kapitän, den Steuerbalken unter den linken Arm geklemmt, schlug vielsagend an sein Schwert, das in seinem breiten Ledergürtel steckte. Ein bisschen Angst macht mehr Muskeln als lange Reden, dachte er, aber verdammt leichtfertig war es trotzdem von dem Patron, das Schiff einen Tag später als die anderen auf die Reise zu schicken, nur wegen der Statue für den Bischof, mit der Veit Stoß ewig nicht fertig geworden war. Es war halt nicht Gertners Fell, das sie zu Markte trugen; aber so war es, und so würde es auch bleiben. Mit den beiden Scholaren konnte er nicht rechnen. Sie trugen zwar Waffen, aber wohl mehr zur Zierde als für den Ernstfall. Er gab seinem Gesicht ein kriegerisches Aussehen, während er den Wert der Ladung überschlug. Das Boot war mit Fässern, Pelzen und kostbaren Stoffen, die in Leder eingenäht waren, beladen. Ihr

Proviant bestand aus Brot, Räucher-, Brat- und Pökelfleisch, Butter, Käse, Honig und Sauerkraut. Zu ihrer Verteidigung hatten sie außer den Hieb- und Stichwaffen noch zwei Hakenbüchsen an Bord. Gertner hatte erprobte und zuverlässige Männer ausgewählt, die in der Fluss-Schifffahrt nicht weniger erfahren waren als im Gebrauch der Waffen.
Nicolaus faszinierten die schnell wechselnden Bilder der Landschaft. Er sah die Türme der Marienkirche, die Mauern und Zinnen des Wawel. Hauchzarter Tau lag auf den Kupferplatten der Dächer, die das schräg auffallende Sonnenlicht reflektierten. Winzige Tropfen hingen an den Bäumen und Gräsern und schwebten in dünnen Schwaden über die Wiesen. Sie glänzten wie Edelsteine im Kerzenlicht, und sie führten die Gedanken Nicolaus' zurück zu der Krönungsfeier von Johann I. Albrecht.
Nicolaus erinnerte sich an den Glanz des Goldes, des Silbers, an Purpur, Samt und Seide, rauschende Gewänder, blitzende Waffen, Pelze, Tücher, Fahnen und Standarten. Er sah sich im Licht der Kerzen und Fackeln an der Festtafel stehen und Wein und Braten und Pasteten kosten. Er erinnerte sich an die Musik und die festlichen Tänze.
Und dann hatte Onkel Lukas vor ihm gestanden, Bischof von Ermland und Königlicher Rat, die Augen feucht vom Wein und vom Erfolg beim neuen König. Der alte König Kasimir IV., den sie 1492 beigesetzt hatten, hatte Lukas Watzenrode als Bischof nicht bestätigt, weil die Domherren von Ermland seine Zustimmung

vor der Wahl nicht eingeholt hatten. Trotzdem hatte sich Watzenrode behauptet, denn der Papst und die Städte hatten ihn unterstützt. Johann I. nun wollte den Streit begraben, und er hatte Watzenrode die Bestätigung versprochen.

Lukas suchte nicht nur die Anerkennung, er rechnete auf Unterstützung des Königs für weit reichende Pläne, in die er noch niemanden eingeweiht hatte. Der erste Schritt war ihm geglückt, und seine Freude darüber musste er jemandem mitteilen, und das konnte nur Nicolaus sein, den er liebte und dem er vertraute. Er hatte ihn zur Seite genommen, eine Hand auf Nicolaus' Kopf gelegt und beschwörend geflüstert: „Ich werde es schaffen, ich, Lukas Watzenrode, und du, mein Sohn, wirst mir helfen und mein Werk einmal fortsetzen, du, nicht mein natürlicher Sohn Philipp, du, meiner Schwester Sohn. Und dafür will ich dir die beste Ausbildung geben, die je ein Kirchenmann erhalten konnte."

Stolz und bedrückt zugleich hatte Nicolaus den Wein getrunken, den Watzenrode ihm huldvoll gereicht hatte. Er wusste ebenso wie Andreas, dass Watzenrode ihn bevorzugte. Und ein wenig fühlte er sich geschmeichelt, denn er mochte den Onkel und bewunderte ihn. Dennoch lehnte sich etwas in ihm gegen Lukas auf, und er hatte schon oft darüber nachgedacht. Der Onkel bestimmte einfach über ihn und über seine Zukunft, ohne ihn je zu fragen, was er selbst wollte. Das war es, was ihm nicht behagte, sondern ihn beunruhigte, ja bedrückte und manchmal Furcht empfinden ließ vor jeder neuen Begegnung. Andreas hatte ihn gewarnt. „Watzenrode macht mit dir, was er will. Er ist Papst in Ermland, Stellvertreter Gottes oder Gott selbst. Er gibt dir alles wie der Teufel dem Armen, um dich ganz für sich als Werkzeug seiner Macht zu besitzen."

Nicolaus begann zu frösteln. Er zog den Mantel fester um die Schultern. Das Boot trieb in der Mitte des Flusses. Rauschend glitt das lehmgelbe Wasser bei jedem Ruderschlag unter dem Rumpf dahin.

Das Schiff schoss durch die Wirbel der Strömung. Der Wawel verschwand, die von ihm verdeckte Stadt trat hervor. Nicolaus kannte jeden Turm, und jede Glocke vermochte er herauszuhören. Er träumte von dem Halbdunkel der Kirchen und dem stillen, geschäftigen Treiben unter den hohen Säulengängen, von den Altären, Bildern, Statuen, den Kreuzen oder Amuletten aus Edelsteinen, in Gold und Silber eingefasst, den Ringen, Armreifen und schmiedeeisernen Gittern. Sein Herz hing nicht an dem Prunk; er bewunderte vielmehr die Kunstfertigkeit der Schnitzer, Schmiede, Juweliere.

Am stärksten hatte sich Nicolaus von den Bildern und Statuen berührt gefühlt, die Menschen darstellten, Menschen in ihrem Glück oder Leid, ihrer Empörung oder Ergebenheit, ihrer Verzweiflung, ihrem Zorn oder ihrer Gelassenheit. Nie würde er den mächtigen Altar der Marienkirche vergessen, von Veit Stoß in zwölf Jahren aus Holz geschnitzt, diesen leidenschaftlichen Ausdruck der Gesichter und Hände, ja der Gesten und der ganzen Körper, den Faltenwurf der Gewänder.

Das alles blieb zurück, und wie beim Tode seines Vaters empfand Nicolaus wieder das Unabänderliche des Zeitablaufs. Der Gedanke, dass sich die Krakauer Jahre nie wiederholen konnten, machte ihm den Abschied plötzlich sehr schwer. Erst als die Stadt den Blicken entschwunden war, vermochte er sich der wehmütigen Stimmung zu entziehen.

Er setzte sich neben Andreas, der eingeschlafen war, und verfolgte die rhythmischen Bewegungen der Bootsleute, das Beugen und Strecken der Rücken und Arme, den gleichmäßigen Schlag der Ruder. Der Kapitän hatte sich auf ein Fass gesetzt, hielt mit der linken Hand das Steuer und mit der rechten ein Stück Schinkenspeck, von dem er ab und zu ein Stück abbiss. Seinen topfförmigen Hut hatte er tief in die Stirn gezogen, dennoch wurden seine Augen von der Sonne geblendet, die erst eine Handspanne über dem Horizont stand.

Die Landschaft zog schnell vorbei. Das Ufer zur Linken war steil und versperrte die Sicht, das andere erhob sich nur wenig über dem Wasser.

Ab und zu überholten sie Flöße und kleinere Boote. Wildenten und Haubentaucher trippelten aufgeregt über Sandbänke, Schwalben kreisten hoch in der Luft. Die Bootsleute zogen die Ruder ein, packten ihre Beutel und Flaschen neben sich, prosteten einander zu und stopften Brot und gebratene Hähnchen in den Mund.

Nicolaus verspürte auch Appetit, aber wollte warten, bis Andreas munter wurde. Außerdem fesselte ihn eine Beobachtung, die ihn an den Abend erinnerte, an dem er und Andreas von den Rabauken angerempelt worden waren. Sah er nämlich auf die Ufer, so vermochte er nicht zu sagen, ob sich das Schiff oder das Ufer bewegte.

Natürlich wusste er, dass er mit dem Schiff an den Felsen, Bäumen und Wiesen vorübertrieb. Aber ohne dieses Wissen, nur vom Sehen her, hätte er die Frage nicht beantworten können. Einige Male glaubte er verrückt zu werden, wenn er, ohne das Schiff mit im Blick zu haben, einen Baum oder eine Kuh fixierte. Er merkte, wie sich sein Magen zusammenzog und Übelkeit in ihm aufstieg, so dass er abließ von diesem Spiel.

Dennoch reizte es ihn immer wieder, das Augenscheinliche für wahr und das Wissen für falsch anzunehmen. Die Augen wurden noch durch ein anderes Bild getäuscht. Es war ihm schon aufgefallen, als sie am Wawel vorbeigefahren waren und die von ihm verdeckte Stadt aufgetaucht war. Es war, als hätte sich der Wawel entfernt, während sich die Stadt ihnen näherte. Die Landschaft schien sich wie um eine Achse zu drehen. Das Ufer ging fort, der Horizont bewegte sich mit. Und trotzdem war es umgekehrt: Die Landschaft stand still, nur das Boot veränderte seinen Platz. Die Augen, die so wichtig waren, um sich zu orientieren, sie ließen sich auch täuschen.

Nicolaus lehnte sich zurück und schloss die Augen. Merkwürdig war, dass er das, was er auf der Erde gesehen hatte, auch am Himmel beobachtet hatte.

Die Erde war eine Kugel; die Sonne, der Mond, die Planeten, sie zogen um die Erde auf festen Bahnen, tagein, tagaus, Jahr für Jahr wie ein Rad um seine Achse.

Nicolaus spürte das leichte Dahinschweben des Bootes auf dem Wasser. Er versuchte, sich die riesige Ausdehnung der Erde vorzustellen, den ungeheuren Bogen ihrer Oberfläche, den man nicht zu sehen vermochte. Sollte Christoph Columbus nicht ähnlich empfunden haben, als er über den endlos scheinenden Ozean gen Westen fuhr, vierzig Tage lang darauf vertrauend, dass die Erde eine Kugel sei und Toscanellis Idee sich bewahrheiten möge.

Columbus hatte nur Spötter im Rücken gehabt und vor Augen nichts als ein unbekanntes Meer und ein ungewisses Ziel. Die Erde war eine Kugel, eine unvorstellbar gewaltige Kugel, im Raum schwebend, still, auf einer Stelle, fast wie von unsichtbaren Ketten gehalten, inmitten des Kosmos, umkreist von der Sonne, den Planeten und unzähligen Sternen. Wie nun aber, wenn sich die Erde bewegte, ohne dass man es merkte? Die Sinne konnten getäuscht werden. Was man sah, es musste nicht so sein.

Wie oft hatten die Menschen sich schon geirrt. – Was würde Lactantius sagen, wenn er jetzt lebte? Jetzt galten die Ansichten Aristoteles' und Ptolemäus'. Jetzt lachten die meisten über Lactantius' Ansicht, dass die Menschen auf der anderen Seite der Erde mit den Köpfen nach unten hängen würden und der Regen nach oben fallen müsste, wenn die Erde eine Kugel wäre. Aber siebenhundert Jahre lang hatten die Gelehrten, die Päpste, Kaiser und alle anderen ihm geglaubt, obwohl einhundertfünfzig Jahre vor ihm bereits Ptolemäus gelebt und gelehrt hatte.

Nicolaus verzog den Mund zu einem Lächeln. Ihm fielen andere Ansichten ein, etwa dass der Himmel ein gewaltiges Zeltdach Gottes wäre, unter dem die Sterne von

Engeln bewegt würden. Es schien Nicolaus unvorstellbar, in jener dunklen Zeit gelebt haben zu können, in der man glaubte, die Sonne verberge sich nachts hinter einem Berg im Norden. Wie war es nur möglich gewesen, dass die Erkenntnisse Ptolemäus' vergessen wurden? Wie viel wissender als die Kirchenväter eines Jahrtausends zusammengenommen waren Hipparch, Euklid, Aristoteles oder Pythagoras gewesen?

Was war das Geschwätz Lactantius' gegen die herrlichen Beweise von Ptolemäus, warum die Erde eine Kugel sein müsse?

Erstens: *Die Erde ist von Ost nach West gerundet, weil die Sonne um so später untergeht, je weiter man nach Westen kommt.*

Zweitens: *Die Erde ist von Nord nach Süd gerundet, denn reist man nach dem Süden, so nähern sich die Sterne im Norden dem Horizont, während im Süden neue Sterne aufsteigen.*

Drittens: *Nähert man sich von See her einer Stadt, so sieht man immer erst die Türme, dann die Mauern.*

Diese Sätze hatte Nicolaus auswendig gelernt, und sie begeisterten ihn. Sie erschienen ihm wie eine Offenbarung der Vernunft.

Das Wissen stand nicht im Gegensatz zum Glauben, wie die Dogmatiker behaupteten. Gott hatte die Wahrheit nicht ein für alle Mal offenbart, der Mensch musste sie suchen, und niemand durfte ihm dieses Recht streitig machen.

Nicolaus blickte verstört auf Andreas, der ihn angestoßen hatte und ihm eine mit Wein gefüllte Schweinsblase reichte.

„Trink und iss", sagte er fröhlich, „eingeschlafen?"

„Nein, nein“, Nicolaus nahm sich ein Stück geräucherte Gänsebrust. „Wir machen gute Fahrt.“

„Ich hab von meinem Mädchen geträumt.“ Andreas lachte. „Sie wird noch lange an mich denken.“ Er stand auf. „Verdammt langweilig hier, wir sollten das Schachbrett auspacken.“

Wind kam auf. Die Bootsleute zogen die Ruder ein und setzten das Segel. Das Boot neigte sich und trieb rauschend durch die Strömung. Einer löste den Kapitän am Steuer ab, andere lehnten sich an die Bootswand, aßen und tranken, würfelten um Geld.

Der Kapitän stakte über Deck, setzte sich zu Andreas und Nicolaus, packte einen Schinken aus und schnitt jedem eine dicke Scheibe ab.

„Bei dem Wetter haben wir nichts zu befürchten“, sagte er zufrieden. „Darauf sollten Sie trinken, Petrus“, entgegnete Andreas und reichte dem Kapitän die Schweinsblase.

„An der Raba sind wir vorbei.“ Der Kapitän bog den Kopf zurück und ließ sich den Wein in den Mund laufen. „Ihr Schwager geizt nicht mit edlen Tropfen.“ Er blinzelte. „Ich habe ihm aber auch schon manche Ladung herausgehauen. Vor einem Jahr erst, kurz vor der Dunajec, kamen sie an, drei Schiffe, auf jedem sechs Mann, bewaffnet wie die Janitscharen. ‚Drauf und dran!‘, rief ich, schoss meine Büchse ab, warf meinen Speer, rammte ein Boot, und durch war ich.“ Seine Augen blitzten. Er presste die Schweinsblase bis auf den letzten Tropfen aus. „Vor der Wisloka gibt es eine kleine Insel. Der Wind ist gut.“

Ein wenig ungeniert, fand Nicolaus, als der Kapitän sich auf den Bootsrand schwang und mit sichtlichem Vergnügen ins Wasser pisste. Seine Leute hatten für diesen Zweck das Heck aufzusuchen. Dort ließ man auch die Hosen runter, um sich mit dem Hintern zum Wasser entleeren zu können.

„Er glaubt vielleicht, uns mit seiner Geschichte nicht genug imponiert zu haben", sagte Andreas belustigt. „Aber irgendwann werden wir seinem Beispiel wohl folgen müssen. Bis zum Abend halte ich es nicht aus. Und wie ich Kapitän Petrus beurteile, wird er nicht die Fahrt stoppen, bloß damit zwei Edelleute es auf dem Land tun können."

Kurz vor Sonnenuntergang erreichten sie die Insel. Zwei durchstreiften das Eiland, einer entfachte ein Feuer, andere stellten den Dreifuß auf, gossen Wasser in den Kessel, in dem sie Fleisch mit Bohnen kochten. Andreas und Nicolaus übernahmen die erste Wache, und sie lösten Erstaunen und Anerkennung aus, als sie die Leute erst im Morgengrauen weckten.

„Eingeschlafen?", fragte der Kapitän in einer Mischung aus Tadel und Bewunderung.

„Nein, nein!", rief Andreas gähnend. „Wir haben die Sterne gezählt. Mars stand in Opposition, das bedeutet nichts Gutes." Als die Leute erschrocken Kreuze schlugen und ihre Amulette küssten, sagte Nicolaus betont sachlich: „Aber Merkur verbesserte die Konstellation und wendet damit die Gefahr ab."

Aufatmend, aber noch misstrauisch gegenüber den astrologischen Deutungen, setzten die Männer ihre

Arbeit fort. Selbst der Kapitän verlor seine Besorgnis nicht. Er versuchte sie nur hinter einer mürrischen Miene zu verbergen.
„Heute tischt er uns keine Heldentaten mehr auf", sagte Andreas. „Mach wenigstens ein heiteres Gesicht, sonst lassen die uns noch allein auf diesem Kahn. Hatte keine Ahnung, dass tapfere Männer so abergläubisch sind."
Nicolaus legte sich unter das Zeltdach vorn am Bug und schlief ein. Als er aufwachte, stand die Sonne hoch am Himmel. Sie hatten schon Tarnobrzeg passiert, und kaum waren sie mit dem Essen fertig, erblickten sie die ersten Schiffe des Konvois. Das Gesicht des Kapitäns und die Mienen seiner Leute hellten sich auf. Am späten Nachmittag gingen sie im Hafen von Sandomir vor Anker. Von nun an würde die Fahrt langsamer vonstatten gehen, dafür aber im sicheren Schutz des Konvois. Bis auf die Wachen bummelten alle Bootsleute durch die Stadt. Hier gab es Wein, Essen, Frauen, Musik, hier ließen sich kleine Geschäfte machen mit Tüchern, Amuletten, Schmuck. Viele Menschen waren zum Fluss gelaufen, Handwerker und Bauern boten ihre Produkte an. Man feilschte und tauschte, fluchte und kaufte, zog durch die Tore und Gassen, bis man in einem Gasthaus vor Anker ging.
Die Ankunft eines Konvois bedeutete für jede Stadt einen Festtag. Die Kirchenglocken wurden geläutet, zusätzlich Messen zelebriert. Die Opferpfennige rollten, und zahlreicher als sonst, denn es lief das Gerücht um, Flussräuber hätten unterhalb von Sandomir im Gebiet der Kreidehöhen mehrere Schiffe überfallen.

„Das Gerücht beruht leider auf Tatsachen", sagte der Bischof von Sandomir zu Andreas und Nicolaus. „Manchmal helfen wir auch ein bisschen nach – wegen der Opferstöcke." Der Bischof gab seinem Gesicht einen mildtätigen Ausdruck, um gleich danach mit ernster Miene fortzufahren: „Aber dieses Mal besteht wirklich Gefahr. Wenn Ihr wollt, fühlt Euch als meine Gäste, solange Ihr es für nötig erachtet."
Andreas und Nicolaus küssten den Ring, dankten für die Einladung zum Abendessen und verließen das Palais.
„Eminenz ist sehr gütig", sagte Andreas. „Die Mägde sind auch nicht übel. Bleiben wir?"
Am Markt stießen sie auf eine Gruppe von Bootsleuten, die sich um eine Zigeunerin scharten und sich aus den Handlinien weissagen ließen.
„Jagt sie zum Teufel!", rief einer. „Sie will uns nur Angst machen, diese Hexe."
„Lasst sie nur, sie sagt nichts anderes als dieser Sterndeuter", entgegnete ein anderer und zeigte auf Andreas, der nicht wusste, ob er lachen oder ernst bleiben sollte.
Nicolaus zog ihn schnell mit sich fort, aber sie wurden verfolgt und waren bald wieder umringt.
„Na, was ist?", fragte ein breitschultriger Mann mit entblößten tätowierten Armen.
„Natürlich droht eine Gefahr", sagte Nicolaus ernsthaft, „doch ihr seht nicht so aus, als würdet ihr sie fürchten."
Der Hüne betrachtete seine muskulösen Arme, ballte die Fäuste über den Köpfen der Umstehenden und lachte dröhnend. „Was denkt Ihr denn!", rief er.

„Aber“, er zog die Brauen zusammen und fragte lauernd, „werden Hochwürden nicht hier bleiben?“
„Sollten wir uns in Eurer Gegenwart fürchten?“ Nicolaus zog sein Schwert ein Stück aus der Scheide. Der Hüne breitete die Arme aus, als wollte er die Menge segnen. „Hochwürden ist jung, aber das Herz sitzt auf dem rechten Fleck.“ Er legte seine Arme um die Schultern der Brüder, schob sie an einen Biertisch, ließ drei Becher zapfen und trank seinen mit einem Zug leer.
Andreas und Nicolaus bekamen erst Luft, als der Hüne einen Bekannten entdeckte, dem er zur Begrüßung einen Schwapp Bier ins Gesicht schüttete, worauf dieser ihm einen vollen Becher über den Kopf ausgoss. Beide umarmten sich triefend, doch als der Hüne seinem Freund die Brüder Copernicus vorstellen wollte, waren sie nicht mehr zu sehen.
„Ruhm ist schwer zu ertragen“, seufzte Andreas. „Wie konnte ich ahnen, dass meine blöde Bemerkung über Jupiter solche Folgen haben konnte.“
„Du hast von der Opposition des Mars gefaselt“, korrigierte ihn Nicolaus. „Aber die Gunst der Mägde zu erringen, werden wir wohl keine Gelegenheit mehr haben.“

Auf drei Schiffen fehlte am nächsten Morgen die ganze Mannschaft, auf den anderen fünf nur hier und da ein Bootsmann. Die verlassenen Kapitäne beschworen ihre Kollegen, auf sie zu warten, doch die hörten weder auf die Bitten noch auf die Flüche. Als die Sonne über den Horizont stieg, trieb die Flotte bereits an Sawichost vorbei.

Ostwärts erschienen die Lubliner Höhen, die den Strom nach Norden gegen die Ausläufer des Mittelgebirges drückten. Mächtige Kreidefelsen engten den Flusslauf ein, so dass die Wassermassen in tollen Wirbeln dahinstoben.
Ein Brausen erfüllte die zerklüftete Schlucht, die der Strom in das weiße Gestein geschnitten hatte. Bizarre Überhänge und Höhlungen, helle Kreideflächen, moosbedeckte Hänge, herabstürzende Bäche, aufstrebende und gebrochene Kiefern und Birken machten in dem dunstigen Frühlicht einen Furcht erregenden Eindruck. Ausserdem wussten die Schiffer von den Gefahren dieses Flusstals, der reißenden Strömung, die ein Boot leicht an einen Felsen oder auf herabgestürzte, vom Wasser überspülte Gesteinsbrocken drücken konnte. Nicht selten wurden Boote aus den vielen Hinterhalten beschossen. Es kam vor, dass Räuber von überhängenden Bäumen auf ein Boot sprangen und die Mannschaft überrumpelten. In den dunklen Höhlen sollten böse Geister hausen, denen man ein Opfer bringen musste, um sie versöhnlich zu stimmen. Und es hieß, manche Ertrunkenen oder Erschlagenen hätten sich in Bären verwandelt.
Die Bootsleute schlugen Kreuze, warfen Amulette ins Wasser, knieten nieder und beteten, als sich die Schiffe der tiefen Schlucht näherten. Dann bewaffneten sie sich mit Enterhaken, um die Boote von den Felsen wegzudrücken, wenn das Steuer zu schwach war gegenüber den hin und her schießenden Wassermassen. Die Wellen schlugen an den Bordwänden hoch und spritzten über Deck.

Nicolaus und Andreas standen am Bug. Sie hielten sich an den Stangen fest, die das Zeltdach trugen. Erschrocken blickten sie auf die vor ihnen in den halbdunklen Schacht hineinstürzenden Boote, die auf und nieder schwankten, sich quer stellten, um dann, wie von einer gewaltigen Kraft getrieben, davonzuschießen.

„Das sieht verdammt nach schlechter Konstellation aus!“, rief Andreas in einer Mischung aus Angst und Trotz. Er bekreuzigte sich und blickte gebannt auf die Bootsleute, die im freien Stand das Schiff durch diese Charybdis manövrierten.

Nicolaus starrte abwechselnd auf die Felsen und die Strudel. Er murmelte ein Gebet und überlegte, was er tun müsste, wenn das Boot kentern sollte. Das Tosen der Wassermassen wurde so stark, dass er nur noch einige abgerissene Schreie vernahm.

Wie nach einer Ewigkeit traten die Felsen plötzlich zurück. Der Strom weitete sich und schien die ganze Ebene zu überfluten. Diesen Eindruck verstärkte das volle Licht des Tages, das die Schiffer blendete, als sie sich erschöpft auf die nassen Bänke setzten, froh über die bestandene Gefahr.

Auch Andreas und Nicolaus ließen sich nieder, denn ihre Beine zitterten, und ihre verkrampften Finger waren eiskalt.

Alle Schiffe hatten die gefährliche Schlucht gut hinter sich gebracht. Sie trieben in weiten Abständen in der schwächer werdenden Strömung, und Petrus befahl den Bootsleuten, ihr Schiff dichter an die anderen heranzurudern, sie waren die letzten.

Als sie an einer Insel vorbeikamen, tauchte plötzlich ein Floß auf, das ihnen den Weg versperrte. Bevor ihr Schiff auszuweichen vermochte, stieß es gegen die Bohlen und schob sich auf das Floß. Das Schiff stellte sich quer und saß fest, die Besatzung stolperte durcheinander.

Die Männer vom Floß verhielten sich merkwürdig. Sie sprangen ins Wasser und wateten zur Insel, auf der fünfzehn, zwanzig Gestalten erschienen. Einige saßen auf Pferden, die eine schwere Kette hinter sich herzogen. Sie hob sich aus dem Wasser, und erst jetzt bemerkte der Kapitän, dass das Floß an der Kette hing.

„Sie wollen uns kapern!“, rief er. „Wir müssen runter von dem Floß!“

Die Bootsleute ergriffen die Enterhaken und stemmten sie gegen die Bohlen, aber das Schiff rührte sich nicht. Der Kapitän zielte mit einer Hakenbüchse auf die Kette, doch der Schuss ging vorbei. Andreas feuerte den zweiten Schuss auf die Pferde. Ein Tier stürzte zu Boden. Einen Augenblick herrschte Verwirrung unter den Räubern, die Kette erschlaffte, aber dann zog sie wieder an.

„Die ganze Ladung zum Heck!“, rief Nicolaus. Er hob einen Ballen auf und trug ihn nach hinten.

„Die Ladung zum Heck!“, brüllte der Kapitän. Die Ballen flogen durch die Luft.

Pfeile schwirrten heran. Ein Bootsmann wurde getroffen. Das Schiff schwankte bedrohlich. Ballen, Fässer und Kisten häuften sich im Heck, das ständig tiefer sank. Wasser schwappte über Bord. Langsam hob sich der Bug. Mit dem Floß wurde das Schiff immer näher an die

Insel herangezogen. Die Räuber schlugen auf die Pferde ein, ergriffen selbst die Kette und zerrten die schwere Last Meter für Meter an Land.
„Der Anker muss raus!“ Nicolaus warf das Fass, das er gerade hochgehoben hatte, über Bord, riss Andreas, der eine Hakenbüchse lud, mit sich fort.
Der Kapitän war überrascht, als die Brüder über die Säcke, Ballen und Fässer kletterten, den Anker hochrissen und ihn ins Wasser stürzten.
Es gab einen heftigen Ruck. Nicolaus und Andreas sahen sich plötzlich auf dem Hintern sitzen. Fässer und Ballen rutschten zusammen, einige stürzten ins Wasser. Die Bugspitze aber hob sich. Der Kapitän hoffte, mit dem Steuerruder das Schiff zu einer Wendung zwingen zu können, damit der frei gewordene Bug nicht wieder auf das hochschnellende Floß aufsetzte. Aber seine Kraft reichte nicht aus. Inzwischen hatten sich Nicolaus und Andreas wieder aufgerappelt. Sie stemmten sich mit gegen das Ruder, und als der Bug sich senkte, tauchte er weich ein.
„Wir sind frei!“, brüllte der Kapitän. „Anker hoch, an die Ruder!“ Seine Stimme schnappte über.
Als die Räuber merkten, dass ihre Beute davonzog, war das Schiff schon außer Schussweite. Die Pfeile erreichten ihr Ziel nicht mehr. Auch die Kugel aus der Hakenbüchse, die Andreas noch abschoss, klatschte wirkungslos in den Uferschlamm. Hinter dem nächsten Flussbogen erreichten sie den Anschluss an die anderen Schiffe.
Von nun an verlief die Reise ohne ernste Zwischenfälle. In Warschau unterbrachen sie die Fahrt für zwei Tage, in

Plozk und Leslau verbrachten sie nur die Nacht. Täglich begegneten ihnen mehr Schiffe auf dem immer breiter werdenden Strom. Endlich erblickten Nicolaus und Andreas die Türme und Mauern ihrer Heimatstadt, verwundert fast, dass noch alles so aussah wie vor drei Jahren. Viele Schiffe lagen am Ufer. Dahinter, auf den Wiesen, noch vor dem Graben und der Stadtmauer, standen die Fischerhütten. Im Zentrum ragte der Turm des Rathauses hervor. Gleich daneben erhob sich die Kirche des heiligen Johann, in der sie getauft worden waren.

Sie liebten ihre Stadt, mit der sich ihre frühesten Erinnerungen verbanden. Und sie waren stolz auf Thorn, diese große und schöne Handelsstadt, die „Königin der Weichsel".

Erwartungsvolle Unruhe ergriff Nicolaus und seinen Bruder. Womit sie sich in Gedanken tagelang beschäftigt hatten, das stand ihnen nun unmittelbar bevor.

Kaum hatte das Schiff angelegt, waren Dank und Abschied mit den Bootsleuten gewechselt, erblickten sie den Boten des Bischofs und acht Cousinen und Cousins, Kinder ihres Onkels, Tilmann von Allen, eines der angesehensten und mächtigsten Ratsherren, der schon sechsmal zum Bürgermeister gewählt worden war.

„Ihr könnt bei uns wohnen", sagte Katharina förmlich. „Wir freuen uns, euch wiederzusehen."

„Nett von dir!" Andreas fasste der Sechzehnjährigen unter das Kinn. „Bist ja verdammt hübsch geworden."

Nicolaus wandte sich an den Boten. „Wir danken Seiner Eminenz und werden ihr zur vorgegebenen Stunde die Ehre erweisen." Der Bote verbeugte sich.

„Große Dinge gehen vor“, sagte Katharina, deren Wangen noch immer gerötet waren. „Thorn erwartet den König. Die Stadt ist voll von Gesandten, Räten, Schreibern. Prächtige Gewänder kann man sehen!“
Es gab viel zu erzählen. Jeder hatte etwas Besonderes erlebt, und schließlich redeten alle aufeinander ein. Sie passierten das Stadttor an der Bäckergasse, in der es wie immer nach frischem Brot und Kuchen duftete, folgten ihr bis zum Markt, wo Tilmann von Allen eines der prächtigsten Häuser bewohnte.
Christina von Allen empfing ihre Neffen wie Abgesandte des Königs. Sie stand in der großen Diele, hinter sich die kleinen Kinder und das aufgeputzte Personal. Sie war klein und pausbäckig, aber in dem dunklen, mit weißen Spitzen besetzten Kleid und mit der hohen Frisur wirkte sie durchaus stattlich.
„Willkommen, Andreas, willkommen, Nicolaus.“ Sie lächelte gütig und streckte die Arme aus. Die Brüder knieten nieder und küssten die Hand ihrer Tante. Komplimente und Geschenke wurden ausgetauscht. Bald war man wieder vertraut miteinander und verriet sich kleine und auch größere Geheimnisse. In drei Jahren konnte sich viel verändern. Da waren Hochzeiten gefeiert worden, Menschen geboren und gestorben. Unmöglich, die Neuigkeiten alle mit einem Mal aufzunehmen.
„Euer Onkel ist stark gealtert“, sagte die Tante leise. „Die Geschäfte, die Ämter – im vorigen Jahr erst wieder Bürgermeister –, das ist zu viel.“
Spät am Abend kam der Onkel. Nicolaus und Andreas sahen in ihm mehr einen Großvater, denn er war viel

älter als Onkel Lukas. Sein Haar war weiß, das Gesicht wirkte müde, die Augen jedoch und die Bewegungen des kräftig gebauten Mannes verrieten Energie.

„Gut seht ihr aus“, sagte der Onkel, nachdem er seine Neffen forschend betrachtet hatte. „Lukas lässt euch grüßen. Er hat Großes mit euch vor.“

„Mir wär es lieber, du hättest etwas für mich“, entgegnete Andreas.

Der Onkel hob die Brauen. „Ich habe seit fünfunddreißig Jahren alles mit Lukas beraten. Eure Zukunft ist gesichert; von meinen Kindern kann ich das noch nicht in jedem Falle sagen.“

Er blickte Andreas fest an, der enttäuscht antwortete: „Und wenn mir diese Zukunft nichts bedeutet?“

Tilmann erhob sich und schritt, die Hände auf dem Rücken, langsam durch die Diele.

„Mein lieber Andreas“, sagte er betont. „Ich weiß, was dich beschäftigt. Aber du solltest wissen, wovon du sprichst.“ Er zeigte auf einen Kupferstich, der die Länder und Meere Europas abbildete.

„Vor einhundert Jahren befuhren unsere Schiffe noch die Ostsee und die Nordsee, seitdem gräbt uns Danzig das Wasser ab, langsam, aber sicher. Wir haben den Kampf gegen den Ritterorden gewonnen – auch euer Vater hat ihn unterstützt –, aber dreizehn Jahre Krieg haben uns schwere Verluste gebracht. Und nun dieser Genuese Christoforo Colombo. Er hat im September vorigen Jahres bereits seine zweite Reise über den Ozean angetreten. Was glaubt ihr, wenn das Mode wird, was uns Kaufleuten dann bevorsteht.“

Andreas zeigte sich unbeeindruckt. Der Wein war ihm in den Kopf gestiegen, und er entgegnete: „Ich würde daran ganz gern teilhaben. Man muss sich eben rechtzeitig umstellen. So schlecht scheint es denn doch nicht zu stehen.“ Er deutete auf die kostbaren Teppiche an den Wänden, auf die Leuchter, Schalen und Becher, die aus Silber und Gold gearbeitet waren.

Nicolaus fühlte, wie jedes Wort den Onkel traf. Er befürchtete eine entsetzliche Szene. Wie durch einen Schleier sah er, dass sich Tilmann einen Becher Wein eingoss und ohne Hast Schluck für Schluck austrank.

„Lukas Watzenrode war vierzehn Jahre alt, als sein Vater, ebenfalls Kaufmann, starb“, sagte Tilmann beherrscht. „Ich wurde damals sein Vormund, denn ich war mit seiner Schwester verheiratet. Seine andere Schwester heiratete euer Vater zwei Jahre später, das war 1464. Damals begann Lukas sein Studium in Krakau. Er hatte ein großes Vermögen geerbt. Ich riet ihm, es für weitere Studien zu verwenden. Er folgte meinem Rat und ging nach Italien, um kanonisches Recht zu studieren und seine Zukunft bei der Kirche zu suchen. Heute ist er Bischof, ein mächtiger Fürst, mit Einnahmen, von denen ich selbst in den besten Jahren nicht zu träumen wagte.“ Tilmann von Allen setzte sich.

Nicolaus, noch immer erschrocken über die anmaßenden Worte seines Bruders, war froh, dass der Onkel ruhig geantwortet hatte.

Auch Andreas fühlte sich beeindruckt, dennoch sagte er: „Mächtig ist er, und Einnahmen hat er, gut und schön, aber du bist trotzdem tausendmal besser dran: Du bist

ein freier Mann und hast ein Haus mit einer Familie, so wie unser Vater es hatte."
„Ich verstehe dich besser, als du denkst", entgegnete Tilmann. „Du kannst dich morgen entscheiden." Er schenkte Wein in die Becher und fuhr fort: „Wir haben als Männer gesprochen, freimütig, jeder nach seiner Art. Das möge unsere Freundschaft festigen. Stoßen wir an."

Bischof Lukas Watzenrode bewohnte mehrere der schönsten Räume des Rathauses, die gleich neben denen lagen, die für den polnischen König bestimmt waren. Als Führer der Landesräte von Pruzzen und Königlicher Senator hielt er alle Fäden für die Verhandlungen mit dem König in der Hand. Er musste aufpassen, denn für seine Pläne war die bevorstehende Huldigung von großer Bedeutung.
Das Bistum Ermland unterstand wie das westliche Pruzzen und das Gebiet des Ritterordens der Lehenshoheit des polnischen Königs. Der Ritterorden erstrebte die Unabhängigkeit von der polnischen Krone und die Vorherrschaft über das westliche Pruzzen und Ermland. Er rechnete dabei auf die Unterstützung des deutschen Kaisers und deutscher Fürsten, aber auch auf den Papst, der den Orden mit besonderen Rechten ausgestattet hatte.
Watzenrode und die Führer der westpruzzischen Städte widersetzten sich den Bestrebungen des Ritterordens und hielten fest an ihrer Verbindung mit dem polnischen Königreich, ohne auf ihre Sonderstellung und Privilegien verzichten zu wollen.

Um die Gefahr endgültig zu bannen, der besonders Ermland durch den Ritterorden ausgesetzt war, dessen Gebiet das Bistum von drei Seiten umgab, wollte Watzenrode den Ritterorden beseitigen. Dafür sah er zwei Möglichkeiten, für die er vor allem die volle Unterstützung des polnischen Königs brauchte. Der Ritterorden musste militärisch besiegt oder aber, was am besten war, zum Kampf gegen die Türken nach Podolien geschickt werden.

Noch war dieser Plan das Geheimnis seines Kopfes, aber die Zeit schien für Watzenrode zu arbeiten, und er förderte die Gunst des Königs mit reichen Geldzuwendungen. Er musste die Huldigung zu einem Erfolg führen, denn Pruzzens Zukunft lag in seiner Verbindung mit Polen.

Andreas und Nicolaus bemerkten, dass man sich gegenüber Onkel Lukas achtungsvoll und ehrerbietig, aber auch untertänig und furchtsam verhielt. Als sie in sein Arbeitszimmer geführt wurden, glaubten sie einem Fremden gegenüberzutreten. Vor ihnen stand Seine Eminenz der Bischof, die Hand mit dem Ring ausgestreckt, den zu küssen eine Ehre war. Die Augen unter der hohen Stirn blickten über sie hinweg, das breite, selbstbewusste Gesicht zeigte die Sicherheit eines Mannes, der Ergebenheit gewohnt war. Die offizielle Zeremonie dauerte jedoch nur wenige Sekunden. Ein Hauch von einem Wink, und die Diener verließen den Raum.

In der Geste, Platz zu nehmen, war noch ein Rest von offizieller Huld, doch als er ihnen gegenübersaß, entspannte sich das energische Gesicht des Onkels.

Nach einigen Worten über die Freude des Wiedersehens, nach dem Austausch kleiner Geschenke und anderer Aufmerksamkeiten sprachen sie über das Studium, über das Reiseabenteuer, über die Huldigung und schließlich über die Zukunft.

„Ihr kommt zu einer günstigen Stunde", sagte der Onkel wohlwollend. „Unser Land erwartet den König, der mir gewogen ist. Wir brauchen seinen Schutz, denn die Ritterbande sinnt auf Rache. Ich muss aber auch die Städte Westpruzzens darin unterstützen, ihre Privilegien zu erhalten, sonst wenden sich die Kaufherren und Grundbesitzer gegen mich, und Ermland geriete in große Gefahr. Privilegien bedeuten Unabhängigkeit und finanziellen Vorteil, aber man muss dafür bezahlen."

Er seufzte schwer und fuhr fort: „Natürlich kennt der König die Einkünfte des Bischofs von Ermland. Nun hat er mich gerupft wie einen Kapaun." Der Bischof lachte über seinen Vergleich, dann, als hätte er etwas vergessen, schwenkte er eine kleine Glocke aus Silber und rief dem eintretenden Diener zu: „Von dem Besten aus Ungarn!"

Der Diener schenkte den Wein in silberne Pokale, die innen mit Gold überzogen waren, verbeugte sich und verschwand geräuschlos wie ein Schatten.

„Trinken wir auf Pruzzen und Ermland", sagte der Onkel. „Unser Land ist ein Opfer wert." Er schwieg und forschte in den Augen seiner Neffen, ob sie seine Anspielung verstanden hatten. „Ich denke", fuhr er fort, „es kommt euch auf ein Jahr nicht an. Ich möchte, dass ihr standesgemäß in Italien leben könnt, wie es sich für angehende Edelmänner ziemt. Euer Vermögen reicht dazu nicht aus. Man soll auch nicht sagen können, Ermlands Bischof hat nichts übrig für seine Neffen, obgleich er fünffach höhere Einnahmen hat als sämtliche Professoren einer Universität zusammen."

Der Bischof schwieg wie nach einem Geständnis. Schließlich hob er den Kopf und sagte: „Außerdem hätte ich euch jetzt gern bei mir. Ihr lernt Land und Leute kennen, darunter viele von Rang und Würden. Und man lernt euch kennen und weiß dann, wen ich vorschlage, wenn in unserem Frauenburg eine Domherrenstelle vakant wird."

Nicolaus fühlte sich durch das Vertrauen geehrt, und sosehr er sich auf die Studien in Italien gefreut hatte, er sah des Onkels Gründe ein. Andreas aber interessierte sich wenig für die bevorstehenden Ereignisse. Ihn tröstete zwar die Aussicht auf eine Domherrenstelle, die hohes Ansehen und reiche Einkünfte gewährte, doch war er in seinen Gedanken schon so auf Italien eingestellt gewesen, dass er enttäuscht sagte: „Immer sind es höhere Interessen, für die man Opfer bringen soll. Was geht mich der König an, was kümmern mich die Privilegien? Mit achtundzwanzig Jahren sitze ich hier als armseliger Scholar und könnte doch ein Kaufherr sein."

„Tilmann kann dir den Rest deines Vermögens auszahlen." Der Bischof umfasste das goldene, mit Edelsteinen verzierte Brustkreuz. „Du kannst damit kein Unternehmen aufbauen, Andreas. – Und ich vermag dir nur da zu helfen, wo mein Thron steht."

Sonnenstrahlen drangen durch die bunten, in Blei gefassten Fensterscheiben. Der Lärm vom Markt hörte sich an wie eine weit entfernte Brandung. Nicolaus sah, dass aus Andreas' Gesicht Freude und Hoffnung verschwanden. Ergebenheit zeigte sich plötzlich hinter einer verschlossenen Miene. „Nun gut", hörte er Andreas leichthin sagen, „was erwartest du?"

Der Onkel betrachtete Andreas nachdenklich, dann sagte er: „Ich brauche jetzt vor allem Menschen, auf die ich mich verlassen kann."

Nach der Audienz zog Andreas seinen Bruder in den Ratskeller. Öllampen verstärkten kaum das spärliche Licht, das durch die Schächte in die Tiefe fiel. Es roch nach Küche, Bier und Wein, nach dem Tran der Funzeln auf den Säulenköpfen und dem Schweiß dicht beieinander sitzender Zecher.

Der Wirt erkannte Andreas und führte die Brüder zu einer Nische. „Willkommen in der Heimat, die edlen Herren. Ich habe von dem Wein, den Seine Eminenz bevorzugen. Dazu empfehle ich junge Hähnchen mit Pastetenfüllung, zarte Erbsen, Erdbeeren und vorher selbstredend eine Rübensuppe mit Dill, Petersilie, Estragon, Paprika und Pfefferkraut. Nun, das gab es in Krakau sicher auch, aber zu Hause ..." Er schnalzte mit der Zunge, legte sein Gesicht in genießerische Falten und verbeugte sich tief, als Nicolaus lachend dem Angebot zustimmte.

„Macht uns den Mund mit Italien wässrig", schimpfte Andreas, „und verordnet uns einen eisigen Winter. Prost."

Die Zinnkrüge schlugen über der Mitte des Tisches gegeneinander. „Er braucht das Geld, um den König ..., uns braucht er für seine Aufträge, aber was wir brauchen, das ist ihm verdammt gleichgültig."
Nicolaus legte seine Hand auf Andreas' Arm. „Sei nicht ungerecht. Lukas tut für uns mehr als für seinen eigenen Sohn."
„Philipp Teschner ist seine Jugendsünde", antwortete Andreas lakonisch. „Uneheliche Kinder nimmt die Kirche nicht, auch wenn sie von einem Bischof stammen. Nichts tut Watzenrode unsretwegen."
„Das weiß ich nicht genau", entgegnete Nicolaus unwirsch. „Was willst du eigentlich?"
„Nichts." Andreas lehnte sich über den Tisch. „Die erste Domherrenstelle, die frei wird, bekommst du. An dir hat Lukas einen Narren gefressen."
„Du bist der Ältere", sagte Nicolaus abwehrend. „Selbstverständlich kommst du zuerst."
„Nein, verdammt noch mal!" Andreas trank einen kräftigen Schluck. „Deinen Kopf bereitet Lukas für die Mitra vor." Er lachte schallend über Nicolaus' verwirrtes Gesicht. Dann schlug er ihm auf die Schulter und sagte: „Ist doch gut so. Besser du als jeder andere."
Nach dem Essen verließ Nicolaus seinen Bruder, der sich damit beschäftigte, Bekanntschaften aufzufrischen und neue zu schließen. Nicolaus ging über den Markt und blieb vor dem Eckhaus an der Bäckergasse stehen, in dem er gewohnt hatte, als es noch eine Familie Koppernick gab. Er konnte sich nicht mehr daran erinnern, wann sie es bezogen hatten, doch seine Mutter hatte ihm

das Haus in der Annenstraße gezeigt, wo er geboren worden war. Wenige Schritte genügten, um zu der schmalen Fassade mit den hohen Spitzbogenfenstern und dem langen Treppengiebel zu gelangen. Unvorstellbar und seltsam zugleich erschien Nicolaus der Gedanke, als Fremder vor den Häusern zu stehen, in denen er vor wenigen Jahren noch ein und aus gegangen war.

An der Annenkirche vorbei, in der er getauft worden war und die ersten Messen miterlebt hatte, gelangte er auf den Friedhof, an das Grab seines Vaters, auf dem ein Rosenstrauch blühte, dessen Ranken den Grabstein überwucherten. Nicolaus kniete nieder zu einem Gebet, dankte dem Vater für sein Leben, für seine Fürsorge, die seiner Familie noch immer nutzte. Vergeblich versuchte er sich das Gesicht des Vaters vorzustellen. Er hatte ihn nicht allzu oft gesehen, denn es waren unruhige Zeiten gewesen. Auch nach dem Thorner Frieden 1466 waren noch lange Zeit versprengte Ritter und Söldnerbanden im Lande umhergezogen. Die Bürger mussten sich ständig in den Waffen üben, dem Schwert, der Armbrust und auch in den neumodischen, dem Degen und den Büchsen. Als der polnische König 1480 mit viertausend Reisigen in die Stadt einzog, lebte der Vater noch. Als sich die Notabeln 1485 versammelten, der König, sechs Bischöfe, Vertreter des Adels in Stadt und Land, gab es schon keine Familie Koppernick mehr.

Einmal war der Vater mit ihm auf den Turm der Annenkirche gestiegen. Ob der Türmer noch lebte? Nicolaus kletterte die Treppen hinauf. Ein Fremder trat ihm entgegen, der ihn misstrauisch musterte, aber die Plattform betreten ließ.

Ringsum standen unverändert die Türme und Mauern, umgeben von Gräben, davor die Häuser der Handwerker, die mit Feuer arbeiteten oder großen Lärm verursachten: die Wagen- und Radmacher, die Amboss-, Rohr- und Kupferschmiede, die Teerbrenner. Da waren die Salpeter- und Salzsiederei, die Hopfendarre, die Branntweinbrennerei, während die Brauerei innerhalb der Stadtmauern lag.

Nicolaus' Augen suchten die Weinberge auf den sandigen Anhöhen im Osten der Stadt. Jene Stunden, wenn die ganze Familie im September hinausfuhr zur Weinlese, hatte er immer ganz besonders geliebt. Und der Geschmack des herbsüßen Saftes der unvergorenen Beeren lag ihm auf der Zunge. Ihr Weingarten reichte bis zu den Wiesen der Weichsel; er würde daran vorbeireiten, wenn er Mutter und Schwester besuchte. „Sie haben es gut in dem Kloster", sagte die Tante. Aber Barbara war noch so jung. Und die Mutter, gewöhnt an einen Mann, an ihre Kinder, an einen großen Hausstand, wie ertrug sie diese Veränderung?

Onkel Lukas hatte für alle gesorgt. Es gab keinen Grund, ihm etwas vorzuwerfen. Aber hatte er in jedem Fall richtig entschieden?

Die folgenden Wochen und Monate brachten Nicolaus und Andreas so viele Erlebnisse, dass sie wenig Muße fanden, über sich und ihre Zukunft nachzusinnen. Nach der Huldigung in Thorn reisten sie mit dem Onkel im Gefolge des Königs nach Marienburg, dem ehemaligen Sitz des Hochmeisters des Ritterordens, dann weiter nach Elbing und schließlich nach Danzig, wo die Huldigung ausgesetzt werden musste. Die Pest war ausgebrochen, und vor dieser gefährlichen Seuche floh der König, flohen die Bischöfe und alle, die zu fliehen vermochten.
Nicolaus bemerkte die Angst im Gesicht eines jeden, wenn er sich auch noch so gefasst und selbstsicher gab. Hast und Ruhelosigkeit kamen unter die sonst so würdig und gesetzt auftretenden Notabeln. Jeder strebte fort von den andern, denn jeder war eine Gefahr für den andern.
Auch der Bischof Watzenrode benutzte die erste Gelegenheit, um sich von dem königlichen Gefolge zu trennen und mit seinen Vertrauten die Rückreise in seine Residenz, nach Schloss Heilsberg, anzutreten. Das neue Jahr, 1495, war bereits zwei Monate alt. Schnee lag auf den Hügeln und Feldern, die Buchen und Eichen standen nackt in der grellen Wintersonne. Eis spannte sich über Seen und Flüsse.
Die plumpen Schlitten, gezogen von vier oder sechs Pferden, glitten schwerfällig über den frostharten Schnee, Dampfwolken stiegen aus den Nüstern der Pferde und den Nasen der Reiter, die vor, neben und hinter den Schlitten müde und ungeduldig zugleich

dahintrabten. Endlich tauchten die Türme des Schlosses und der Stadtkirchen auf. Im gleichen Augenblick ertönten die tiefen Glocken der Kathedrale und die helle Glocke vom Dachreiter des Schlosses, das wie eine Festung gebaut war. Der Tross passierte die Vorburg, überquerte die Brücke des Schlossgrabens und zog durch die tiefe Einfahrt in den inneren Hof, wo der General-Vikar, der General-Official und andere hohe Beamte des Bistums den Bischof empfingen.
Die Tafel im Rittersaal war gedeckt. An acht Tischen nahmen, ihrer Dienststellung entsprechend, die Gäste und ständigen Bewohner des Schlosses Platz, der Bischof als erster an erhöhter Stelle. Am vierten Tisch saßen die Speicher- und Turmwächter, die Leibkutscher, Rossknechte und Leibdiener Seiner Eminenz. Am fünften Tisch wurden einige Arme gespeist, am siebenten und achten Tisch aß die Bedienung, nachdem der Bischof die Tafel aufgehoben hatte.
Nicolaus und Andreas fiel es anfangs schwer, sich in das steife Zeremoniell des bischöflichen Residenzlebens einzufügen. Andreas spottete über die Etikette und die auf Rang und Würde bedachten Kleriker. Wenn die Mittagsglocke läutete, eilten die Tischgenossen, um sich in den Kreuzgängen vor den Türen ihrer Zimmer aufzustellen, bis das Gebell der bischöflichen Doggen erscholl. Dann, wenn Seine Herrlichkeit erschien, angetan mit dem schweren Chorrock und dem bischöflichen Hut, bildeten die Bewohner, ihrem Rang nach, einen Zug, der dem Bischof zum Rittersaal folgte. Vor dem Eingang reichten einige Diener Wasser in silbernen Schalen

und Handtücher vom feinsten Leinen. Das Tischgebet wurde gesprochen, während vom Bratenduft jedem das Wasser im Munde zusammenlief.
Andreas ahmte das Gebell der Doggen nach und das Gesicht des General-Vikars, der immer bemüht war, seinem Bischof und dessen Neffen ein zufriedenes Lächeln zu zeigen. Andreas konnte wie die Rossknechte fluchen und den Geiz des Kellermeisters überlisten. Auf den Jagden gelang es ihm, den Ärger, den er dem Onkel ab und zu mit respektlosen Späßen bereitete, in Wohlgefallen umzuwandeln.
Gemeinsam mit Nicolaus durchstreifte er die Keller, die in zwei Reihen untereinander angelegt worden waren, die Wirtschaftsräume und Waffenkammern des Erdgeschosses, die Säle und Gemächer mit den Sterngewölben im ersten Stock, die Türme und Wehranlagen, die Kreuzgänge und Speicher. „Hier lässt es sich leben“, sagte er nicht selten. „Ich hoffe, wenn erst du residierst, dass ich dein ständiger Gast sein werde.“
Nicolaus hörte diese Anspielung gar nicht gern. Er fand sie vermessen und verbat sie sich schließlich. „Es sieht bald so aus, als wolltest du über mich verfügen. Wenn ich erst weiß, was ich will, lieber Andreas, dann bestimme ich das ganz allein.“
„Oha!“, rief Andreas. „Das Küken mausert sich.“

In ruhigen Stunden suchte Nicolaus die Bibliothek auf, die sich in den Räumen neben der Hauskapelle befand. Der Onkel hatte ihm den Schlüssel zu dem Schrank anvertraut, in dem er Schriften aufbewahrte, die kostbaren ebenso wie die verdächtigen, unerwünschten und verbotenen. Hier sah er den ersten gedruckten Kalender aus dem Jahre 1462, in dem die besten Tage für Aderlässe angegeben waren. Er entdeckte eine Abschrift der Statuten des großen Kasimir, der 1364 die Akademie Krakau gegründet hatte, aus der 1400 die Universität entstanden war. In einer Mappe fand Nicolaus Auszüge aus verschiedenen Schriften, in die er sich vertiefte. Durand von Saint-Pourcain sollte gesagt haben, er stelle die Vernunft über die Autorität eines jeden Doktors, wie berühmt und ehrwürdig er auch sein möge. Wilhelm von Ockham vertrat die Ansicht, Erfahrung und Vernunft wären die einzigen Quellen des Wissens.

Plötzlich erstarrte Nicolaus.

Es lässt sich nicht beweisen, dass der Himmel eine tägliche Bewegung ausführt, während die Erde still steht. Es gibt gute Gründe, anzunehmen, dass die Erde und nicht der Himmel einer täglichen Bewegung unterliegt. Die Sinnesorgane können sich täuschen. Farben, Formen und Töne verändern sich mit der Entfernung, aus der sie wahrgenommen werden. Eine Münze in einer Schale ohne Wasser erscheint dem Auge näher als in derselben mit Wasser. Ein unbewegter Gegenstand kann in Bewegung erscheinen und umgekehrt. – Nicole Oresme.

Darunter stand: *Nicht Intelligenzen bewegen die Gestirne, sondern Gott gab ihnen einen Anstoß, dem zufolge sie sich gleichmäßig bewegen. Und die Erde dreht sich täglich um sich selbst. – Johannes Buridan.*

Nicolaus las die Sätze wie eine Offenbarung, und immer wieder. Er entdeckte eigene Gedanken darin und fühlte sich bestärkt. Natürlich gab es keinen Beweis für diese

Ansichten, bis auf die von ihm selbst beobachteten Sinnestäuschungen. Aber es hatte Menschen gegeben, die Ähnliches gedacht hatten wie er!

Nicolaus blickte aus dem tief in die starke Mauer eingelassenen Fenster auf die Alle, deren Ränder noch zugefroren waren, während in der Mitte das Wasser dunkel dahinströmte. Die langen Schatten der Abendsonne färbten sich violett und lösten sich in der Dämmerung auf. Die ersten Sterne zeigten ihr Flimmern an der Himmelskugel. Der Mond erhob sich über dem Horizont. Was war von dem, was die Augen sahen, wirklich?

Konnte es etwas Wichtigeres geben, als nach dieser Wahrheit zu suchen?

Nach dem Abendessen rief Lukas Watzenrode Nicolaus zu sich in sein Turmzimmer, das vom Rittersaal und über eine Geheimtreppe zu erreichen war.

„Hier, mein Sohn, kann uns niemand belauschen“, eröffnete der Bischof das Gespräch. „So ein Amt gewährt nicht nur den Vorteil der Macht“, fuhr er leutselig fort, „sondern hat auch den Nachteil persönlicher Unfreiheit. Jeder Schritt und jedes Wort werden belauert und von den andern für wichtig genommen. Alle suchen sich von meiner Macht ein Stückchen abzuschneiden, manche, um sich zu nutzen, manche auch, um mir zu schaden.“

Das Gesicht des Bischofs verfinsterte sich. „Als mich der alte König nicht anerkannte, da glaubten meine Feinde, sie könnten mich stürzen. Die Ritterbande wollte einen Bischof, dessen Land auszurauben ihr ein Leichtes war. Heute nennen mich die Ordensritter einen Teufel und bitten Gott, mich zu vernichten. Seit ich Ermland

regiere, haben wir Frieden im Land und ernten die Früchte selbst, die wir säen."
Der Bischof zeigte auf die Bilder, die zu beiden Seiten der Tür auf die Holztäfelung gemalt waren. „Das Leben ist kurz. Eines Tages wirst du mein Porträt an dieser Wand erblicken. Ich will aber nicht sterben, ohne einen Nachfolger zu haben, von dem ich weiß, dass er mein Werk fortsetzt."
Er sah Nicolaus mit brennenden Augen an. „Ich habe es bedauert, dass Gertner euch wegen der Statue vermeidbaren Gefahren ausgesetzt hat. Ich schätze sie sehr, zumal sie Veit Stoß gefertigt hat, aber dein Leben ist mir tausendmal wertvoller." Er holte tief Luft. „Du erinnerst dich, was ich dir in Krakau gesagt habe. Ich habe dein Studium verfolgt, und ich habe dich in den letzten Monaten gesehen. Es bleibt dabei: Der Bischof nach Lukas Watzenrode heißt Nicolaus Copernicus."
Die letzten Worte klangen wie ein Schwur. Ruhig brannten die Kerzen in den silbernen Leuchtern. Nicolaus sah die Flammen in den Augen seines Onkels, in dem Gold des Pektorale und dem Bischofsstab, der an der Wand lehnte.
„Ich weiß nicht, ob ich diesem Amt gewachsen sein würde", sagte Nicolaus. Als er Unmutsfalten im Gesicht des Onkels heraufziehen sah, fügte er leise hinzu: „Ich bin noch sehr jung."
„Die nächste Domherrenstelle, die frei wird, bekommst du", sagte der Onkel bestimmt. „Mit Andreas habe ich gesprochen." Er holte Wein aus einem Wandschrank und füllte zwei Pokale. „Im Herbst", fuhr er fort, „reist ihr ab

nach Bologna. Du kannst dir Zeit lassen, Nicolaus, ich bin erst fünfundvierzig Jahre alt, gesund und kräftig. Ich fühle mich wie ein Jüngling. Du kannst zehn Jahre studieren und die Zeit ausnutzen. Nur vergiss nicht dein hohes Ziel, unser Ziel!“ Der Onkel hob den Pokal und stieß mit Nicolaus an. „Du siehst deiner Mutter ähnlich, und ich soll als Kind mit ihr verwechselt worden sein. Aber jetzt bin ich ein finsterer Geselle, und meine Schwester sieht aus wie ein Engel. Sie hat den Frieden und ich das Amt mit den Läusen und Füchsen, den Eseln und Schlangen. Aber sieh dich um, mein Sohn, wenn der Mai kommt, was für ein herrliches Land wir haben!“
Seine Augen leuchteten. „Fruchtbar der Boden, Wälder und Flüsse voller Wild und Fische, fleißig das Volk. Hier bist du König, Fürst der Kirche und Herr des Landes zugleich.“

Als der warme Südwind den Schnee abtaute, ritt Nicolaus, gefolgt von zwei Dienern, über Allenstein, Osterode, Eylau, Graudenz und Kulm. Er drängte zur größten Eile. Nach dem Gespräch mit dem Onkel hatte er keine Ruhe mehr gefunden. Andreas hatte nur gespottet. „Verlierst den Kopf, bevor man dir die Mitra draufgesetzt hat.“
Nicolaus fühlte sich zerrissen. Das Vertrauen des Onkels erwärmte ihn, aber er fürchtete sich. In allen Blicken glaubte er zu lesen, dass man ihn für den Nachfolger hielt. „Kann doch nur dein Vorteil sein“, sagte Andreas. Er verstand ihn nicht, Nicolaus musste mit seiner Mutter sprechen. Noch hatte er keine Klarheit gewonnen,

welche Tätigkeit er einmal ausüben wollte. Im Dienst der Kirche gab es viele Möglichkeiten. Manchmal hatte er sich als Professor an einer Universität gesehen. Aber die Abhängigkeit von den vorgeschriebenen Lehrplänen schreckte ihn. Als Domherr war er weitaus unabhängiger. Die geringen kirchlichen und weltlichen Pflichten, die mit einem Kanonikat verknüpft waren, ließen viel Freizeit. Als Bischof aber war man gefesselt.

Nicolaus fühlte sich nicht in der Lage, über die Absicht seines Onkels zu urteilen. Er hatte ihm nicht widersprochen und sich davor auch gescheut. War es gut, diesem Weg zu folgen, oder war es vermessen, sich darauf einzulassen?

Die Mutter umarmte ihn. „Du hast die Augen deines Vaters“, sagte sie glücklich. „Warum bist du so erhitzt?“

Nicolaus hatte lange nicht mehr geweint. Die Mutter legte seinen Kopf an ihre Brust und hörte ihn geduldig an. Sie wartete, bis er sich beruhigt hatte, trocknete ihm das Gesicht mit ihrem Schleier, küsste ihn und sagte: „Hab Vertrauen zu Lukas und folge ihm. Er meint es gut mit dir; er liebt dich wie einen Sohn.“

Sie streichelte Nicolaus' Haar und sagte auf eine leise, aber eindringliche Art: „Und wenn einmal der Tag kommen sollte, wo du einen eigenen Weg gehen musst, dann fürchte dich nicht.“

3

Die Zweifel blieben, aber die Worte der Mutter: „Fürchte dich nicht, wenn du eines Tages einen eigenen Weg gehen musst“, gaben Nicolaus Ruhe und Zuversicht. Niemand, auch nicht Andreas, bemerkte die geringste Unsicherheit. Nicolaus schien einverstanden mit der Rolle, die der Onkel für ihn vorgesehen hatte. Bald wurde er vom Bischof zu den geheimsten Beratungen hinzugezogen, und er rechtfertigte das Vertrauen und blieb selbst gegenüber Andreas verschwiegen.

Als die Boten des Frühlings kamen, dachte Nicolaus stärker als je zuvor an die Reise nach Italien. Er blickte den Wildgänsen und Kranichen nach, die hoch über den weiten Wäldern flogen. Er sah von seinem Fenster aus die Schnepfen über die nassen Wiesen streichen und bald auch die ersten Störche auf den strohbedeckten Dachfirsten stolzieren. Amseln und Drosseln flöteten und pfiffen in den Ulmen, Schwalben trieben Spatzen aus ihren Nestern.

Aber nicht alle Boten, die aus dem Süden kamen, ließen Nicolaus’ Herz höher schlagen. Depeschenträger, die dreimal schneller ritten als Reisende und die Strecke von Bologna nach Heilsberg in zwölf bis fünfzehn Tagen durcheilten, brachten Besorgnis erregende Nachrichten. Der König von Frankreich, Karl VIII., war mit einem Heer in Italien eingefallen. Er hatte Rom erobern und plündern lassen und Papst Alexander IV. gezwungen, ihn mit dem Königreich Neapel zu belehnen. Während Karl in Neapel eingezogen war, hatten sich das Herzogtum Mailand und die Republik Venedig mit dem Römisch-Deutschen Kaiser Maximilian und dem spanischen König Ferdinand verbündet, um Karl mit seinen Söldnern zu vernichten. Viele Landstriche Italiens wurden von den kämpfenden Truppen heimgesucht.

„Der Teufel ist dort los!“, sagte Andreas zähneknirschend. „Um mich wär's nicht schade, aber wenn ich an dich denke.“ Er fand Gefallen daran, Nicolaus zu necken, der sich noch immer über solche Späße ärgerte. Die Schwalben fütterten bereits ihre Jungen, aber die Meldungen waren noch immer nicht ermutigend. Andreas fing die Depeschenträger ab und fragte sie aus. Er wurde von Woche zu Woche unruhiger, und er übertrug seine Unruhe auf Nicolaus.

„Verdammt und zugenäht“, fluchte er oft. „Italien ist wohlfeil. Franzosen, Deutsche und Spanier raufen sich darum, Mailänder, Venezianer und Römer helfen ihnen dabei. Und was der Krieg übrig lässt, das verbrennt Alexander auf dem Scheiterhaufen. Wo ist das Italien des Humanismus, von dem Lukas schwärmt?“

Nicolaus fand es ungerecht, gegen den Onkel zu sticheln, trotzdem schwieg er, um die Aufregung nicht noch zu schüren. „Warten wir in Geduld“, sagte er leise.

Andreas ließ sich jedoch nicht beschwichtigen und rief: „Frag mal die Sterne! Peilst sie jeden Abend an. Wozu? Keine Zeit mehr für ein Spielchen, nur Planeten oder Folianten.“

Nicolaus lachte versöhnlich. „Also spielen wir. Du könntest dich aber auch einmal für meine Sachen interessieren."

Als das Getreide reifte und noch immer keine besseren Nachrichten aus Italien eintrafen, riet der Bischof seinen Neffen: „Verschiebt die Reise. Man rennt nicht in eine brennende Stadt."

„Sehr voll scheint die Kasse noch nicht zu sein", sagte Andreas ärgerlich, als der Onkel sie verlassen hatte. „Sein Rat ging ihm verdammt leicht von den Lippen."

„Ich bin auch nicht entzückt", entgegnete Nicolaus enttäuscht, „nur weiß ich nicht, wem ich etwas vorwerfen soll."

Am 22. September 1495 traf ein Bote des Domstifts auf Schloss Heilsberg ein. Sein Pferd war schweißnass. „Eine Nachricht für Seine Eminenz", flüsterte er Andreas augenzwinkernd zu.

„Mein Onkel ist nicht hier." Andreas steckte ihm ein Goldstück in den Stiefel.

„Domherr Matthias Launau ist tot, seit gestern."

„Das ist noch ein Goldstück wert, mein Sohn", ahmte Andreas die Stimme des Bischofs nach. „Grüß den Koch von mir, er soll dich gut bewirten." Wenige Minuten später galoppierte Andreas nach Allenstein, wo sein Onkel und Nicolaus Bauerngüter besichtigten.

Unerwartet für Andreas, schien dem Bischof die Botschaft nicht ganz zu gefallen. Er zog die Stirn kraus, kratzte sich hinter dem Ohr, prustete mehrmals vor sich hin, doch dann sagte er gefasst: „Lasst keine Zeit verstreichen. Nicolaus mag sich sofort bewerben."

Watzenrode gab sich alle Mühe, seinem Neffen die Domherrenstelle zu verschaffen. Seine Lage war nicht günstig, denn über die Nachfolge derjenigen, die in ungeraden Monaten starben, hatte der Papst das letzte Wort. Der Bischof verhandelte, versprach, opferte, aber seine Macht reichte nicht aus.

Nicolaus, dem es nicht leicht gefallen war, vor seinem Bruder zu kandidieren, traf es hart, dass einem anderen die reichen Pfründe und die angesehene Stellung zugesprochen wurden. Er sehnte sich nach größerer Unabhängigkeit, und er dachte auch an Andreas, der nun noch länger würde warten müssen.

„Pech", versuchte ihn der Onkel zu trösten. „Launau hätte sich mit dem Sterben nicht so beeilen müssen. Zehn Tage später, und unsere Feinde hätten ihren Mann nicht durchbekommen."

Nicolaus versuchte noch einmal, den Onkel umzustimmen, bei einer neuen Vakanz erst Andreas kandidieren zu lassen, aber der Bischof winkte schroff ab.

„Erst du und dann Andreas!"

Er blickte an Nicolaus vorbei. „Um der Gerechtigkeit willen, Gott wird mein Gebet erhören und die nächsten in einem geraden Monat zu sich rufen, wenn ich entscheide und nicht diese Karikatur von Papst, der die Kirche schändet durch Simonie und Mord."

Obgleich die Worte gedacht waren, Nicolaus zu ermuntern, bedrückten sie ihn. Das kindliche Idealbild, das ihm von der Kirche eingegeben worden war, hatte unter der täglichen Erfahrung bereits viele Risse bekommen. Dennoch empfand er Ehrfurcht vor dem Stuhl des

Bischofs in Rom, dem Heiligen Vater, dem Papst, dem Oberhaupt der Kirche. Nicolaus kannte die oft wechselnde Stellung des Papsttums in der Geschichte. Er dachte auch an die Zeit der Kirchenspaltung, in der es zwei Päpste gegeben hatte. Noch nie aber schien es einen so maßlosen Papst und eine so zerrüttete Kirche wie jetzt gegeben zu haben.
Diese finsteren Gedanken zerstreuten sich wieder etwas, als bessere Nachrichten nach Heilsberg gebracht wurden. Der französische König war aus Italien vertrieben, mehrere Söldnerhaufen zerstreut oder entwaffnet worden.
Nach und nach tauchten in Nicolaus' Phantasie wieder die glanzvollen Bilder auf, die des Onkels Berichte über seine Studienzeit in Bologna in ihm erzeugt hatten. Die Reiseroute wurde beraten, Nicolaus' Vorschlag, über Thorn, Posen, Frankfurt/Oder, Leipzig, Nürnberg, Augsburg, Innsbruck, Trient und Verona zu reisen, angenommen. Und als die jungen Schwalben im Jahre 1496 die Nester verließen, verabschiedeten sich Andreas und Nicolaus von ihrem Onkel, der sie fürstlich ausgestattet hatte. Vier ausgewählte Diener begleiteten die Brüder. Alle waren bewaffnet und beritten, außerdem führten sie zwei Packpferde mit. Drei Jahre in der Fremde waren eine lange Zeit.
Überall, wo es etwas Besonderes zu sehen oder zu erleben gab, konnten sie einige Tage verweilen; vor Oktober brauchten sie nicht in Bologna zu sein. Auf Leipzig freuten sie sich sehr, denn dort studierten Verwandte und Freunde. Ganz besonders aber zog sie Nürnberg an.

Dort wollten sie bei Willibald Pirckheimer einkehren, der sein Haus zum Treffpunkt aller Humanisten gemacht hatte. In Nürnberg vermutete Nicolaus die wertvollen astronomischen Instrumente, die der Patrizier Bernhard Walther für Regiomontan hatte anfertigen lassen, und er freute sich darauf, mit Walther Bekanntschaft zu schließen.

Die Sonne hob sich schnell über den Horizont. Der feine Nebel zerstreute sich auf den Wiesen. Frisch und stark trabten die Pferde. Kornblumen und Klatschmohn leuchteten zwischen den grüngelben Getreidehalmen. Leicht wellten sich die Hügel und Täler. Bäche, Flüsse und Seen spiegelten das sanfte Blau des Himmels, und die zarten Federwolken begleiteten die Reiter auf ihrem Weg zum Süden.

Sie begegneten Kaufleuten mit Wagen, Pferden, Reitknechten und Söldnern, oder sie überholten Kaufmannszüge, schlossen sich ihnen für eine kurze Wegstrecke an, scherzten mit den Frauen und Kindern. Sie trafen auf Vaganten und bezahlten die Zeche für diese herumziehenden Studenten, die keine Stellung bekommen konnten, weil sie niemanden hatten, der sie protegierte.

Die Jüngeren waren noch fröhlich, sie schlugen die Laute, spielten auf dem Hackbrett, und sie sangen stolz:

„Wer nicht abwirft alle Bande
und durchwandert alle Lande,
frohen Sinns mit offenen Augen,
der wird niemals etwas taugen.“

Die Älteren aber sangen mit schwermütiger Stimme:

„Ich habe nichts, als was ihr an mir seht.
Aber glaubt nicht, dass dies meine Schuld ist.
Wie viel lieber wollte ich den Spuren des Vergil folgen.“

Nicolaus bemerkte die abschätzenden Blicke, die ihrer Kleidung und Ausrüstung galten. Die meisten Vaganten verbargen ihre Gefühle. Sie waren gebildet und fühlten sich als Edelleute, auch wenn sie ihren Lebensunterhalt erbetteln mussten. Manche aber waren Vagabunden geworden, die Schüler anwarben und zum Betteln, Fechten oder Stehlen abrichteten. Diese betrachteten Nicolaus und Andreas mit neidischen, gierigen oder hasserfüllten Blicken, und nur ihre Waffen nötigten ihnen Respekt ab.
Auf Jahrmärkten sahen Andreas und Nicolaus Hausierer, Teufelsbeschwörer, Quacksalber, Feuerfresser, Gaukler, Zauberkünstler, Possenreißer, Akrobaten und Schauspieltruppen. Manche führten mit Bären, Affen oder Vögeln Kunststücke vor, andere verkauften Amulette gegen Hexen und Dämonen. Wahrsager legten Karten oder lasen aus der Hand, Astrologen stellten Horoskope.
Andreas fühlte sich wohl in dem Tumult, Nicolaus aber schwirrte jedes Mal der Kopf von solchem Trubel, und er war erst froh, wenn sie wieder ihr Quartier aufsuchten. Er mochte auch die Vergnügungen der Edelleute nicht besonders, die Turniere in den schweren Rüstungen, die Bärenhatz, die Kartenspiele. Mehr gefielen ihm schon Federball, Mühle und besonders Schach. Und

mancher Burggraf oder Patrizier wünschte zu wissen, wo Nicolaus das königliche Spiel erlernt hatte.
Bauernhochzeiten gefielen Nicolaus so lange, bis den Leuten das Essen und Trinken an der falschen Stelle wieder herauskam. Bei Hochzeiten in Schlössern und Palästen ging es am Anfang meist sehr steif zu, doch nach ein paar Stunden unterschieden sie sich nur noch wenig von den Bauernhochzeiten auf dem Lande.
Schön und immer wieder erhebend war für ihn Musik, wenn man sich zum mehrstimmigen Chorgesang vereinigte oder die Instrumente erklingen ließ, den Dudelsack ebenso wie die Harfe, die Flöte oder die Trompete, die Oboe oder die Viola, das Fagott, Cembalo oder Klavichord. Vor allem beeindruckten Nicolaus die Kompositionen Johannes Ockeghems, von dem er in Leipzig in der gerade wiederhergestellten Thomaskirche eine Messe hören konnte.
Musik ergriff die Menschen, ließ sie still und andächtig oder froh und heiter werden, niemals aber wild und maßlos. Sie gab den Menschen ein Gefühl der Harmonie, ebenso wie der ewig gleich bleibende Lauf der Gestirne.
Musik und Sterne erschienen Nicolaus wie göttliche Symbole, die den Menschen Kraft zu geben vermochten, in den Wirren des Daseins zu bestehen. Das Leben in seinen Gegensätzen bedrohte den Glauben an einen allgütigen Vater und die Gerechtigkeit seiner Kirche. Die Hoffnung auf ein jenseitiges Leben in Frieden und Glückseligkeit war nur ein schwacher Trost für die Heimatlosen, Hungernden, Kranken und Geknechteten. Es

hieß wohl, jedem nach seinem Verdienst, aber Nicolaus konnte nicht teilnahmslos bleiben, wenn sie an den Armen auf den Landstraßen vorbeiritten, landlosen Bauern oder arbeitslosen Gesellen, entlassenen Söldnern, Krüppeln, Blinden, Siechen, die keine Herberge fanden; oder wenn Menschen ausgepeitscht, gebrandmarkt oder auf Scheiterhaufen verbrannt wurden.
Seit Papst Innozenz III. im Jahre 1484 die *Hexenbulle* und die Inquisitoren Sprenger und Institoris 1487 ihr Buch *Hexenhammer* veröffentlicht hatten, wurden im Namen der Kirche immer mehr Frauen und Männer der Hexerei beschuldigt, durch Folter zu „Geständnissen" gezwungen und verbrannt.
Nicolaus glaubte nicht an Hexerei. Er war erschrocken über die Willkür der Mächtigen und ihrer Folterknechte, die nur selten Erbarmen zeigten, er empfand Mitleid mit den Schwachen, auch wenn Hass und Auflehnung in ihren Augen brannten.
Manchmal fühlte sich Nicolaus elend und zerschlagen. Andreas wurde mit den schnell wechselnden Erlebnissen besser fertig. „Die Welt ist ein Irrenhaus. Wir sind alle nur Narren."
Aber Nicolaus schüttelte verzweifelt den Kopf. „Es gibt keine Hexen", sagte er, „mich dauern die armen Menschen, sie sind alle Kinder Gottes."

Nicolaus und Andreas fanden überall gastliche Aufnahme, in einem Kloster oder Schloss, bei einem Bischof oder Pfarrer. Sie brauchten keine der Gaststuben aufzusuchen, in denen Frauen und Männer samt Gepäck im selben Raum lagen, die Stiefel auszogen, Wäsche wechselten, tranken und rülpsten. Andreas und Nicolaus saßen an gedeckten Tafeln, deren einfachste immer noch Zinngeschirr zierte.

Als sie Mitte August die Türme von Nürnberg erblickten, spornten sie ihre Pferde an. Die Stadt lag wie eine Festung beiderseits der Pegnitz, umgeben von einer mächtigen Mauer mit Türmen und Basteien. Kaufmannszüge verließen die Stadttore, die von schweren Rundtürmen flankiert wurden.

Sie ritten über eine der Zugbrücken, die den breiten Trockengraben überspannten, passierten die Wache des Laufertores, folgten der Laufergasse bis zum Rathausplatz, wo sich die Sebalduskirche erhob. Marktfrauen, Schusterjungen, Chorknaben, Karrenschieber, Fuhrknechte belebten die Gassen. Frauen in fürstlicher Kleidung, auf hohen Absätzen trippelnd, flanierten auf den Plätzen, die langen Schleppen ihrer Roben lässig über den Boden schleifend. Sänftenträger standen in mäßiger Entfernung; Ratsherren schritten, von Dienern begleitet, wie Könige über das Pflaster.

Willibald Pirckheimer, der sich durch Übersetzungen griechischer Texte schon einen Namen unter den Humanisten gemacht hatte, begrüßte Andreas und Nicolaus wie Gleichgesinnte. Er war gerade zum Ratsherrn gewählt worden, aber davon sprach er nur nebenbei.

„Ich beneide Euch“, sagte er feierlich, „vor einem Jahr war ich noch in Padua. Wie konnte man jahrhundertelang leben ohne Homer, ohne Ovid? Freunde, es gab ein Goldenes Zeitalter. Wir haben es entdeckt, seine Kunst

und seine Wissenschaft. Jetzt wollen wir die alten Manuskripte sammeln, übersetzen und sie alle drucken und Gutenberg Dank sagen jeden Tag."
Nicolaus fühlte sich angesteckt von der Begeisterung des fast gleichaltrigen Pirckheimer und dessen Willen, die lange vergessenen Schätze der alten Welt zu heben und zu verarbeiten. Er war entschlossen, Griechisch zu lernen, und hoch erfreut, als Pirckheimer sagte: „Ihr habt Glück. Es gibt keinen, bei dem man besser Griechisch lernt als bei Antonius Urceus, einem Original, sage ich Euch. Er nennt sich *Codrus*, der Bettler, aber niemand ist so reich wie er, reich an Bildung. Ihr sitzt zu seinen Füßen; er hat die Ilias auf den Knien, in der linken Hand einen Löffel, mit dem er die Milch abrahmt, in der rechten einen Spieß, an dem er einen Hahn über dem Feuer röstet. Und dabei liest er Euch vor, Musik der Sprache, und Ihr hört und versteht, warum seine Augen glänzen." Pirckheimer wandte sich an seinen Freund Dürer, der dem Gespräch scheinbar teilnahmslos gefolgt war. Nur die fragenden, nachdenklichen Augen verrieten sein waches Interesse.
„Sag ihnen, Albrecht, dass ihr Maler auch so denkt."
Ein kaum merkliches Lächeln umspielte Dürers fein geschwungene Lippen. „Venedig kostete mich manchen Dukaten", sagte er. „Aber schaut Euch in Nürnberg um, das Grabmahl Schreyers am Chor der Sebalduskirche von Krafft oder Wolgemuts Hochaltar in der Kreuzkirche. Auch die Niederländer schaffen große Kunst. Will sagen, wir Maler lernen überall, und, nicht zu vergessen, wir schaffen unsere eigenen Werke."

„Wie kannst du mich so im Stich lassen.“ Pirckheimer runzelte die starken Brauen und schob schmollend die Unterlippe vor. „Sie wollen es besser machen als die Alten!“
Das gleiche Selbstvertrauen in die eigene Kraft und die gleiche Freude an antiker Dichtung und Wissenschaft trafen Andreas und Nicolaus bei vielen Bürgern Nürnbergs an. Stolz und sich seiner Bedeutung bewusst, führte sie Peter Vischer durch seine in vielen Ländern bekannte Kunstgießerei. Adam Krafft und Peter Flötner zeigten ihnen, nicht weniger von sich überzeugt, ihre Bildhauerwerkstatt und Kunsttischlerei. Den Eindruck eines Weltmanns machte Anton Koberger in seiner Druckerei, in der vierundzwanzig Pressen standen und einhundert Drucker arbeiteten. Behutsam schlug er Schedels Weltchronik auf. Mit vornehmer Geste deutete er auf die Holzschnitte. „Zweitausend an der Zahl, gefertigt von Pleydenwurf und Wolgemut, alles Nürnberger Künstler.“
Auf dem Sandsteinfelsen nördlich der Sebalduskirche erhob sich die Burg mit einem fünfeckigen Turm, der fast fünfhundert Jahre alt sein sollte. Der Patrizier und Astronom Bernhard Walther, weißbärtig und von Gicht geplagt, bestätigte es Nicolaus. „Seit achtzig Jahren gehört sie nicht mehr dem Grafen von Hohenzollern“, sagte er laut wie einer, der schwer hört. „Unsere Stadt hat sie gekauft. Seit dieser Zeit regieren wir allein und, wie Ihr seht, junger Freund, zum Vorteil unserer Bürger und der Kunst.“ Walther war erfreut, dass ihn ein Schüler Brudzewskis besuchte. Von Nicolaus gestützt,

führte er diesen an einen langen Tisch, auf dem ein Astrolabium, ein Armillar und andere astronomische Geräte aus Bronze standen.
„Alle aus meiner Werkstatt", sagte er stolz. „Jedes Stück erhielt den letzten Schliff von meiner Hand." Zitternd strichen seine Hände über die kostbaren Instrumente.
„Manchmal benutze ich sie noch", fuhr Walther wehmütig fort. „Regiomontan war der einzige, der nach Peurbach die Astronomie hätte reformieren können. Ich gab ihm die Instrumente, eine Sternwarte, eine mechanische Werkstatt. Vier Jahre hat er ungestört gearbeitet. Dann, 1475, machte ihn Papst Sixtus IV. zum Bischof von Regensburg und rief ihn nach Rom wegen der Kalenderreform. Er starb im gleichen Jahr, vierzig Jahre alt, unsere Pläne aber waren schon davor gestorben. Bischof und Astronom, das gibt keine Ehe."
Die letzten Worte klangen bitter. Sie berührten Nicolaus eigenartig. Er dachte an Brudzewski, der Regiomontans Arbeiten über Algebra und Trigonometrie ganz besonders schätzte.
„Regiomontans Ephemeriden wurden von Columbus benutzt, die bisher besten Bücher über die voraussichtliche Stellung der Himmelskörper."
Walther öffnete die Tür eines in eine Nische eingebauten Schrankes. „Hier liegen noch viele Papiere Regiomontans. Ich habe sie der Kirche abgekauft. Soweit meine Kraft reicht, werde ich sie für den Druck fertig machen."
Er sah Nicolaus forschend an und fuhr fort: „Wir hatten große Pläne; wir wollten alle wissenschaftlichen und

technischen Schriften der alten Griechen drucken. Regiomontan zog die Mitra vor."

Nicolaus empfand Mitleid mit dem alten Mann, der sich um seine Lebensaufgabe betrogen sah, die er mit Regiomontan hatte ausführen wollen. Wer aber würde je alle Ursachen erfahren, die zu ihrer Trennung geführt hatten. Vielleicht hatte sich Regiomontan zu abhängig von dem Geld Walthers gefühlt? Vielleicht war der Aufstieg zum Bischofsamt zu verlockend gewesen? Vielleicht hatte Regiomontan für seine Arbeiten noch bessere Bedingungen schaffen wollen?

„Euer Besuch hat mir wohl getan." Walther geleitete Nicolaus zur Tür. „Eine große Überraschung war für Regiomontan, dass Ptolemäus' Angaben nicht mit seinen eigenen Beobachtungen übereinstimmten. Regiomontan und Peurbach hatten ja zuerst geglaubt, die Differenzen in der arabischen und der lateinischen Ausgabe des *Almagest* seien Übersetzungsfehler. Aber auch nach dem Originalwerk stimmte die von Ptolemäus vorausgesagte Stellung der Planeten nicht mit der beobachteten überein."

Walther griff nach einem Buch. „Ihr kennt unseren Kalender, nicht wahr, junger Freund? Wir hatten ihn um zehn Tage vordatiert, damit er mit den astronomischen Daten übereinstimmt. Aber so ist das Problem natürlich nicht gelöst. Wir stehen weiter vor dem Rätsel, dass zwischen den ptolemäischen Angaben und unseren Beobachtungen erhebliche Differenzen bestehen." Er hob die stark geäderte Hand, legte sie Nicolaus väterlich auf die Schulter und sagte: „Grüßt

Dominicus Maria die Novara von mir. Besucht mich wieder, junger Freund. Reist unter einem guten Stern."
Die tiefen Glocken der Lorenzkirche läuteten die Abendstunde ein. Eine Kirche nach der anderen folgte. Die Luft dröhnte, die Stadt schien zu beben. Nicolaus fühlte sich emporgehoben und davongetragen in einen endlos scheinenden Raum, in dem nur Sterne um ihn waren.

Der Weg von Nürnberg nach Bologna war die kürzeste, aber auch beschwerlichste Strecke ihrer Reise. Nicolaus und Andreas wussten nicht recht, ob sie sich auf die Alpen freuen oder sich mehr vor ihnen fürchten sollten.
Viele sagten, Italien sei schön, aber die Berge davor waren grauenhaft: reißende Flüsse in unwirtlichen Tälern, finstere Schluchten, schlüpfrige Pfade, kahle, schroffe Felsen, schneller Wechsel des Wetters, brennende Sonne, Wolken, Sturm und Gewitter, tödliche Steinschläge, tosende Wasserfälle – eine schreckliche Welt.
Ab Augsburg schlossen sich Andreas und Nicolaus mit ihren Dienern einem Pilgerzug an. Der Frühnebel verlor sich in den Niederungen, die Luft wurde klar, auf der Höhe des Ammersees erblickten sie gegen den blassblauen Himmel erstmals die Spitzen der Berge. Am nächsten Tag löste sich der Nebel nicht auf. Dann aber lag er wie eine Wand hinter ihnen, die Sicht war frei, und Nicolaus sah vor sich die Felsen steil aufragen und im Hintergrund die Zugspitze.
In einer Mischung aus Staunen und Angst passierten sie das Wetterstein- und das Karwendelgebirge, den reißen-

den Inn, den Brennerpass zwischen den Stubaier und Zillertaler Alpen, anfangs unruhig und hastig, dann immer langsamer und bedächtiger, auch abwärts noch durch das Eisacktal bis Bolzano. Von da an weitete sich das Tal; sie folgten der Etsch, erreichten Trient und endlich Verona. Im hellen Glanz der Sonne lag vor ihren Augen die fruchtbare Ebene des Po, die von der Republik Venedig beherrscht wurde.

Für den Übergang über die Alpen hatten sie zehn Tage gebraucht; bis Bologna, das zwanzig Meilen südlich von Verona am Nordfuß des Apennins lag, würden sie nur noch vier bis fünf Tage benötigen.

Nicolaus und Andreas empfanden die Wärme wie Balsam nach der rauhen und kühlen Luft in den Bergen. Ihre Augen gewöhnten sich bald an das grelle Licht der Sonne, die über einen wolkenlosen Himmel wanderte. Sie sahen Buchen-, Eichen- und Nadelwälder, aber auch die immergrüne Eibe und Myrte, den Oleander und Lorbeer, die Edelkastanie, Pinie und Zypresse, den Maulbeerbaum und Ölbaum, weite Obst- und Weingärten.

Als sie den Reno erreichten und die Bergspitzen des Apennins auftauchten, erblickten sie bald den über dreihundert Fuß hohen Asinelli und dann auch den halb so hohen Garisenda, zwei Türme, eckig und schief, die Wahrzeichen von Bologna.

Am späten Nachmittag zogen sie müde, aber von Erwartungen beflügelt, durch das nördliche Tor der mächtigen Mauer, die als längliches Sechseck die Kirchen, Paläste, Backsteinbauten mit Bogengängen und die Uni-

versität, die berühmteste Bildungsstätte für das Rechtsstudium, umspannte.
Zwei Tage später ließ sich Nicolaus in die *Annales Clarissimae Nacionis Germanorum* eintragen: „A domino nicolas Koperlingk de thorn." Er entrichtete seine Gebühr, der Weg zum Studium war frei.
Zeit zur Besinnung nach der eindrucksvollen Reise blieb Nicolaus und Andreas nicht. Ihre Erlebnisse wurden überschwemmt von dem Leben einer Stadt, die voller Leidenschaft und Gegensätze war.
Auf dem Weg von Heilsberg nach Bologna hatten sie alles als Übergang empfunden. Sie waren nur Zuschauer der heiteren oder traurigen, der schönen oder schrecklichen Szenen gewesen; denn schon am nächsten oder übernächsten Tag hatten sie hinter ihnen gelegen.
Nun aber war das Leben um sie herum ein Teil ihres eigenen Lebens, und sie mussten sich den Sitten und Gebräuchen stellen. Zum ersten Mal empfanden sie das Unabänderliche einer langen Trennung von der Heimat. Und es dauerte ein paar Wochen, bis sie die Stadt und einige Menschen so gut kennen lernten, dass sie sich selbst heimisch fühlten.
Für Nicolaus entstand jedoch aus dem freundschaftlichen Kontakt mit dem Astronomen Novara und dem Sprachgelehrten Urceus ein tiefer Konflikt. Er hatte zwar die Vorlesungen einiger Juristen und Philosophen belegt, sie anfangs auch regelmäßiger als Andreas besucht, dann aber völlig vernachlässigt.
Wie sollte er sich je zum Doktorexamen melden können, wenn er weiterhin seine Kraft auf das Studium der

Astronomie und der griechischen Sprache konzentrierte? Dazu war er nicht nach Italien gereist, und dafür zahlte Onkel Lukas auch nicht die wirklich außerordentlich hohen Kosten. In drei Jahren spätestens, falls sich der Onkel nicht schon viel früher erkundigte, was anzunehmen war, musste er sich verantworten.

Nicolaus wollte dem Onkel schreiben und ihn um Verständnis bitten, aber da er selbst an dem Erfolg zweifelte, ließ er sich um so lieber davon abbringen. „Du musst jetzt selbst wissen, was du tust", sagte Andreas, dem es gefiel, dass die Pläne des Onkels durchkreuzt wurden. „Wir können ihn nicht immer erst fragen. Er erfährt es früh genug. Schließlich sind wir ja wohl auch erwachsen."

„Fürchte dich nicht ..." Nicolaus richtete sich an den Worten seiner Mutter auf, ohne sich von dem Gefühl der Schuld freimachen zu können. Und doch bereute er seinen Entschluss nicht. Er fühlte sich auf einem Weg, den er gehen musste, und jede Stunde, die er bei Dominicus Maria di Novara und Antonius Urceus verbrachte, bestärkte ihn. Aber auch die Furcht vor dem Zorn des Onkels wuchs von Monat zu Monat und zugleich die Angst, Lukas könnte ihm die Unterstützung entziehen.

Der Ankunft eines jeden Boten von Heilsberg sah Nicolaus mit gemischten Gefühlen entgegen. Seine Befürchtungen waren jedoch zunächst unnötig. Im Gegenteil, 1497, ein Jahr nach seiner Ankunft in Bologna, überbrachte ihm ein hoch gestellter Vikar des Bischofs die Nachricht, dass er als Nachfolger des im

August gestorbenen Domherrn Johannes Czannow gewählt worden war.
In Nicolaus' Miene spiegelten sich Freude und Bedrückung zugleich. Der Vikar bemerkte diesen Widerspruch und versuchte den Grund zu erfragen, aber vergeblich. Und auf die lauernde Frage: „Es freut Euch wohl nicht nur?“, antwortete Nicolaus kühl: „Auch Johannes Czannow liebte das Leben.“
„Es war Gottes Wille.“ Der Vikar verbeugte sich.
„Wir sind ihm sehr verbunden“, mischte sich Andreas ein. „Gerade heute ist ein Studentenfest auf der Wiese vor der Porta di San Manola und Samstag ein Feuerwerk auf der Piazza di San Domenico.“
Als der Vikar eine säuerliche Miene aufsetzte, fuhr Andreas fort: „Seht Euch in Bologna gut um und sagt Seiner Eminenz, das Leben kostet jetzt doppelt so viel wie zu seiner Zeit 1473, und nicht nur wegen der Feste und der Repräsentationen. – Der Krieg hat die Preise, den Luxus und die Lust am Leben erhöht. Es gibt Scholaren, die sieben Diener unterhalten.“
Der Vikar machte ein erstauntes Gesicht und verabschiedete sich kühl.
Nicolaus schickte ihm einen abschätzenden Blick nach und sagte leise: „Er ist nicht zufrieden mit dem, was er erfahren konnte.“
Andreas, beschäftigt, die Geldkatze zu leeren, die der Onkel dem Vikar mitgegeben hatte, antwortete lachend: „Man schnüffelt; drum belege die Vorlesungen wieder, die du besuchen müsstest. Das Geld hast du jetzt übrig, Kanonikus.“

Der Vikar hatte einen zwiespältigen Eindruck hinterlassen, und wie unter einem Zwang besuchte Nicolaus nun ab und zu wieder eine juristische Vorlesung. Er war jedes Mal deprimiert, denn das Recht erschien ihm als ein Mittel, menschliche Habsucht und Willkür zu rechtfertigen. Welch ein Gegensatz zu den Stunden, die er bei Novara verbracht hatte, den Wein und die Sterne vor Augen und das heiter-spöttische Gesicht des vierundvierzigjährigen Italieners, der ihm seine Freundschaft und sein Wissen schenkte.
Danach hatte es zuerst nicht ausgesehen, als Nicolaus ihm die Grüße und Empfehlung Walthers überbrachte. „Ihr kommt zu einer ungünstigen Stunde, Nicol de Copernicus“, hatte Novara geantwortet, dem es Spaß machte, Namen und Worte so auszusprechen, wie sie ihm über die Zunge liefen. „Ich mache gerade ein Horoskop für Savonarola. Ihr habt gehört von ihm? Seit einigen Wochen gehorcht er dem Verbot des Papstes, er schweigt still. Aber er fürchtet sich sehr. Was soll ich ihm sagen, was in den Sternen steht?“
Novaras kohlschwarze Augen hielten Nicolaus wie in Bann. Das heisere ironische Lachen ließ ihn zusammenschrecken. Novara trat auf ihn zu.
„Was geschieht mit einem Mann, der den Papst beschimpft, den Adel verhöhnt, den Luxus verurteilt, die Tavernen schließt, Eltern und Kinder, Männer und Frauen gegeneinander aufbringt? Braucht man da noch die Sterne zu fragen?“ Novara lachte sarkastisch und fuhr fort: „Er fragt mich, mich, den Stadtastrologen von Bologna, er, der die Astrologie als Gottlosigkeit und

Unsittlichkeit verdammte und den Scheiterhaufen für Astrologen verlangte. O ja, Savonarola ist ein selbstloser Mann, trägt raue Gewänder, isst und trinkt wie ein Heiliger, aber nicht schlechter. Er gründete eine Schule, dass man Griechisch und Hebräisch lesen lerne, aber nicht für Catull, Ovid, Tibull oder Terenz, nein, nur für die heiligen Schriften."
Novara drehte sich um und schritt an den hohen Regalen entlang, riss hier und dort ein Buch heraus, warf es auf die Erde, nahm Bilder von den Wänden und legte sie dazu, zog die Jacke aus und packte sie mit einem Spiegel, einer Brillantnadel und einem Schachbrett auf den Haufen. „Drei Jahre hintereinander verbrannte dieser Savonarola Bücher von Boccaccio und Petrarca, römische und griechische Pergamente mit den köstlichsten Miniaturen, Lauten, Harfen, Spielkarten, Gemälde. Zwanzigtausend Goldtaler bot ein Venezianer für so einen Scheiterhaufen, vergebens. Aber was ist alles Geld gegen solche Schätze? – Was erwartet Savonarola von seinem Horoskop?"
Nicolaus hatte das Gefühl, den Boden unter den Füßen zu verlieren. Er machte ein paar Schritte nach vorn, bückte sich, hob ein Buch auf und stellte es ins Regal. Die Bewegung tat ihm gut.
Novara hatte ihm verdutzt zugesehen, wortlos, auf den Kamin gestützt. Er verharrte erstaunt, bis Nicolaus die Jacke und die Brillantnadel auf den Tisch legte, verwundert über sich selbst und den jungen Mann.
„Wisst Ihr, was ich ihm antworten werde?", hörte Nicolaus die veränderte Stimme Novaras. „Du hattest Recht,

Savonarola, als du die Astrologie verdammtest; sie kann keinem helfen. Du hattest Recht, als du den Papst züchtigen wolltest; er führt ein liederliches Leben. Du tatest recht, Savonarola, den roten Kardinalshut zurückzuweisen; damit wollte der Papst dich kaufen. Nun denn, Savonarola, warum fürchtest du dich, der du wie Christus sein wolltest?"

Novara hatte das angefangene Horoskop zerrissen und Nicolaus zum Essen eingeladen.

„Ihr kamt vielleicht doch in einem günstigen Augenblick", sagte der Italiener. „Ich lebe von dem, woran ich nicht glaube, und, wie Ihr seht, gut. – Greift zu. – Kaum hat ein junger Edelmann das Licht unserer Welt erblickt, schon muss ihm ein Horoskop gestellt werden. Ich habe es mir abgewöhnt, den Eltern und Kindern das Leben mit schlechten Prophezeiungen zu vergällen. Als Dank dafür kommt man gern zu mir, viel zu oft; denn ich will eigentlich etwas anderes wissen von den Sternen. Ich war ein Schüler Regiomontans."

Nicolaus genoss die Orangen, die prallen Weinbeeren, und er hörte auf Novara, dessen Stimme wie sein Temperament Kapriolen schlug, schnelle und bedächtige, wilde und verworrene; Zorn und Freude, Spott, Hohn und Heiterkeit wechselten so schnell, dass Nicolaus manchmal nicht wusste, welche Tonart Novara gerade spielte. Und dann war er ebenso schnell bei einer wissenschaftlichen Frage, ruhig, sachlich, prüfend.

Er kannte den Himmel besser als Bologna, und er saß eine Stunde oder zwei wie erstarrt, um die Stellung des Mondes oder eines Planeten zu bestimmen. Dann sprang er auf, rieb sich die Hände über dem Kaminfeuer, goss einen Becher Wein hinunter und rief: „Die Astrologen haben Glück. Ihnen glaubt man noch, wenn sie hundertmal lügen und nur eine Weisheit verkünden. Andere verlieren bei einer Lüge allen Glauben, auch wenn sie hundertmal die Wahrheit gesagt haben. Bei Gott, die Astrologen haben es gut. Sie brauchen die Sterne nicht zu kennen, sie sitzen hinter dem Herd und rechnen nach den Alphonsinischen Tafeln. Ha, ha, ha! Schaut nur nicht auf den Himmel. Die Planeten richten sich nicht nach den Tafeln. Ihr werdet sie vielleicht in einer Woche oder in einem Monat dort finden, wo sie heute sein sollen."

Novara lachte unbändig.

„Nicol, Nicol, Kaiser und Päpste sind die größten Narren. Es gibt welche, die setzen sich nicht auf die Latrine, wenn ihre Sterne schlecht stehen. – Möchtest du als Prinz geboren sein?"

Ihm fiel immer etwas ein, Spaßiges und Ernstes, und es verging keine Stunde, in der Nicolaus nicht von unerwarteten Ideen überrascht worden wäre. Novara nahm kein Blatt vor den Mund, nachdem er sicher war, in seinem Schüler einen Freund gefunden zu haben.

„Schau dir den Himmel an, Nicolo, er lacht, Tag und Nacht lacht er, weil wir ihn so kompliziert machen, obgleich er viel einfacher ist als unsere Bilder und Rechnungen. Alles Große ist einfach."

Novara schlug die Epitome auf. „Kauf es dir, Nicolo, Peurbach und Regiomontan waren große Astronomen. Schau dir an, wie verrückt die Planeten um die Erde

tanzen. Ist das die Phantasie des Ptolemäus oder die Phantasie der Planeten?
Was sehen wir denn auch am Himmel? Ein Planet taucht auf, bewegt sich vor, bleibt stehen, läuft zurück, geht wieder vor, bleibt stehen ... Verrückt, nicht wahr?"
„Ich finde die Lösung von Ptolemäus genial", antwortete Nicolaus. „Aus diesen Beobachtungen gleichförmige Kreisbewegungen zu konstruieren, das ist unübertrefflich."
Novara drehte seinen schmalen Kopf langsam vom Buch weg, bis sein Blick Nicolaus' Augen traf. „Will sich Nicolo lustig machen? Ein Kreis, wunderbar, ein Aufkreis, wunderbarer, ein Aufaufkreis, am wunderbarsten. Nein, noch wunderbarer ist es: konzentrische Kreise und exzentrische Kreise. Wo bleibt da die Gleichförmigkeit der Bewegung?"
Nicolaus lachte. „Wie anders sollen wir die Planetenbahnen berechnen, Dominicus?"
„Wüsste ich's, wäre ich größer als Ptolemäus, Peurbach und Regio." Novara ließ den Kopf hängen, um plötzlich die Fäuste in die Luft zu stoßen und zu rufen: „Wär ich Gott, ich hätt es nicht so kompliziert gemacht."
Am 9. März hatten sie den Mond beobachtet, der im ersten Mondviertel den Aldebaran, den glänzenden Stern in den Hyaden, bedecken sollte. Nach der Theorie des Ptolemäus musste der Mond zu diesem Zeitpunkt der Erde bedeutend näher sein als während des Vollmondes.
„Wir werden sehen, ob das stimmt", sagte Novara ironisch. „Regio und Peurbach wunderten sich darüber auch. Das Auge sieht keinen Unterschied."

Mit dem Jakobsstab und dem Quadranten bestimmten sie Abend für Abend die Winkel, aus denen sie die Entfernungen berechneten, die sich nicht voneinander unterschieden. „Ob voll, halb oder viertel, er denkt gar nicht daran, näher zu kommen, unser schöner braver Lampion.“ Novara lachte und drehte sich um sich selbst und im Kreis um den Tisch, auf dem die Ölfunzel blakte. Sein Schatten lief an den Wänden mit.
Nicolaus wusste, warum sich Novara freute. Er bewunderte Ptolemäus, aber er hasste die Kommentatoren, die alles genauso gut oder noch besser wissen wollten als die Autoritäten, von denen sie zehrten.
„Die Nichtwisser wissen alles, die Narren reden in Zitaten!“, rief er und drehte sich, bis er gegen den Kamin taumelte. „Ja, Nicolo, Ptolemäus steht wie ein Turm, und ich Tor freue mich, wenn ein Stein herausbricht.“
Nicolaus vergaß das seltsame Schauspiel nicht. Er führte es seinem Bruder vor, etwas abgewandelt, aber mit dem gleichen Ergebnis. Nur bemerkte Andreas nichts außer dem Spaß.
Nicolaus nahm eine Kerze in die ausgestreckte Hand und drehte sich mit ihr um sich selbst. Sein Schatten lief an den Wänden mit. Und was geschah, wenn er die Kerze auf den Tisch stellte und um sie herumlief? Genau das Gleiche.
Gab es eine Ähnlichkeit zwischen diesen Erscheinungen und denen des Himmels?
Wenn einem der Schuh nicht passte, dann nicht wegen des Leders oder der Füße, sondern wegen des Zuschnitts.

Passte der Zuschnitt des ptolemäischen Systems für den Himmel? War der Weltenbau so kompliziert wie die Astronomie?

„Jede deiner Fragen, lieber Nicol, ist einen Scheiterhaufen wert. Ebenso könntest du fragen: Passt die Bibel in unsere Welt?"

Nicolaus erschrak wie noch nie in seinem Leben. Novara hatte ihm die Gefahr vor Augen geführt, in die er ahnungslos hineintappte, von der völligen Unschuld seiner Fragen überzeugt.

„Keine Angst, kleiner Nicolo", beruhigte ihn Novara, „ich frage mit dir, aber wir müssen es halten wie die Pythagoreer: Es bleibt unser Geheimnis."

Sie prüften die Grundsätze, von denen Ptolemäus im *Almagest* nach dem Vorbild Hipparchs und Aristoteles' vor eintausendvierhundert Jahren ausgegangen war:

Die Himmelskörper bewegen sich in Kreisen. Sie drehen sich mit dem gesamten Himmelsgewölbe täglich einmal rund um die Erde.

Gegen den ersten Satz ließ sich nichts sagen, aber gegen den zweiten. Er war schon von Ptolemäus selbst nicht in vollem Umfang aufrechterhalten worden, als er die von der Regel abweichenden Planetenbahnen bestimmen wollte. Woher wusste man, dass sich das Himmelsgewölbe um die Erde drehte? Man sah es, natürlich. Was man jedoch sah, war nicht immer richtig.

Die Erde ist eine Kugel.

„Schade", sagte Novara, „Columbus hat es bewiesen. Ich hätte Ptolemäus den Gegenbeweis gegönnt."

Nicolaus sah Novara belustigt an. „Vielleicht haben wir mit dem nächsten Punkt mehr Glück."

Die Erde steht im Mittelpunkt der Himmelskugel. Andernfalls müssten die Sterne an der Seite, nach welcher die Erde läge, schneller bewegt erscheinen. Das tun sie nicht, also muss die Erde im Zentrum stehen.
„Eine verdammt harte Nuss, dieser alte Herr aus Alexandria." Novara trat ans Fenster. Ein Leiterwagen rumpelte vorbei, auf den ein junger Mann gebunden war. „Heute verbrennen sie Benuto, den Philosophen." Er flüsterte, und trotzdem klang seine Stimme heiser. „Er leugnete die ewige Seligkeit. ‚Euch zu Gefallen will ich die Auferstehung glauben. Doch Ihr werdet sehen, es wird nichts daraus werden.' – Das hat er einem Dominikanerpater gesagt.
Man lebt nur einmal, Nico, man soll ein Wort zehnmal im Munde umkehren, bevor man es sagt."
Novara setzte sich an den Tisch und starrte auf die Epitome. „Seine Heiligkeit und Ihre Prächtigkeit, sie alle wollen einen richtigen Kalender, aber nur auf der Gundlage des heiligen Systems! ‚Dem sei der Himmel gnädig, der mich angreift', schrieb Horaz. – Weißt du, was sie mit uns machen, wenn sie erfahren, woran wir denken?" Novara wies auf das Fenster. „Wer verstehen will, muss einen freien Geist haben, aber wir alle sind Gefangene."
Furcht hielt Novara einige Wochen davon ab, die anderen Grundsätze des Ptolemäus zu prüfen.
Nicolaus drängte ihn nicht, aber er beschäftigte sich weiter mit den Fragen, auch wenn er das Gefühl hatte, sich allein durch seine Gedanken schon verdächtig zu machen.

Die Erde hat keine fortschreitende Bewegung, sonst müsste sie sich von dem Zentrum entfernen und den Sternen einer Seite näher kommen. Das war nicht zu beobachten. Ptolemäus hatte Recht, und doch strafte ihn der Himmel Lügen.
Am aufregendsten fand Nicolaus die Stelle, in der Ptolemäus Ansichten bestritt, die vor ihm vertreten worden sein mussten: Die Erde könne im Raum schweben und sich um sich selbst drehen. –
Wie ein Blitzschlag trafen Nicolaus die letzten Worte. *Lächerlich* nannte Ptolemäus diese Annahme. *Wenn die Erde sich am Tage einmal um sich selbst drehen würde, müsste bei der Geschwindigkeit die Luft zurückbleiben.*
Das Urteil des Ptolemäus erschreckte Nicolaus, denn er selbst hatte diese Vorstellung manchmal für möglich gehalten.
„Unsinn, Nicolo", wies ihn Novara zurecht. „Wer wird sich gleich ducken vor der Meinung eines anderen. Ptolemäus, Ptolemäus, Ptole, Pt! Ich kann den Namen nicht mehr hören, geschweige denn aussprechen." Er spuckte, das Pt nachahmend, verächtlich auf den *Almagest.*
„Denken wir doch mit unserem Kopf, mamma mia. Warum soll die Erde die Luft nicht mit herumwirbeln können?" Er drehte sich zweimal um sich selbst. „Aristoteles, auch so ein Heiliger für die Pfaffen, zählte die Luft zu den Elementen wie das Wasser und die Erde und das Feuer. Muss die Erde in der Luft fliegen oder die Luft mit der Erde?"
Die Neugier packte Nicolaus. Wer war es, der die Ansichten vertreten hatte, die Ptolemäus verurteilte? Was für Ansichten waren es genau?

Novara zuckte die Schultern. Er war wortkarger geworden. Ihn beschäftigte das Schicksal Benutos und neuerdings wieder Savonarolas, der den Befehl des Papstes ignorierte und fortfuhr in seinen wilden Predigten gegen die Putzsucht, Geldgier, Künste, Wissenschaften, Ketzer und den Papst. „In Florenz ist die Hölle los“, sagte Novara unruhig. „Die Stadt ist gespalten in Piagnoni und Arrabiati. Die einen wie die anderen spielen verrückt, weil sie für oder weil sie gegen Savonarola sind. Es wird erst Ruhe sein, wenn er brennt.“
Auch Nicolaus wurde von den sich überstürzenden Nachrichten verfolgt. Die Pest brach aus in Florenz. Savonarola verschloss sich mit vierzig Mönchen in einem Kloster. „Er hat sich vor der Pest verkrochen“, sagten seine Feinde.
„Ganze Nächte betete ich; gab meinen Frieden hin, opferte Gesundheit und Leben im Dienst meines Nächsten“, antwortete Savonarola.
„Der Papst behauptete, Savonarola sei ein Ketzer. Er schickte einen Franziskaner, um ein Gottesurteil herbeizuführen. Savonarola fürchtete sich, Buonvincini, ein Schüler, wollte für ihn gehen. Das Feuer brannte, Savonarola aber blickte zum Himmel und predigte und predigte, bis es zu regnen begann“, wurde erzählt.

1498 brach Novara auf nach Florenz. „Ich muss sehen, was geschieht.“
Nicolaus und Andreas schlossen sich ihm an. Warm brannte die Maiensonne über den Bergen. Im Wasser des Reno spiegelten sich Bäume und Felsen.

In der Herberge stritten sich die Reisenden über den Dominikanerprior und seine Reformen, die ein gottgefälliges Leben erzwingen sollten.
„Sie haben ihm die Daumenschrauben angesetzt, dem Sohn der Hölle. Jetzt gesteht er."
„Wer diesen heiligen Mann quält, ist kein Christ."
„Der Papst lässt sich nicht ungestraft beschimpfen."
„Unter den Medici war Florenz eine Stadt der Künste und der Freude. Jetzt begegnen dir kurz geschorene Kinder, büßende Frauen, Psalmen singende Männer. Lieber in der Hölle schmoren, als so leben, wie es dieser engbrüstige, krumme Hecht versteht."
„So kann nur ein Sünder reden."
Als Nicolaus, Andreas und Novara den Arno erreichten und die gewaltige Festungsmauer, den zinnenbesetzten Palazzo Vecchio und die achtseitige Kuppel des Domes Santa Maria del Fiore erblickten, war Savonarola schon verurteilt.
Auf der Piazza della Signora drängten sich die Menschen um das Gerüst mit dem Galgen, vor dem Savonarola mit zwei seiner Anhänger stand, klein, gebückt und die Hände gefaltet. Das Gesicht mit den roten Augenbrauen, der Adlernase und den starken Backenknochen wirkte blass und verzerrt.
„Die Zeit wird kommen, da wird man die Tore in Rom öffnen, und ein Gestank wird herauskommen, der die ganze Christenheit vergiften wird", rief er heiser.
„Die Geißel Gottes wird erscheinen, auf allen Seiten wird Finsternis sein. Gnade! Gnade, o Gott! Im Namen Christi, Gnade!"

Savonarolas Stimme klang gebrochen, doch sie hatte ihren Zauber noch nicht ganz verloren, und einige Anhänger brüllten: „Gnade! Gnade!"
Die meisten aber schrien: „Tötet ihn! Tötet ihn!", und bewarfen ihn mit Steinen und Eiern.
Nicolaus wandte sich ab, als die Henker das Urteil vollstreckten. Er vernahm den wilden Schrei der Menge, die Stimmen, die sich in Hass, Wut und Verzweiflung überschlugen. Er hörte das Prasseln der Scheiterhaufen, auf denen die Gehenkten verbrannt wurden.
„Der Papst hat viel Geduld mit ihm gehabt", sagte der Wirt salbungsvoll. „Aber der Mensch lebt nicht nur vom Gebet allein."
Novara zeigte ein finsteres Gesicht. „Savonarola hat keinen Glaubensartikel verletzt. Er musste brennen, weil er die Entartung der Kirche anprangerte. – Ein Narr, auch den Humanismus zu verdammen."

Antonius Urceus, der sich Codrus nannte, legte den kahlen Kopf auf die Schulter und hörte Nicolaus geduldig an. Halbdunkel herrschte in dem Raum, in dem es nach Büchern, Braten, saurer Milch und der Öllampe roch, die Tag und Nacht brannte. Der kleine alte Mann schien unter den Schriften rings um ihn herum mehr zu liegen als zu sitzen. Die hohlen Augen und die wachsbleichen Wangen gaben ihm ein kränkliches Aussehen.
„Als ich einst die Madonna verfluchte – mir waren in Forli meine Bücher und Manuskripte verbrannt –, musste ich mich sechs Monate lang verstecken. Wer gegen den Wind pisst, nässt sich die Hosen." Urceus

kicherte und rekelte sich, dass die übereinander gestapelten Bücher zu schwanken begannen.
„Savonarola sprach die Wahrheit, gewiss, trotzdem, mir ist ein toleranter Sünder lieber als ein unduldsamer Musterknabe. Laster hin, Laster her, Papst Alexander verbrennt keine Bücher."
Nicolaus wusste bei Codrus oft nicht, was er von ihm denken sollte. Er war zweiundachtzig Jahre alt, geistig regsam wie ein Jüngling, stolz wie ein König auf sein Wissen, klatschsüchtig und voll bissiger Worte über die Mönche, die Kirche, die Anbetung von Heiligen und Reliquien. Er glaubte an Zeichen- und Sterndeuterei, hielt aber nichts von dem Glauben an ein jenseitiges Leben und bezeichnete die Hölle als Schreckgespenst für alte Weiber. „Auch unsere Theologen wackeln oft mit ihren Lehren. Kann Gott der Allmächtige einen Stein schaffen, so schwer, dass er ihn nicht hinwegheben kann?"
Schalk und Bosheit brannten in seinen Augen, wenn er sich über die Neunmalklugen ereiferte. „Gott hat die Schweine und Menschen geschaffen, dass die einen die anderen fressen. Haben Geister einen Körper? – Ja, denn Körperloses könnte man nicht sehen. Aber dann wären sie doch keine Geister!"
Urceus liebte seine Schüler wie Kinder. „Ich gebe euch alles, Homer, Hippokrates, Archimedes, Aristoteles; ich habe nur sie und euch, ich unseliger Codrus! O unbeweibter Codrus!"
In solchen Augenblicken erschien Urceus wie ein Bild des Jammers. Aber er gewann seine Würde schnell

zurück, wenn seine Schüler feierlich erklärten: „Weiser Antonius Urceus, siehe, du bist unser aller Vater."
„Dich mag ich besonders gern, junger Freund aus dem kalten Norden, dich mit deinen warmen, vorsichtigen Augen. Ich weiß, was du mit Novara redest. Keine Angst. Codrus kann auch schweigen wie ein Pythagoreer. Dir aber will ich die Geheimnisse der alten Griechen entdecken."
Manchmal erschien er Nicolaus wie ein überlebender Zeuge aus einer vergangenen Zeit, der eine finstere Gegenwart verspottet, um sie mit seinen Ansichten zu beglücken.
Nicolaus war gespannt auf den Abend, an dem Urceus mit ihm allein reden wollte. Die Ölfunzeln blakten, Wein und Obst standen bereit, auf Urceus' Knien lagen vergilbte Pergamente.
„Sie stammen von Johannes Bessarion aus der Markusbibliothek in Venedig", sagte Urceus leise und etwas heiser. „Du kannst jetzt genug Griechisch, um sie dir später abzuschreiben. Aber nun will ich sehen, mein Sohn, wie du mir folgst."
Er richtete sich etwas auf, ließ sich von Nicolaus ein Kissen in den Rücken drücken und fuhr fort: „Philolaos, der als erster Pythagoreer Schriftliches überlieferte, sagte, in der Mitte der Welt ruht das Feuer, das die Erde und alle Sterne täglich einmal umkreisen, auch die Sonne, die nur das Licht des Feuers wie ein Spiegel reflektiert.
Aristarch von Samos war einer der ersten, der die Erde als eine Kugel ansah. Er veröffentlichte Zeichnungen, wie Archimedes überlieferte, auf denen er das Weltall

viel größer als alle anderen darstellte, und" – Urceus stockte und kniff die Augen zusammen – „er ließ die Sonne und alle Sterne unbeweglich am Himmel stehen. Aber die Erde, schrieb er, die Erde bewegt sich um die Sonne als Mittelpunkt auf einer Kreisbahn."

Urceus räusperte sich. Als Nicolaus schwieg, sagte er: „Aristarch glaubte auch, dass sich die Erde täglich einmal um sich selbst, um ihre Achse, dreht."

Nicolaus' Sinne waren zum Zerreißen gespannt. Urceus hatte geflüstert wie ein Sterbender. Er lag da wie tot, die Augen starr auf Nicolaus gerichtet, die Hände über der Brust gefaltet, unbeweglich. Draußen ertönten Schritte und Stimmen, ein Schrei, Lachen, Gesang.

„Aristarch wurde deswegen der Gottlosigkeit angeklagt", hörte Nicolaus das Flüstern des Greises. „Vergiss es nie, mein Sohn."

Während Nicolaus auf dem Heimweg die Gassen und Plätze passierte, über sich den vollen Mond und den milden Sommerhimmel, um sich jauchzende, musizierende, kichernde und singende Bologneser, fühlte er sich einsam und verloren. Ungeheuerlich war ihm der Gedanke plötzlich, dieser gewaltige Erdkörper könnte sich mit all den Türmen, Gebirgen, Seen und Meeren einmal am Tage um sich selbst drehen und dabei noch in einem Jahr um die Sonne herumfliegen.

Einen Augenblick nur hatte er das Gefühl gehabt: So muss es sein. Aristarch hatte es gewusst, was er selbst einige Male geahnt hatte. Wie denn nun, wenn sich die Erde drehte? – Wie der Schatten an der Wand unverändert blieb, ob man um die Kerze lief oder die Kerze um

sich herumführte, genauso unverändert blieben die Bilder am Himmelsgewölbe, ob die Erde stillstand oder sich bewegte.
Das wusste Novara, das wusste Codrus, wo aber war der Beweis? Hatte Aristarch ihn besessen? Gab es ihn noch, oder hatte man alles vernichtet, als man Aristarch wegen Gottlosigkeit verurteilte?
Nicolaus blickte auf die schiefen Türme, in deren Schatten sich Liebespaare küssten. Und in den schweren Bogengängen des Palazzo del Podesta lärmten Betrunkene. Würziger Bratenduft wehte über den Platz.
Es war Irrsinn, über die Bewegung der Erde nachzudenken. Wem sollte es nützen? Welch ein Abgrund tat sich vor ihm auf.
Eine Sternschnuppe brannte ab. Sterne sind Löcher im Himmelsgewölbe, durch die das Licht des Paradieses scheint. Das durfte jeder denken und sagen, denn es war fromm. Wer fragte nach dem Nutzen?
Nutzen und Wahrheit, war das dasselbe?
Wahrheit? Was war Wahrheit? Gottes Worte!
Nach der Bibel bewegte sich die Sonne. Ptolemäus, der Heide, lieferte das System, es wurde christlich. Aber die Planeten und die Sonne fügten sich nicht. Nach eintausendvierhundert Jahren war die Sonne dem Kalender nun schon zehn Tage voraus. Gott hatte Himmel und Erde geschaffen, das System aber nicht. Gottes Wort stand in der Bibel. Wer hatte es aufgeschrieben? Wie viel Fehler fand man beim Vergleich der griechischen Texte mit denen, die über das Arabische ins Lateinische übersetzt worden waren.

Nicolaus lehnte die heiße Stirn an eine Mauer. Wer war er, dass er solche Gedanken wagte, er, ein Domherr gerade, ein kleiner Diener der großen, mächtigen Kirche, ein Scholar erst, ein Namenloser für diejenigen, deren Wort vernommen oder gar ernst genommen wurde.
Und was hatte er vorzustellen? Ein Hirngespinst bestenfalls, das Trugbild eines Wahnsinnigen, der nicht zu unterscheiden vermochte, ob sich das Schiff oder das Ufer bewegte. Was gab es dafür? Gelächter, Spott, Hohn oder den mit eignem Blut getränkten Hut auf dem Scheiterhaufen. Es war vermessen, sich darauf einzulassen, Bischöfe, Kardinäle, den Kaiser und den Papst, alle Menschen herauszufordern, das Gegenteil von dem zu denken, was sie Tag und Nacht sehen konnten und was seit undenklichen Zeiten als richtig galt.
Die Nacht flüsterte aus allen Winkeln, während Nicolaus, den Kopf gesenkt, sein Quartier aufsuchte.
Plötzlich wurden ihm die Arme auf den Rücken verdreht, ein Knie ins Kreuz gedrückt, der leichte Mantel aufgerissen. Bevor er daran denken konnte, Hilfe zu rufen, waren die Gestalten unter den Arkaden zu seiner Rechten verschwunden und mit ihnen seine Geldkatze. Er stürzte den Räubern nach, vergeblich; es war, als hätte sie die Nacht verschluckt.
Bebend vor Empörung und Zorn über den hinterhältigen Überfall steckte Nicolaus den Degen in die Scheide. Er dachte entsetzt daran, dass Andreas bereits bei ihm geborgt und er nun das letzte Geld verloren hatte. Eben hatte er die Welt noch aus den Angeln heben wollen, und nun saß er da in der Fremde, aller Mittel beraubt.

Noch nie hatten Nicolaus und Andreas einen Abgesandten ihres Onkels so erfreut begrüßt wie Georg Pranghe. Aber der bischöfliche Sekretär brachte statt des ersehnten Geldes eine unangenehme Botschaft.

„Seine Eminenz ist ungehalten, dass die Studien nicht in der gewünschten Form voranschreiten."

„Wir haben ganz andere Sorgen", brauste Andreas auf. „Uns bleibt nur der Galgen oder der Schuldturm, wobei kein großer Unterschied ist."

Er fluchte wie ein Eseltreiber, bis Nicolaus ihm Einhalt gebot und sich an Pranghe wandte.

„Wir mussten Geld borgen durch meine Schuld. Ich bin ausgeraubt worden. Unsere Not ist groß, wir brauchen dringend Hilfe."

Pranghe schüttelte betrübt den Kopf. „Ich würde gern aushelfen, jedoch ich habe Order für Rom und muss wieder zurück. Ich werde Seiner Eminenz die Dringlichkeit Eurer Lage vor Augen halten."

„Bis dahin sind wir im Schuldturm verfault!" Andreas schritt durch den Raum, während Nicolaus verzweifelt vor sich hin starrte.

„Ich werde in Rom mit Sculteti verhandeln", versuchte Pranghe die Brüder zu beruhigen. „Als Bevollmächtigter Ermlands beim apostolischen Stuhl wird ihm die römische Bank Kredit gewähren." Pranghe verschränkte die Arme vor der Brust. „Wie viel werdet Ihr brauchen?"

Als er die Summe hörte, zuckte er zusammen. „Hundert Dukaten? Ei, ei, ei. Wird Sculteti das wagen, wo seine Eminenz gedroht haben, weitere Zuwendungen zu sperren?"

„Was?“ Andreas’ Gesicht wurde rot und bleich vor Zorn. „Dann sagt Sculteti und Seiner Eminenz, dass ich in Rom fremde Dienste annehmen werde!“
Während Nicolaus sich mit Vorwürfen quälte, verurteilte Andreas den Onkel. „Wir wären mit dem, was dir geraubt wurde, auch nicht ausgekommen.“
Obgleich die Feststellung stimmte, tröstete sie Nicolaus nicht. Er hatte die Erwartungen des Onkels nicht erfüllt, und stärker als zuvor packte ihn das Gefühl der Schuld, denn nun, im letzten Jahre ihres Studiums, war es ihm ganz unmöglich, die Doktorprüfung noch zu schaffen. Der Augenblick, wo er mit leeren Händen vor dem Onkel und der gesamten Diözese erscheinen musste, trat immer deutlicher vor seine Augen.
„Wir machen aus der Not eine Tugend“, rief Andreas. „Auch ich werde mich nicht zur Prüfung melden, und wir werden beide einen neuen Studienaufenthalt ertrotzen!!“ Diese Idee beflügelte Andreas. Sie half ihm, karge Kost zu halten, Tavernen, Spiele und Feste zu meiden.
„Weiß Gott“, stöhnte er manchmal, wenn Studenten mit fröhlichen Mädchen singend oder lachend an ihrem Fenster vorüberzogen, „wenn ich darauf hätte immer verzichten sollen! Nein, zum Bettelstudenten tauge ich nicht! Was wir in diesen knauserigen Wochen alles versäumen. Das gibt uns das Recht, nach Italien zurückzukehren. Außerdem“, fügte er verschmitzt hinzu, „haben wir dann noch viel zu viel Zeit, uns in dem gottverlassenen Frauenburg herumzudrücken.“ Er schüttelte sich, klapperte mit dem Deckel der Weinkaraffe und stöhnte: „Wenn da erst wieder ein Tropfen drin ist.“

Nicolaus freundete sich mit der Idee seines Bruders umso lieber an, als ihm die missliche Lage viel Kummer bereitete. Schließlich hatte der Onkel ihm selbst gesagt, er könnte sich viel Zeit lassen. Und als Sculteti das Geld schickte und ein verständnisvoll-heiteres Schreiben dazu und bald darauf Andreas auch eine Domherrenstelle erhielt, zweifelte Nicolaus nicht mehr daran, dass der Onkel ihnen noch einmal Studienurlaub geben würde. Allerdings würden sie nun auch die Erlaubnis des Domkapitels einholen müssen.

Sorgloser als bisher setzte er seine Studien fort. Obgleich ihn der Gedanke, die Erde würde sich um sich selbst und um die Sonne drehen, immer wieder bedrängte, schob er ihn von sich. Erst kurz vor seiner Abreise nach Rom, wo er mit Andreas das Jubeljahr 1500 verbringen wollte, sprach er mit Novara darüber.

„Vielleicht hat Aristarch recht." Novara betrachtete Nicolaus schwermütig. „Vielleicht hatte er sogar Beweise. Aber überliefert ist nichts, nur die Behauptung. Und vielleicht nur deshalb, weil Ptolemäus sie kritisiert hat."

Novaras Augen glühten vor Schmerz und Freude. „Gib Acht auf dich, lieber Nicol. In Rom vergeht keine Nacht ohne Mord." Er wandte sich ab. „Vergiss Novara nicht. Das Leben ist manchmal kürzer, als man denkt."

Auch Urceus sprach vom Sterben, aber aus seinem Mund klang es fröhlich, als wollte er sich darüber lustig machen. Er war fast doppelt so alt wie Novara.

„Mit dem Kreuz werden sie mich begraben, aber weiterleben werde ich natürlich mit den Heiden." Er kicherte und schenkte Nicolaus ein Buch von Plutarch.

„Darin findest du, was ich dir von Aristarch erzählt habe. Die Götter Griechenlands mögen dich beschützen."

Alle Straßen und Wege nach Rom waren überflutet von Pilgern, Kranken, Greisen, Witwen, Kindern, Eseln, Pferden, Wagen, Hunden. Die Stadt drohte zu ersticken, und Nicolaus atmete erst auf, als Sculteti sie empfing und in seiner Kanzlei in der Engelsburg aufnahm. Von oben her schaute es sich leichter auf das Gewühl in den Gassen, auf den Märkten und Feldern vor der Stadtmauer.

Am Ostersonntag waren die Menschen in und vor dem Petersdom nicht mehr zu überschauen. Nicolaus sah den Papst aus nächster Nähe: ein heiter strahlendes Gesicht, eine kühn geschwungene Adlernase, einen sinnlichen Mund, ein volles Kinn und das in Purpur, Gold, Silber und Edelsteinen prangende Gewand. Eine faszinierende Erscheinung, die spöttischen Blicks der gläubig stöhnenden Menge den Segen erteilte. Daneben die Kardinäle, bemüht, das an Ernst und Strenge zu ersetzen, was der Papst mit leichter Hand verschenkte. Denn er liebte das Leben, die Frauen, seine Kinder, die Künste, Musik, Wein, köstliche Speisen und Gift für seine Gegner.

Gelehrte Männer waren am Stuhl des Papstes versammelt, bewandert im Recht, in den Lehren der Kirchenväter, der großen Gelehrten Albertus Magnus, Thomas von Aquino, Abälard; Kenner der Astronomie und Astrologie, der lateinischen und griechischen Literatur, der Mathematik, Geographie, Kriegskunst, Alchimie.

Ein freierer Geist als vermutet schien zu herrschen, auch wenn dem Galgen auf der Engelsbrücke überraschend oft und über Nacht geopfert wurde. Selbst Bischöfe und Prälaten starben manchmal eines schnellen Todes.

Rom stand im Mittelpunkt politischer Kämpfe, und der Papst strebte wie andere Renaissancefürsten nach Erweiterung seiner Macht. Dabei war ihm jedes Mittel recht, um seine Anhänger zu fördern und seine Feinde zu vernichten.

Nicolaus durchschaute die Ränkespiele nicht, und er kündete an dem Collegium Sapienza einen Vortrag an, auf dem er die Frage sondieren wollte, ob eine Bewegung der Erde mit den Lehren des Christentums in Übereinstimmung stehen könnte.

Er war vorsichtig, er bestritt nichts; er pries die Weisheit des Ptolemäus, sprach nur von dem Unglück mit dem Kalender, der nicht mehr mit dem Stand der Sonne übereinstimmte, so dass auch die Feste der Kirche nicht mehr an den richtigen Tagen gefeiert wurden – was die ganze Christenheit betraf. Und seine Worte waren ohne jeden Eifer, ruhig, sachlich, kühl. Aber er spürte die Feindschaft, die auf ihn eindrang, die Ablehnung, die Verachtung, den Hass der Würdenträger und der Gelehrten.

Nicolaus sah, wie ein Prälat mit einem uralten Kardinal Blicke austauschte. Und kaum hatte er seinen Vortrag beendet, sagte dieser Prälat mit einer Stimme, die alle Autorität und Sicherheit der unfehlbaren Kirche in Ton und Ausdruck konzentrierte: „Wir sind erstaunt! Das

Christentum verbietet keineswegs zu fragen. Was wäre Jesus Christus ohne seine Fragen? Fragen ist notwendig, unentbehrlich, aber nur auf der Grundlage der christlichen Lehre. Welch eine Ungeheuerlichkeit ist es daher, Gottes Wahrheit durch die Frage in Zweifel zu ziehen, ob die von ihm geschaffene Welt nicht ganz anders sein könnte, als sie uns von seinen Propheten offenbart worden ist? Wer nur kann es sein, der am Wort der Heiligen Schrift Zweifel erweckt? Welch einer Verblendung ist unser junger Bruder verfallen, von diesem Weg in Gedanken und Worten abzuweichen? Kalender hin, Kalender her, Gottes Weisheit wird unsern Weg erleuchten. Aber nicht durch zerstörende Zweifel, sondern durch die Festigkeit unseres Glaubens!"
Beifälliges Gemurmel ertönte. Man zerstreute sich, abschätzende Blicke auf Nicolaus werfend, der auf Treibsand zu stehen und unaufhaltsam in die Tiefe zu sinken meinte.
Gewiss, die letzten Worte des aufgeblasenen Prälaten zeigten, wie brüchig das ptolemäische System war, auf das die Zeitrechnung gegründet worden war, aber sie vermochten den Verdacht nicht abzuschwächen, unter dem Nicolaus stand: dem Verdacht, ein Ketzer zu sein.
„Pfeif auf die alten Säcke und Mondgesichter, auf die Glatzköpfe, Rotkappen, Pfründenjäger, Intriganten, Bibelwürmer, Tintenfüchse; pfeif drauf!"
Andreas tobte. Am liebsten hätte er die fleischgefüllten Gewänder durchbohrt. Sollten sie zur Hölle fahren, wenn sie keinen Sinn mehr für die Erde und das Leben hatten.

Sculteti legte seinen Arm um Nicolaus' Schulter. „Du brauchst nicht blass zu werden, lieber Freund. Papst Alexander wird jeden töten lassen, der sich ihm und seinem Sohn Cesare in den Weg stellt, aber keinen jungen Scholaren. Er würde sogar noch lachen, wenn man Joseph einen Mann von Charakter nennen würde, weil er Maria nicht verstoßen hat, obgleich sie schwanger war, bevor er sie zum Weibe nahm."

4

Stärker als in den Jahren zuvor erlebten Andreas und Nicolaus im Frühjahr 1501 den Zug der Vögel nach dem Norden. Die heiße Luft, die der nordafrikanische Wüstenwind in Wellen herantrieb, steigerte ihrer beider Unrast.

Die Heimat, die für sie fast fünf Jahre lang in nebelhafter Ferne gelegen hatte, trat mit großer Klarheit vor ihre Augen. Sie zog sie nun viel stärker an als die prächtigen Paläste, das leichte, heitere Leben oder die ernsten, leidenschaftlichen Fragen wissenschaftlicher Forschung.

Mit kindlichem Eifer ordneten sie ihr Gepäck, hastig fast verabschiedeten sie sich von Urceus, Novara und den anderen Freunden.

Natürlich würden sie zurückkehren, ganz gewiss sogar, deshalb ließen sie ja einen Teil ihrer Habe zurück.

Ihre Gedanken waren jedoch schon im Norden, und ihre Sehnsucht nach dem Zuhause wuchs, trotz der Sorge, ob Bischof Lukas und das Domkapitel ihre Wiedersehensfreude teilen würden. Schließlich brachten sie kein Doktorexamen mit. Und obendrein wollten sie erneut um Urlaub bitten.

Aber diese Bedenken und Peinlichkeiten belasteten sie nicht allzu sehr. Sie wurden von dem Heimweh verdrängt, das sich mit dem Wunsch nach frischer, herber Luft vermischte.

Sie freuten sich auf die Mutter und die Schwestern, auf lang vermisste Verwandte und Freunde, und jede Station ihrer Reise empfanden sie als einen schmerzlichen Zeitverlust.
Nur in Nürnberg verweilten sie drei Tage, und das Wiedersehen mit Walther wurde zu einem besonderen Erlebnis für Nicolaus.
Walther öffnete wieder den eingebauten Schrank, zog ein Manuskript heraus und zeigte Nicolaus die Aufzeichnungen, die er 1491 über die Beobachtungen des Planeten Merkur gemacht hatte. „Meine Augen sind müde, junger Freund", sagte er, „Novara hat mir von Euch berichtet. Vielleicht könnt Ihr die Beobachtungen einmal gebrauchen?!"
Immer wieder fühlte sich Nicolaus auf die Astronomie gestoßen, doch sosehr ihn dieses Thema auch interessierte, seit dem Vortrag in Rom sah er sich nur noch als Zuschauer. Warum sollte er sich zum Narren einer Idee machen, die niemand haben wollte?
Endlich erreichten sie Pruzzen. Die Pferde schritten schneller, jeder Baum und Strauch, jede Hütte und jeder Bauer schienen sie zu begrüßen. Es war eine Lust, den Duft des Heus und Getreides zu riechen, die Lerchen aufsteigen und die Schwalben den dunstig blauen Himmel schneiden zu sehen.
Die Weichsel und die Türme Thorns lösten Freude und Schmerz aus. Onkel Tilmann lebte nicht mehr. Vor zwei Jahren schon war er begraben worden, dicht neben Nicolaus' Vater. Tante Christina, noch stattlicher geworden, schluchzte, während sie ihre Neffen bewirtete.

Mutter und Schwester, die sie im Kloster besuchten, weinten vor Freude.
„Ihr braucht euch vor Lukas nicht zu fürchten, Andreas und Nicolaus. Ich bin so froh, dass es euch gut geht", sagte die Mutter.
„Braun und männlich seht ihr aus!" Barbara seufzte.
Dann lag das Kloster hinter ihnen wie eine andere Welt. Andreas schüttelte sich in der Morgenluft. „Es sind lebende Engel", sagte er rau. „Traurig, dass die Koppernicks aussterben."
Mit gemischten Gefühlen näherten sich Andreas und Nicolaus dem Schloss Heilsberg. Sie trieben die Pferde an, denn dunkle Wolken zogen herauf, Donner grollte, die Sonne verschwand hinter einer bleischwarzen Wand. Blitze flammten darüber hin, Wind fauchte heran, trieb Staub und Sand vor sich her. Die Pferde fielen in Galopp. Sie erreichten die Zugbrücke, als die ersten Hagelkörner auf sie niederprasselten.
Der Onkel empfing seine Neffen im Rittersaal, umgeben von seinen engsten Mitarbeitern, die er nach dem Zeremoniell entließ. Er sah gesund, unternehmungslustig und zufrieden aus. Einige Kerzen brannten an den Wänden; das Licht flackerte gespenstisch in dem halbdunklen Saal. Regen klatschte gegen die bunten Scheiben. In den Augen des Onkels waren keine Gedanken zu lesen. Ohne Eile musterten sie Andreas und Nicolaus. Wie würde das Ergebnis ausfallen?
Andreas fühlte sich unsicher werden, und er setzte zur Abwehr etwaiger Vorwürfe eine trotzige Miene auf. Nicolaus bemerkte den Spott, der im Bruchteil einer

Sekunde über das Gesicht des Onkels zuckte. Die Musterung fing an, ihm peinlich zu werden. Aber er ließ es sich nicht anmerken.
Natürlich hatte er gefehlt. Dafür musste er einstehen. Es erschien ihm nur so schwer, weil es plötzlich nichts mehr gab, womit er sich hätte rechtfertigen mögen. Seine Leidenschaft für die Astronomie? Wo war sie geblieben? Es erschien ihm undurchführbar, angesichts der Scheiterhaufen neue Ideen zu entwickeln. Es trieb ihn nicht, ein Märtyrer zu werden.
Wertvolle Zeit hatte er verloren für eine Sache, für die nicht ehrlich gearbeitet werden durfte. Er hatte sich selbst betrogen und den Onkel dazu, der viel besser gewusst hatte, was für ihn gut war.
Nicolaus wich dem Blick des Onkels nicht aus. Er hatte dessen Auftrag nicht ernst genommen; er erwartete sein Urteil und würde es auf sich nehmen.
Der Bischof fragte nichts. Er trat auf seine Neffen zu, legte die Arme auf ihre Schultern und zog sie an sich.
„Ihr lasst euch Zeit", sagte er leutselig, während er sie in sein Turmzimmer führte. „Vergesst aber nicht, auch ich werde älter."
Er riss den Mund auf und zeigte ihnen die Lücken zwischen seinen Zähnen. „Abgesehen davon", er schlug dreimal auf den Tisch, „geht es mir gut."
Nicolaus und Andreas waren überwältigt.
Es wurde ein lustiger Abend. Lukas schwelgte in der Vergangenheit, und jedes Abenteuer, das ihm seine Neffen erzählten, rief die Erinnerung eines eigenen in ihm wach.

„Das mit dem Medizinstudium ist eine gute Idee!", rief der Bischof angeheitert. „Damit werdet ihr die alten Knacker in Frauenburg gewinnen, und ich kann noch einige Zeit ohne euch auskommen. Aber", fuhr er scherzhaft drohend fort, „dieses Mal müsst ihr Wort halten."

Wie anders sahen die Dinge bei der Beratung des Domkapitels aus! Zehn Domherren waren anwesend. Selbst Andreas fühlte sich befangen. Wie schwarze Vögel hockten sie im Halbkreis in dem dämmrigen Raum. Gelehrte Männer, die fast alle in Italien studiert und lustig gelebt hatten. Jeder wäre gern noch länger dort geblieben.

Aber jeder hatte auch Pflichten zu erfüllen, denn das Gebiet, das die Domherren als feudale Grundbesitzer verwalteten, war groß. Ihre Einnahmen hingen davon ab, wie gut das Land bewirtschaftet wurde. Sie hatten Dörfer und Städte zu beaufsichtigen, Abgaben zu erheben, Gericht zu halten, Vorräte anzulegen, Mühlen, Brauereien und Bäckereien zu kontrollieren, das Forst- und Fischereiwesen, den Handel und das Gewerbe in Betrieb zu halten, die Verteidigung des Landes zu organisieren. Sie waren für die Kirchen, für die Messen, Taufen, Hochzeiten, Beerdigungen sowie die Erhaltung der Gebäude und die Ausbildung von Geistlichen verantwortlich. Außerdem bildeten sie den Rat des Bischofs, den sie aus ihren Reihen wählten, und insofern waren sie dem ganzen Bistum verpflichtet, von dem ihnen ein Drittel unmittelbar unterstand. Und nicht

zuletzt hatte jeder Domherr noch ein oder zwei private Güter, die er verwalten musste.
Um diese Aufgaben gut lösen zu können, hatten die Domherren stets darauf geachtet, dass die neu gewählten Domherren studiert hatten und ihre Ausbildung vervollkommneten. Insofern standen sie den Wünschen Andreas' und Nicolaus' aufgeschlossen gegenüber. Besonders Nicolaus' Absicht, zusätzlich Medizin zu studieren, gefiel. Andererseits hatten beide lange genug studiert. Und die Arbeiten in Frauenburg mussten weiterlaufen. Warum wollte Andreas unbedingt den Doktortitel erwerben? Watzenrode hatte es leicht, das weitere Studium zu befürworten: Er brauchte die Arbeit der Abwesenden nicht zu übernehmen. Nicht jeder mochte den eigensinnigen Bischof, aber seinen Zorn wollte auch niemand herausfordern.
Schließlich stimmten die Domherren über den Antrag ihrer Kollegen Koppernick ab. Und Johannes Sculteti teilte den Brüdern mit freundlicher Miene und feierlicher Gebärde das Ergebnis mit.
„Natürlich sind wir einverstanden."
Nicolaus und Andreas fühlten sich erleichtert. Sie empfanden Dankbarkeit und beschlossen, sich eine Woche lang in Frauenburg gut umzusehen.
Die Julisonne brannte, und die Luft flimmerte über den Dächern. In der Kathedrale war es angenehm kühl, aber auch auf den Türmen, die sich an fünf Stellen über die Mauer der Domburg erhoben. Der Blick reichte weit über die mächtigen Eichen- und Buchenkronen ins Land. Das Getreide stand zum Teil schon in Stiegen, zum Teil

noch auf dem Halm. Die Flügel zweier Windmühlen drehten sich träge. Kühe lagen wie versteinert im Gras. Aus der Schmiede tönte gleichmäßig der Klang zweier Hämmer, dazwischen das Dengeln einer Sense.

Über das helle Haff sah man hinaus auf das grünblaue Meer. Fischerboote trieben mit schlaffen Segeln. Möwen schaukelten auf der leichten Dünung. Die Dohlen hockten in ihren Schlupfwinkeln; ab und zu strich eine drohend über den steil zur See abfallenden Hang.

Maurer und Zimmerleute besserten die Wehrgänge und Schießscharten aus. Ununterbrochen floss ein armdicker Wasserstrahl aus dem Brunnen des Domhofs, den eine Wasserleitung speiste. Vom Brauhaus wehte der Geruch abgepresster Trester heran. Andreas schnupperte genießerisch und sagte: „Ich habe Durst, Nicolaus, komm!"

Am nächsten Tag ritten sie aus, um Dörfer, Güter und Vorwerke zu besichtigen. Ehrerbietig wurden sie von den Dorfschulzen und Verwaltern empfangen, freimütig wurden ihre Fragen beantwortet.

„Wir haben keinen Mangel an Arbeitern, Hochwürden. Sie dienen lieber uns als dem Ritterorden, der sie auspresst. So kommen sie zu uns über die Grenze." Der Verwalter schmunzelte. „Aber wir haben auch Sorgen", fuhr er unzufrieden fort. „Die Alten, die zu keiner Arbeit mehr taugen, überfluten das Land. Man muss sie ernähren, und im Winter brauchen sie ein Obdach, Hochwürden."

„Zum Teufel auch!", fluchte Andreas auf dem Heimweg. „Warum lässt man die Alten nicht auf dem Hof, auf dem sie ein Leben lang geschuftet haben? Selbst einem

alten Hund gibt man sein Gnadenbrot. Jagt man die Menschen davon, weil sie betteln können?"
„Es hat nicht viel Sinn, sich aufzuregen", antwortete Nicolaus. „Ich ordne an, dass meine Güter nur der übernehmen kann, der den Alten eine Kammer lässt und sie ernährt."
„Einverstanden, Kleiner", sagte Andreas lachend. „Reformieren wir die alten Bräuche. Ich schließe mich an."

Unterhalb der alten Domburg lagen die Wohnhäuser der Domherren, einfache Holzhäuser, mit Stroh oder Holzschindeln gedeckt, von Gärten umgeben. Die neu gewählten Domherren erhielten die kleinsten Anwesen; sie zogen in die besseren um, wenn einer der alten starb. Nicolaus hielt sich, wenn er nicht eingeladen war, in der Bibliothek der Domburg auf, um sich einen Überblick über den kleinen, ausgewählten Bestand zu verschaffen.
Als sie Frauenburg verließen, bewegten Andreas und Nicolaus widerstreitende Gefühle. Zum ersten Mal war ihnen voll bewusst geworden, welch eine hervorragende Pfründe sie dem Onkel verdankten. Nach dem Bischof waren die Domherren zu Frauenburg die angesehensten und mächtigsten Männer Ermlands. Daraus erwuchsen ihnen aber auch zahlreiche Pflichten, die sie nach ihrem Studium zu erfüllen hatten. Andreas wollte sich darüber noch keine Gedanken machen, Nicolaus jedoch fühlte sich den Aufgaben umso mehr verpflichtet, als ihm der Onkel einmal das ganze Bistum anvertrauen wollte.
In Schloss Heilsberg herrschte Unruhe. Kaum hatten Andreas und Nicolaus ihre Zimmer aufgesucht, als der

Bischof sie in sein Turmzimmer bestellte. Er war sichtlich erregt und schien darauf zu brennen, seinen Neffen die Neuigkeiten vorzutragen, die noch nicht durch die Tore der Residenz hinausgelangt waren.
„Herzog Friedrich von Sachsen, der Hochmeister des Ritterordens, rüstet zum Krieg“, begann Watzenrode. „Wir haben zwei Depeschenträger abgefangen, die vom Kurfürsten von Brandenburg und vom Kaiser Söldner und Waffen anfordern sollten.“ Bischof Watzenrode grinste boshaft. „Ich habe sofort den König unterrichten lassen, der ohnehin ungehalten ist, weil der Hochmeister den Lehnseid verweigert. Friedrich glaubt, die Niederlage seines Ordens rückgängig machen und die alte Ordensherrlichkeit in ganz Pruzzen wiederherstellen zu können. Uns in Ermland wird er als Erste überfallen.“
Watzenrode verschnaufte, während Andreas und Nicolaus bestürzt über die Folgen der bösen Nachricht nachdachten. Das Leben veränderte sich manchmal schneller als das Wetter, und beide befürchteten, dass der Onkel ihre Reise vertagen würde. Sie sahen sich unerwartet in Geschehnisse verwickelt, die sie nicht beeinflussen konnten, und sie bemerkten überrascht, wie sorglos sie bisher gelebt hatten.
Lukas Watzenrode schien die Gedanken von ihren Gesichtern abzulesen und in ihren Augen zu forschen, ob sie zu einem Opfer bereit waren. Er wirkte einigermaßen befriedigt; sein Mund verzog sich zu einem Schmunzeln, bevor er sagte: „Ich war nicht untätig. Wir wollen dem Hochmeister zuvorkommen. Leider ist unser König Alexander nicht in der Lage, Truppen zu

schicken. Die Osmanen und Tataren bedrohen Polen wieder im Südosten. Wir müssen unsere Burgen befestigen und die westpruzzischen Städte ersuchen, uns im Ernstfall mit Waffen und Truppen zu helfen."
Watzenrode schwieg. Er wollte, dass seine Neffen eine Vorstellung davon bekamen, was für Probleme mit der Führung des Bistums verbunden waren. Als er feststellte, dass seine Worte den erwarteten Eindruck hervorgerufen hatten, fuhr er fort: „Natürlich suche ich unsere Zukunft nicht nur in der Verteidigung. Ich habe den Papst über die Absichten des Hochmeisters informiert. Das müsste ihn gegen den Orden umstimmen und meiner Bitte zugänglich machen, die Ritter nach Podolien zu schicken. Sollen sie im Kampf gegen Mohammedaner und Tataren beweisen, dass sie den Namen Kreuzritter verdienen." Der Bischof sah seine Neffen beschwörend an. „Ich erwarte von euch, dass ihr überall auf eurer Reise nach Italien für diesen Plan Stimmung macht; nicht aufdringlich, aber eindringlich! Und vergesst nicht, zu erzählen, dass der Orden hier nur Angst und Schrecken verbreitet. Er raubt die Bauern aus, er knechtet die Handwerker und Kaufleute, er verdirbt die guten Sitten und gefährdet den Glauben."
Andreas drängte zur Eile, und auch Nicolaus fühlte die Unruhe erst von sich abfallen, als sie Schloss Heilsberg hinter sich gelassen hatten. Das Getreide war schon abgeerntet worden. Von den Tennen drang das Schlagen der Dreschflegel an ihre Ohren, und die Windmühlen auf den Hügeln drehten ihre weiten Flügel in der frischen Septemberbrise.

Die friedlichen Bilder aber täuschten. Halb abgebrannte Bauernhöfe, erschlagene Männer, Frauen und Kinder warnten vor den Gefahren, die den Reisenden und dem ganzen Land drohten.
Nicolaus' Gedanken gingen andere Wege als vor einigen Monaten oder gar bei ihrer ersten Reise nach Italien. Er sah sich vor ganz andere Aufgaben gestellt, von denen der Abschluss des Studiums nicht die wichtigste war. Zum ersten Mal hatte er sich den Pflichten gegenübergesehen, die ihm sein Amt als Domherr auferlegte. Gewiss, er war noch einmal für zwei Jahre davon beurlaubt worden, aber sie waren ihm doch erst jetzt so richtig bewusst geworden. Zugleich war ihm die Rolle deutlicher denn je vor Augen getreten, die Lukas ihm zugedacht hatte, und damit zugleich die ganze Wucht der Verantwortung, die ihn erwartete. Noch nie hatte er so stark empfunden, wie eng sein Leben mit den politischen und militärischen Entwicklungen Ermlands und Polens verstrickt war.
Sein Besitz und seine Zukunft, die bisher gesichert schienen, wurden von Menschen bedroht, die seines Glaubens waren, die im Namen Christi brandschatzten und mordeten, die außer dem Kriegsdienst und dem Vergnügen nichts achteten.
Watzenrode war nicht so mächtig wie er, Nicolaus, immer geglaubt hatte. Er brauchte die Hilfe des polnischen Königs, um Ermland, das von dem Herrschaftsgebiet des Ritterordens fast umschlossen war, vor dem Zugriff der Kreuzritter zu bewahren. Am günstigsten wäre, wenn es Watzenrode gelänge, den Orden

aus Pruzzen zu vertreiben. Vielleicht wollte er sich dann auch als Herrscher dieses Gebietes sehen? War aber den westpruzzischen Städten und dem polnischen König an einem solchen Machtzuwachs des Bischofs gelegen?
Nicolaus fühlte den Ernst, der nunmehr von einer ganz anderen Seite des Lebens auf ihn eindrang. Je länger er darüber nachdachte, desto klarer wurde ihm, dass er sich dem nicht würde entziehen können.

Mit viel weniger Muße als beim ersten Mal, manchmal sogar mit einer seltsamen Unrast, besuchte Nicolaus die medizinischen Vorlesungen und Demonstrationen an der Universität in Padua. Gleichzeitig vervollkommnete er seine juristischen Kenntnisse. Die Zeit verging ihm viel schneller als in Bologna und in Rom.
Dennoch besuchte er die philosophischen Seminare Pietro Pomponazzis, der ebenso berühmt wie berüchtigt war. Berühmt wegen seiner Kenntnisse und klaren Argumente, berüchtigt wegen seiner freien Anschauungen und seiner Kühnheit.
„Wundert Euch ruhig, dass Ihr mich noch reden hört. Eigentlich hätte ich schon längst verbrannt sein müssen. Aber“, er räusperte sich, „man ist nicht so dumm, zu verkennen, dass man einige meiner Ansichten vorteilhaft verwenden kann. Darin liegt für mich die Chance zu überleben.“
Pomponazzi war trotz seines Mutes ein vorsichtiger Mann, der sich genau überlegte, vor wem, wann und wie er seine Meinung sagte. Er war elf Jahre älter als

Nicolaus, mittelgroß gewachsen, flink in seinen Gesten und Bewegungen, liebenswürdig zu seinen Freunden, sarkastisch zu seinen Feinden.

„Ich wünsche nur, einmal das ohne Angst drucken zu können, was ich denke. Kein Fortschritt im Wissen ist möglich ohne Gegensätze, echte, lebendige, keine fingierten, man braucht das Wissen, aber man fürchtet es wie der Teufel das Kreuz. Weil man der Macht die Wahrheit opfert."

Pomponazzis Worte wirkten leidenschaftlich, obgleich er sie dämpfte, kühl, obgleich sie wie Feuer brannten und seine Gegner in ihren Winkelzügen verfolgten.

„Ich verkünde das Recht eines jeden Menschen – denn vor Gott sind alle Menschen gleich –, die Lehren der Kirche zu prüfen. Sehen wir es nicht an unserem Papst, dass jeder Mensch ein Wesen der Natur ist? Man sucht zu beweisen", setzte Pomponazzi seine Rede fort, „dass die Seele unsterblich ist. Aber dafür gibt es keine Beweise; wäre es daher nicht besser, die Wahrheit des Glaubens von der Wahrheit des Wissens zu unterscheiden?"

Pomponazzi regte seine Hörer auf und an. Und auch Nicolaus wurde aufgewühlt. Denn was Pomponazzi sagte, das übertrug Nicolaus auf die Astronomie.

Und er wusste, die Wahrheit war nicht bei den Zitatennachbetern, sondern bei denen, die Zitate prüften.

Neues Wissen entstand immer durch den Zweifel an dem Überlieferten. Wo es verboten war zu zweifeln, wo die Zweifler unterdrückt und mundtot gemacht wurden, da erstarrte das Denken, da verkümmerte die Vernunft, das göttliche Licht der Seele.

Mit dieser Erkenntnis verließ Nicolaus Padua, im Gepäck seine Aufzeichnungen über die medizinischen Lehren Avicennas, Galens und Hippokrates'. Er zog mit Andreas nach Ferrara, wo Lucretia Borgia, Tochter des schwer erkrankten Papstes Alexander und Schwester des mörderischen Cesare, einen heiteren und glanzvollen Hof führte.
Diesen sahen sie nur aus der Ferne, denn Nicolaus und Andreas kamen in diese prächtige Stadt, um ihr Doktorexamen im kanonischen Recht abzulegen, ganz nach dem Geschmack des Onkels, denn an der Universität Ferrara waren die Prüfungsgebühren besonders niedrig. Sie büffelten sich die Rechtsgrundsätze und Rechtauslegungen ein, suchten auch den Sinn der Paragraphen zu erfassen, um nicht nur formale Urteile fällen zu können. Nicolaus nahm nun auch dieses Fach ernst, denn er wusste jetzt, dass er es für sein Amt brauchte. Und die kühle, sachliche Sprache des Rechts tat ihm sogar gut nach den leidenschaftlichen philosophischen Fragen und den medizinischen Studien, dem Umgang mit den Leiden des Körpers, den Qualen zwischen Leben und Tod.
Endlich waren auch diese Tage vorüber, der feierliche, aufregende Akt überstanden, die Urkunde über den Titel in den Lederkoller genäht.
Aufatmend genossen sie nun die Abende des glühenden Sommers, die Nächte voll leichten Geplauders und verträumter Musik, des feurigen Weins und der Liebe.
Nicolaus' und Andreas' Müdigkeit vertrieb der Gedanke, bald und wohl für immer dieses sonnenüberflutete

Land verlassen zu müssen. Ungeachtet der Tageshitze – das Pflaster der Piazza Ariostea brannte unter den Sohlen – besuchten sie das viertürmige Kastell, den Palazzo Roverella und Sacrati. Sie besichtigten die schönen Fresken des Palazzo Schifanoia und den langgestreckten Dom San Giorgio, in dessen kühlem Halbdunkel Jahrhunderte dahinträumten.
Die Unrast, die einem Abschied für lange Zeit vorausgeht, trieb sie von Stadt zu Stadt, um noch einmal die Schönheit des Landes in sich aufzunehmen.
Venedig sparten sie sich für zuletzt auf. Nichts war zu spüren von den schweren Verlusten der Stadt seit 1440, als ihr die Türken die Insel Euböa und viele Seefestungen auf Morea entrissen hatten. Die Bürger ließen sich in ihrem Stolz nicht anmerken, dass ihre Macht bedroht und ihr Reichtum gefährdet war. Nur in geheimen Beratungen sprachen sie davon und von den Gefahren auch, die für den Kaufmann durch Columbus' Entdeckungen und die Vasco da Gamas entstehen mussten.
Venedig schien über dem Meer zu schweben, und die Markuskirche mit ihren fünf byzantinischen Kuppeln und Hunderten orientalischer Säulen verstärkte den Eindruck.
Im Wasser des Canale Grande spiegelten sich unter dem blauen Himmel der Palazzo Cavalli und der aus buntem Marmor erbaute Palazzo Dario.
Die Hallenbauten, die drei Seiten des fünfhundert Fuß langen und halb so breiten Markusplatzes umschlossen, erinnerten Nicolaus und Andreas an das Krakauer Tuchhaus. Und auch den wuchtigen, zweihundert Fuß

langen Dogenpalast mit seinen gotischen Arkaden und dem hohen Dach, den Spitzenbogenhallen und einer von siebzig Säulen getragenen Loggia verglichen sie mit den Kloster- und Kirchenbauten ihrer Heimat.
In den Fluten des Canale di San Marco wetteiferten die roten, grünen, gelben Farben der Paläste und Türme mit dem glitzernden Spiel der Sonne. Gondeln trieben durch die Wasserstraßen; hohe Segelschiffe vor den Strandwällen lenkten die Gedanken nach Griechenland, Ägypten, Spanien und nun auch über den Ozean nach dem Indien des Columbus, das, wie der Florentiner Amerigo Vespucci behauptete, gar nicht Indien sein sollte, sondern ein neuer Erdteil, hinter dem noch einmal ein riesiger Ozean läge.
Dann wäre die Erde viel, viel größer, als alle Menschen bisher geglaubt hatten. Und das Mittelmeer und das Baltische Meer, das wären dann nur kleine Seen, verglichen mit den Ozeanen, die zwischen Europa, dem neuen Erdteil und Indien lagen.
Wann würden die ersten Seefahrer versuchen, einmal rundherum um die Erdkugel zu segeln?
„Bedarf es eigentlich noch dieses Beweises?“, fragte Andreas. „Vielleicht nicht unbedingt“, entgegnete Nicolaus, während er das leichte Schaukeln der Gondel genoss, „aber gut wäre es doch.“
Venedig war ihr Abschied von Italien, ein schmerzlicher, trotz aller Freude auf die Heimat. Dreißig Jahre war Nicolaus alt. Erst jetzt kam er sich richtig erwachsen vor. Ging er nun dem ernsteren Teil des Lebens entgegen? Kaum etwas konnte seine Wehmut mehr vertiefen als

diese mit Musik und Lachen durchlebten Lagunennächte.
Zeitlos schien die Zeit. Das an die Wände plätschernde Wasser und der verträumte Gesang in den Silbernächten, alles war umweht von einem Hauch der Ewigkeit.
Was Nicolaus erhofft und ersehnt, hatte er erreicht. Dieses Mal reisten er und Andreas mit erfüllten Versprechungen nach Hause.

Der Onkel betrachtete seine Neffen prüfend. Stolz glimmte in seinen Augen, als Andreas und Nicolaus ihre Doktorurkunden überreichten.
Seine Stimme klang rau: „Dreißig Jahre sind es nun schon her, seit ich promoviert habe."
Er hing seinen Gedanken nach. Plötzlich fuhr er lebhaft fort: „Ihr tatet recht, Ferrara zu wählen. Die Prüfungsgebühren in Bologna sind noch immer sündhaft hoch."
Watzenrode freute sich über die Geschenke, besonders über zwei medizinische Bücher, die Nicolaus für seine Studien benutzt hatte.
„Hast du nicht eine Medizin gegen diese verdammte Ordenskrankheit?" Watzenrode kniff die Augen zusammen. „Ich komme nicht von der Stelle. Der Papst blieb allen meinen Vorstellungen gegenüber taub. Wir behalten die Ritterbande auf dem Pelz. Kaiser Maximilian stützt den Orden mit Versprechungen, um ihn gegen den polnischen König auszuspielen. Und Alexander, der polnische König, fühlt sich durch die Einfälle der Türken und Tataren zu geschwächt, um den Hochmeister Friedrich in die Schranken zu weisen. Wir müssen am

stärksten darunter leiden; fast jeden Monat überfallen und plündern Ritterbanden Dörfer oder Kaufmannswagen. Die Menschen werden unsicher und murren, dass wir sie nicht schützen können."

Nicolaus fand, dass der Onkel nicht nur unzufrieden, sondern auch unglücklich über den Verlauf seiner diplomatischen Anstrengungen war. Vielleicht hatte er seine Pläne zu weit gesteckt? Aber darüber konnte und wollte Nicolaus jetzt nicht urteilen. Er verspürte nur den Wunsch, dem Onkel zu helfen; und obgleich er der ihm zugedachten Ehre, Sekretär und Leibarzt des Onkels zu sein, mit gemischten Gefühlen entgegengesehen hatte, versuchte er sich nun darauf zu freuen. Er wurde in seiner Absicht bestärkt, als der Onkel ihn und Andreas durch die Räume des Schlosses führte, die kurz vor ihrer Abreise nach Italien abgebrannt und nun sehr schön wieder aufgebaut worden waren.

„Hier, gleich neben der Bibliothek, in diesen drei Zimmern sollst du wohnen." Der Onkel legte seinen Arm auf Nicolaus' Schulter. „Durch den Schrank dort gelangst du in mein Turmzimmer."

Als Nicolaus und Andreas sich anerkennend über die solide und zweckmäßige Einrichtung äußerten, wich die Strenge in Lukas' Gesicht einem glücklichen Ausdruck. Er umarmte seine Neffen, um sie dann, wieder ganz Amtsperson, in die neuen Aufgaben einzuweisen.

„Einer muss in Frauenburg bleiben, Andreas, nicht wahr. Das Kapitel muss wissen, dass meine Augen und Ohren auch dort sind. Aber halte deine Pferde munter, Andreas. Ich brauche manchmal einen sehr klugen und zuverlässigen Gesandten für Rom." Der Bischof zog die Stirn kraus. „Wenn wir die Ritter schon nicht loswerden können, wollen wir wenigstens völlig unabhängig von ihnen werden. Das geht nur, wenn Heilsberg ein Erzbistum wird."

Heilsberg als Sitz eines Erzbischofs!

„Lukas hat hochfliegende Pläne." – Andreas schwang sich aufs Pferd. „Der Papst wird sich das dreimal überlegen. Also dann, mach's gut, alter Junge, und lass dich nicht tyrannisieren!"

Die Trennung von seinem Bruder berührte Nicolaus schmerzlich. Viele Jahre hatten sie ihre Angelegenheiten gemeinsam beraten. Sie wohnten zwar nur eine Tagesreise voneinander entfernt, aber den täglichen Umgang musste er entbehren.

Allein es blieb ihm wenig Zeit, darüber nachzudenken. Der Bischof schien durch Nicolaus angeregt, seine Ziele mit doppelter Energie zu verfolgen. Schreiben wurden entworfen und beantwortet, Boten entsandt und empfangen: Boten nach Rom, nach Krakau, zu den pruzzischen Städten und zum Hochmeister.

Städte und Dörfer wurden besucht, Steuern erhoben, Bauernstellen oder Ämter vergeben. Gericht war zu halten, die Befestigung und Bewaffnung von Schlössern, Städten, Dörfern zu überwachen. Gewerbe und Handel, Jagd-, Forst- und Fischereiwesen, Wegebau und Schifffahrt bedurften der Anleitung. Um Schulen, Klöster und die Versorgung kranker und alter Menschen musste man sich kümmern, Tagungen wurden vorbereitet und ausgewertet, zähe Verhandlungen über Münz-, See- oder

Handelsrechte geführt. Nicolaus fühlte sich davon verwirrt und angezogen. Er merkte sehr schnell, wie groß die Kluft war zwischen dem Kirchen- und Verwaltungsrecht, das er an den Universitäten gelernt hatte, und dem praktischen Leben.

Die Menschen und ihre Verhältnisse waren oft ganz anders, als sie nach den Büchern hätten sein müssen. Leidenschaften, Hass, Verzweiflung, Bosheit, Leichtsinn, Eitelkeit, Dummheit, Schläue, Eigensinn – die Taten der Menschen gingen oft auf unergründliche Motive zurück. Es war leicht, nach dem Gesetz zu urteilen, aber oft nützte es dem Einzelnen und so auch dem Ganzen nicht.

Die Tage, Wochen, Monate liefen dahin. Die Nachricht vom Tod des Papstes traf ein und mit ihr das Gerücht, er sei an dem Gift gestorben, das er für einen Kardinal bereitet hatte. Dieser folgte ihm auf den Thron, Julius II., ein Feind der Borgias, ein Papst in Waffen.

„Er wird mehr Verständnis für meine Pläne haben!" Lukas Watzenrode erhoffte sich eine Wendung, aber Nicolaus blickte bedenklich. „Der Papst hört mehr auf den Kaiser als auf uns. Und für den Kaiser des Heiligen Römischen Reiches bleibt der Orden ein Instrument gegen den polnischen König." Nicolaus machte eine Pause. „So wiegt das Wort des Hochmeisters in Rom doppelt."

Das Gesicht Watzenrodes verfinsterte sich. Er ballte die Fäuste und ging wütend von einer Wand zur anderen. Natürlich hatte Nicolaus mit seinen Bedenken Recht. Aber musste er sie so nüchtern darlegen, so ohne die

geringste Hoffnung? Watzenrode blieb vor Nicolaus stehen. Er wirkte plötzlich hilflos.
„Was soll ich denn noch tun in drei Teufels Namen?" Er bekreuzigte sich, lachte und fuhr fort: „Natürlich werde ich dem Hochmeister meine Jagdhunde ausleihen, aber vorher werde ich seinem Boten die Meinung geigen. Hol ihn rein!"
Der Bote Friedrichs war unfreundlich empfangen worden. Er suchte seine Unsicherheit durch ein betont forsches Auftreten zu verbergen. Der Bischof aber ließ sich nicht täuschen. Nachdem der Bote vor ihm niedergekniet war und den Ring des Bischofs mit den Lippen berührt hatte, betrachtete Watzenrode dessen Gesicht lange und forschend; dann sagte er plötzlich wie aus einem Hinterhalt: „Ich habe jeden Monat ein Protestschreiben an Euren Meister gesandt, weil eure Ritter unsere Dörfer plündern. Hat er darauf nichts anderes zu antworten, als sich meine Hunde auszubitten?"
Der Bote verbeugte sich, bevor er antwortete: „Unsere christlichen Ritter überfallen keine friedlichen Dörfer, Exzellenz. Das sind die Heiden." Die Stimme verstand Vorwurf und Spott mit Ergebenheit zu mischen. Freundlicher und bittend fuhr der Bote fort, den verächtlichen Blick des Bischofs übersehend: „Einen herzlichen Gruß lässt der Hochmeister Friedrich Eurer Exzellenz ausrichten."
Auf einen Wink seines Onkels führte Nicolaus einen gefangenen Kreuzritter herein. „Das ist einer von den Heiden, die unsere Bauern ausrauben", grollte der Bischof. „Wie ich sehe, kennt Ihr ihn."

Das Gesicht des Boten verzog sich. „Er war eingesperrt“, stammelte er, „er hatte gestohlen, äh. Wenn Eure Exzellenz die Güte haben, ihn auszuliefern, wir werden ihn in Ketten legen.“
„Das können wir auch.“ Der Bischof erhob sich. „Wir wollen wie Christus Böses mit Gutem vergelten. Nehmt ihn mit, so sparen wir einen Knecht für die Hunde. Gute Jagd Eurem Herrn. Aber wir erwarten nicht nur ein Wildbret, sondern eine Antwort auf unsere Proteste.“
Der Bote küsste den Ring des Bischofs. „Hochmeister Friedrich wird die Güte Eurer Exzellenz ebenso wie seine vorzüglichen Jagdhunde zu würdigen wissen.“
Nicolaus blickte der Meute nach, die aneinander gebunden, zerrend und kläffend nach Königsberg geführt wurde. Man wünschte sich die Pest an den Hals und lieh sich Jagdhunde aus. Er stöhnte: „Diplomatie.“

Der Winter war hart und zog sich bis tief in den April mit Schneestürmen, Hagel und klirrendem Frost. Der Sommer war kurz; Herbst und Winter wechselten; und wieder kamen die Störche und Schwalben, nisteten, brüteten und flogen zurück. Novara war gestorben, Urceus und Walther waren tot, Brudzewski hatte seinen Weggang von Krakau nur um ein Jahr überlebt.
Einsam schwebten die Bussarde und Adler über den Feldern.
König Alexander starb, ihm folgte sein temperamentvoller Bruder Sigismund. Die Krönungsfeier bot einen willkommenen Anlass, Krakau zu besuchen, die Schwester und Freunde; auch wenn der neue König sich einen

kalten Tag für die Krönungsfeier ausgesucht hatte, den 24. Januar 1507.
Der Schnee knirschte unter den Sohlen, als Nicolaus nach dem festlichen Zeremoniell den Wawel verließ, begleitet von Corvinus und Wapowski, den Freunden aus der Studienzeit in Krakau.
Die Musik tönte noch in ihren Ohren. Den Mond umspannte ein weißroter Ring, blauviolett fielen die Schatten der Türme und Häuser auf den glitzernden Schnee.
Corvinus war etwa zehn Jahre älter als Nicolaus und an der Universität sein Lehrer für Latein und Literatur gewesen, selbst ein Poet, jetzt Stadtschreiber in Thorn.
Bernhard Wapowski war inzwischen Domherr in Krakau. Er führte die Freunde in sein Haus. Der Diener legte Buchenscheite ins Kaminfeuer, goss Wein in die Pokale und trug die pelzgefütterten Mäntel hinaus.
„Erzähl uns von Italien, bitte!“ Corvinus’ Augen bekamen einen schwärmerischen Glanz, besonders als Nicolaus von Urceus erzählte.
Wapowski interessierten mehr die Sterne, aber Nicolaus winkte ab.
„Warum verschweigst du uns deine Gedanken, Niclas?“ Wapowski war hartnäckig.
Als Nicolaus von seinen Erlebnissen in Rom berichtete, wurde er nachdenklich. „Vielleicht hast du Recht.“ Er schlug mit der Faust auf den Tisch. „Niemand will die Wahrheit hören!“
„Bist du dir deiner Sache ganz sicher?“, fragte Corvinus aufgeregt. „Die Erde dreht sich um sich selbst und um die Sonne? Mein Gott, mir schwindelt.“

„Schreib deine Gedanken auf, Nicolaus, fordere die Astronomen auf zum Meinungsstreit!“ Wapowski starrte ihn beschwörend an.
„Meinungsstreit?“ Nicolaus schüttelte den Kopf. „Streiten kann man darüber, wie viel Engel auf einer Nadelspitze sitzen können, aber nicht über das, was der Päpstliche Stuhl geheiligt hat. Du vergisst das Dogma der Unfehlbarkeit.“
„Aber der Kalender!“
„Ist auf der Grundlage des ptolemäischen Systems zu reformieren.“
„Warum gibst du auf!“ Wapowski biss sich auf die Lippen.
Corvinus beendete die peinliche Stille. „Quäl unseren Freund nicht. Bleiben wir doch auf der Erde. Vielleicht sollte Nicolaus einen griechischen Text übersetzen, einen nicht gar zu frechen, ihr versteht mich. Das würde alle Humanisten in Polen ermuntern.“

In Pelze gewickelt, heiße Steine unter den Füßen und Sitzen, waren Watzenrode, Nicolaus und ihr Gefolge in sechs Schlitten zurückgefahren.
„Sigismund verwünscht den Orden wie ich“, hatte der Onkel gesagt. „Entweder leistet ihm der Hochmeister den Lehnseid, oder es gibt Krieg.“
Nicolaus hörte nur mit halbem Ohr hin. Wapowski hatte eine Wunde in ihm aufgerissen. Wann endlich würden ihn die Sterne in Frieden lassen? Corvinus' Vorschlag bot eine willkommene Ablenkung. Nicolaus besaß noch die Sinnsprüche des Theophylactos, die Brudzewski ihm und

Andreas einst geschenkt hatte. Sie waren nicht gerade bedeutend, aber ganz nett und geeignet, das Vorurteil gegen die bösen griechischen Heiden zu mildern.

Lukas gefiel die Idee. „In unserem Land kommt die Bildung ohnehin zu kurz. Wir sollten eine Universität gründen“, griff er eine seiner Lieblingsideen wieder auf. „Die Städte sind reich genug.“

An Plänen und Unternehmungslust mangelte es dem Onkel nie. Nicolaus musste die Verhandlungen mit den Ratsherren von Elbing führen, die jedoch wütend über ihn herfielen, weil ihnen Watzenrode angeblich Rechte streitig machte und sie sich von ihm bevormundet fühlten.

„Wir sollten unsere Beziehungen zu den pruzzischen Städten verbessern“, schlug Nicolaus nach seiner Rückkehr vor.

Watzenrodes Gesicht färbte sich dunkelrot. „Sie denken nur an ihre Privilegien, nicht an den gemeinsamen Feind“, sagte er bitter. „Die Ordensritter kümmern sich einen Scheißdreck darum, wenn sie ins Land kommen. Kurzsichtig sind sie, die Krämerseelen.“

Ermland war bis auf einen knapp vier Meilen breiten Küstenstreifen vom Ordensland umschlossen und bei Ausbruch eines Krieges zuerst und von allen Seiten bedroht. Nur der polnische König, nach dem Friedensvertrag von Tannenberg auch oberster Lehnsherr des Ordenslandes, konnte Ermland und Pruzzen schützen. Dafür musste man notfalls auch Privilegien opfern.

Die Übersetzung der griechischen Texte war eine angenehme Arbeit nach dem turbulenten Tagesgeschehen. Ab und zu las Nicolaus dem Onkel vor, Griechisch erst und dann Latein. Lukas verstand wenig Griechisch, aber er mochte den Klang der Sprache.

Auch der Inhalt sagte ihm zu, das Gleichnishafte vieler Episteln. „Ja, so ist es auch heute noch“, sagte er manchmal und wiederholte die Stelle, die ihm gefiel.

„Wenn ich an die Mühsal des Landmanns denke, dann wünsche ich mir, in der Stadt zu leben; wenn ich dann wieder den Lärm der Stadt hören muss, dann lobe ich mir das Landleben. Kurzum, was mir fehlt, ist mir immer lieber als das, was ich haben kann.“

Nicolaus schlug eine andere Stelle auf. *„Du kannst nicht zu gleicher Zeit Thetis und Galatea lieben. Denn die Leidenschaft wendet sich nicht nach zwei Seiten. Die Liebesgötter teilen sich nicht, eine gedoppelte Liebe vermagst du nicht zu tragen. Gleich wie die Erde nicht von zwei Sonnen erwärmt werden kann, also duldet auch die Seele nicht zwei Liebesflammen.“*

Der Onkel sah Nicolaus nachdenklich an, aber er sagte nichts weiter.

Als Nicolaus alle Episteln ins Lateinische übersetzt hatte, fragte er den Onkel: „Würdest du mir erlauben, das Buch dir zu widmen?“

„Du bereitest mir damit eine doppelte Freude, mein Sohn. Es wird wohl der erste Druck eines griechischen Autors bei uns sein.“

Sein Blick wurde spöttisch. „Die Scholastiker werden rufen: ‚Genug Heiden, viel zu viele schon!‘ Andere werden sagen: ‚Man kann nicht zugleich Zeus und Christus preisen. Hüte dich vor den Griechen, damit du kein

Ketzer wirst!‘ Der Hochmeister wird brüllen: ‚Seht den Lukas, der Teufel hat ihn schon in seinen Krallen!‘“

Lukas’ Stimme dröhnte unter dem Sterngewölbe. Er wartete einen Augenblick und fuhr ruhig fort: „Ich nehme die Widmung trotzdem gern an. Den König wird das Buch erfreuen, und den Humanisten wird es Mut machen.“

Trotz aller Drohungen wagte es der Ritterorden nicht, Ermland anzugreifen. „Sie fürchten Lukas“, sagte Nicolaus zu Andreas. „Und noch mehr seinen Freund, den König. – Du siehst angegriffen aus.“ Er zog seinen Bruder ans Fenster und betrachtete besorgt Andreas’ wachsbleiche Wangen.

„Ach, lass mich.“ Andreas wandte sich schroff ab. Plötzlich schob er seinen Ärmel hoch. „Weißt du, was das ist?“

Nicolaus starrte auf die missfarbigen Flecke, die sich auf Andreas’ Haut abzeichneten. Er war wie vom Blitz getroffen. Mühsam unterdrückte er sein Entsetzen.

„Hattest du Fieber, Gliederschmerzen?“ Er hörte seine eigene Stimme wie aus einem Grabgewölbe.

„Ja, ja, was ist?“, fragte Andreas ungeduldig.

Nicolaus nahm seine ganze Kraft zusammen und sagte so gleichmütig wie irgend möglich: „Lass die Flecken nicht aus dem Auge. Und wenn du in Italien bist, gehe zu Fracostoro Girolamo. Er versteht sich darauf.“

Als Andreas zum Bischof gerufen wurde, eilte Nicolaus in die Kapelle. Er warf sich auf die Knie und flehte die Mutter Gottes an, seinen Bruder zu retten.

Dem Onkel fiel es auf, dass Nicolaus verstört war. Am Abend hatte sein Neffe nach wenigen Zügen im Schachspiel verloren, bei dem er gewöhnlich überlegen war. Anfangs freute sich Lukas, ihn hereingelegt zu haben, dann ärgerte er sich. „Wo bist du mit deinen Gedanken? Einmal muss man die Mühe des Tages hinter sich lassen, sonst frisst sie einen auf."
Lukas war arglos. Er hatte Andreas mit einer Botschaft zum Papst geschickt, gegen den Ritterorden zu intervenieren. Durfte Nicolaus ihm sagen, dass Andreas wahrscheinlich an Lepra erkrankt war?
„Denkst du wieder an die Sterne?", hörte Nicolaus den Onkel ungeduldig fragen.
„Manchmal schon", antwortete Nicolaus erleichtert. „Sie lassen mir keine Ruhe", fügte er abwehrend hinzu und erhob sich.
Der Onkel schob die Schachfiguren zusammen und blickte seinem Neffen verwundert nach. Er starrte auf die Wand mit den Bildnissen der Bischöfe. Die leere Fläche schien ihn zu verhöhnen.
Nicolaus hatte seit seinem Aufenthalt in Rom im Jubeljahr 1500 weder Lust noch Zeit gehabt, die Bahn des Mondes, der Sonne oder eines Planeten ernsthaft zu beobachten. Es war schon so, man konnte ruhig von der Bewegung der Erde sprechen, aber nur, um davor zu warnen, sie für möglich zu halten; denn Gott hatte die Erde stillstehen geheißen. Dennoch hatte er immer wieder daran gedacht und die Gründe geprüft, die Ptolemäus dagegen aufgeführt hatte. Und eigentlich war Nicolaus sicher, dass alle Bewegungen, die man am

Himmelsgewölbe sah, auf die Bewegung der Erde zurückgeführt werden konnten. Konnten!
Aber der Versuch, die Bahn der Planeten unter dieser Voraussetzung zu berechnen, würde Jahre dauern, vielleicht Jahrzehnte.
Als Sekretär eines Bischofs oder gar als Bischof, unter dem Damoklesschwert des Krieges, konnte er nicht daran denken.
Und überhaupt! Nicolaus hatte die Drohung des Prälaten um so weniger vergessen, als dieser seinen Onkel ermahnt hatte, ein wachsames Auge auf ihn zu haben. Er wusste, wie die Gerichte und Folterknechte ihre Opfer quälten und zum Widerruf zwangen, harmlose Opfer meist, die kein Dogma der Kirche verletzt hatten. Oft hatten sie nur ein paar lose Reden geführt, einen Herrn oder Priester gekränkt, und manchmal waren sie nur unter falschen Verdacht geraten.
Das aber, was Nicolaus für möglich hielt, war eine Todsünde. Es widersprach der Bibel, den Lehren der Kirche, dem heiligen Dogma.
Dennoch bäumte sich immer wieder etwas in Nicolaus auf. Gott hatte den Menschen vor allen Geschöpfen der Erde mit dem Geist, dem Denken, der Vernunft ausgezeichnet. Das Dogma aber zwängte den Geist ein und machte das Himmelsgewölbe zu einem Gefängnis.
Der Onkel kannte zwar schon die grüblerische Nachdenklichkeit seines Neffen. Aber so niedergeschlagen und unruhig hatte er Nicolaus noch nie erlebt. Irgendetwas ging in seinem Neffen vor, für das der Bischof vergeblich nach einer Erklärung suchte.

Da erhielt er einen Brief von Andreas. Die Zeilen tanzten dem Onkel vor den Augen. Er kam sich verhöhnt vor, verflucht vom Schicksal, das ihm seinen Neffen, den er wie seinen Sohn liebte, entriss.
Er wusste, dass er demütig zu sein hatte vor Gottes unergründlichem Ratschluss. Aber das milderte nicht den Schmerz. Nicolaus musste es gewusst haben. Warum hatte er ihm nichts gesagt?
„Ich war mir nicht sicher", sagte Nicolaus traurig. „Warum sollte ich den Schmerz nicht von dir fern halten?"
„Ich habe dich nicht darum gebeten!" Watzenrode stieß in einer Mischung aus Wut und Verzweiflung das Fenster auf. „Ist denn keine Heilung möglich?", fragte er in wilder Auflehnung.
Nicolaus brauchte nicht zu antworten. Jeder wusste, Lepra war unheilbar. Die Flecken auf der Haut verwandelten sich in Geschwüre; Glieder starben ab. Die Kräfte verfielen in fünf oder in zwanzig Jahren. Ein schreckliches Dahinsiechen, abgeschieden vom Leben aller anderen, stand den Kranken bevor.
„Wir wollen ihm seinen Wunsch erfüllen", sagte Lukas dumpf. „Möge er in Italien bleiben." Der Bischof bekreuzigte sich. „Gott sei ihm und uns gnädig, amen."

Wochen vergingen in aufreibender Angst, Andreas könnte Nicolaus oder Lukas oder jemand anderen angesteckt haben. Wachsam belauerte der Bischof sich und alle anderen in seiner Umgebung. Nicolaus musste die Badestuben inspizieren und jeden Hautausschlag unter-

suchen. Die Bewohner des Schlosses wunderten sich über den Eifer, doch den Grund erfuhren sie nicht.
Allmählich aber drängten die Ereignisse des Tages die Sorgen zurück.
Nicolaus beendete die Übersetzung der Episteln, und im Winter 1508 übergab er sie während eines Reichstages in Krakau seinem Freund Corvinus.
Dieser freute sich, als sollte das Buch ihm gewidmet werden. Seine hervortretenden Augen glänzten, während er die ersten Seiten überflog.
Die Widmung an den Bischof hielt er für klug und geschickt, weil sie das Buch vorstelle und Verständnis erwecke. „Ja", rief er aus, „es wäre in der Tat unbillig, die Episteln nicht allen zugänglich zu machen."
Den Schluss fand er so überwältigend, dass er ihn mit gehobener Stimme vortrug.
„Dir, hochwürdiger Herr, widme ich dieses kleine Geschenk, das freilich keinesfalls deinen Wohltaten vergleichbar ist. Alle Arbeiten und Früchte meines Geistes dürfen mit Recht als die deinigen erachtet werden."
Corvinus fühlte sich gegenüber Nicolaus noch immer als Lehrer, obgleich der Altersunterschied nicht mehr ins Gewicht fiel. Er lobte ihn wie einen Schüler, dem er als Ehre anrechnete, ein Vorwort in sein Buch zu schreiben. Verschmitzt lächelnd begründete er seinen Vorschlag mit den Worten: „Dann stehen ein Bischof, ein Domherr und ein Stadtschreiber gegen die Meinung, dass derjenige, der griechische Literatur liest, vom Teufel besessen ist. Und dass derjenige, der sie verbreitet, das Heidentum wieder einführen will."

Nicolaus lachte und war einverstanden. Als ihm Corvinus jedoch seine Zeilen überreichte, kamen ihm Bedenken. „Aber ich bitte dich, Nicolaus, es ist doch ein Gedicht." Corvinus verteidigte seine Verse leidenschaftlich. „Stimmt es denn nicht, dass du und Watzenrode unzertrennbar seid? Ist es nicht gut, wenn hinter deiner Übersetzung ein Bischof steht? Und ist es nicht wahr, dass du", Corvinus begann zu lesen, *„den schnellen Lauf des Mondes und die wechselnden Bewegungen des Brudersterns und aller Wandelsterne und das ganze Firmament, das wunderbare Werk des Allmächtigen, erforschst?"*

Seine blauen Augen sahen Nicolaus beschwörend an. „Soll es ewig ein Geheimnis bleiben, dass du, *von staunenswerten Prinzipien ausgehend, die verborgenen Ursachen der Dinge herauszufinden* suchst?"

„Nichts ist erwiesen", antwortete Nicolaus unzufrieden. „Aber vielleicht hast du recht", fuhr er wie nach einer Eingebung fort. „Einmal muss es wohl doch sein."

Nicolaus wusste, dass er ohne Zustimmung Watzenrodes nichts unternehmen konnte. Alles hing davon ab, wie er entschied. Ihn musste er gewinnen.

Viele beneideten ihn um seine Stellung. Sie war beneidenswert. Eingeweiht in alle politischen Pläne des Onkels, hatte er sich fast spielend auf das Amt vorbereitet, das ihm nach dem Tod des Bischofs zugedacht war.

Er kannte die Reize und Verführungen der Macht und die Befriedigung, die eine hohe Stellung dem Ehrgeiz gewährt. Und er wusste, dass die Aufgaben nicht zu schwer für ihn sein würden, um eines Tages das Erbe Watzenrodes antreten zu können. Anfangs war es eine

Flucht in den Alltag gewesen, in das quirlende Leben, in die Politik, die Wirtschaft und Verwaltung des Landes. Auch das gewagte Spiel des Bischofs gegen den verkommenen Ritterorden hatte ihn gereizt.

Es hatte ihn beglückt, darauf hinzuwirken, dass es den Bauern, Handwerkern und Kaufleuten gut ging, dass Ermland ein blühendes Land Pruzzens war. Sein Ehrgeiz fand in seiner Stellung als Vertrauter des einflussreichen Bischofs, als einer der wichtigsten Persönlichkeiten im Königlichen Rat, genügend Sättigung. Was blieb ihm zu wünschen übrig, wo er sich von Monat zu Monat bewies, dass sich sein Ansehen durch sein Können festigte? Was wollte er noch, wo er sah, dass auch er selbst die Verbindungen zu den pruzzischen Städten, nach Krakau und Rom, fest in der Hand halten konnte?

Gewiss, nicht immer war das Leben mit dem rastlosen und cholerischen Onkel paradiesisch. Aber er mochte den zielstrebigen, gebildeten und gerechten Watzenrode gern, auch wenn er manchmal herrisch, finster oder zornig war. Nicolaus hatte das rechte Verhältnis zu ihm gefunden. Wenn Lukas tobte, blieb er kühl und besonnen. Nur in den ersten Monaten hatten seine Beine gezittert, aber dann verlor er die Angst. Seine Worte und Gesten blieben bedächtig; der Bischof fühlte sich durch ihn ausgeglichen. Sein Neffe war wie ein zweites Ich für ihn geworden.

Der Bischof wusste, dass Nicolaus sich seit einiger Zeit wieder mit astronomischen Studien beschäftigte. Nach dem Lesen von Corvinus' Vorwort aber befürchtete er,

dass sein Neffe darüber seine Pflichten vernachlässigen könnte. Das durfte er auf keinen Fall zulassen.
Geduld war des Bischofs Stärke nicht, aber er wartete, bis sich auf einer Spazierfahrt nach Braunsberg die Gelegenheit bot, wie nebenher zu fragen: „Was meint Corvinus eigentlich damit, dass du den Lauf des Mondes und die Bewegungen der Wandelsterne und des ganzen Firmaments erforschst?"
Nicolaus blickte auf die Rücken der Pferde, während Lukas ihn von der Seite musterte.
„Corvinus meint meine Ansicht von unserem Sonnensystem", antwortete Nicolaus. „Er, auch Wapowski und Andreas möchten, dass ich die Grundsätze ausarbeite." Er sah seinem Onkel voll ins Gesicht.
„Warum zögerst du?", fragte Lukas wohlwollend. „Dann spielen wir eben in der Woche einmal weniger Schach. Ich werde deswegen keine Ketzergerichte einführen." Er lachte, froh, dass er ohne diese Torheiten – wie er sie nannte – auskam. Er hatte mit Nicolaus ab und zu über Astronomie und Astrologie gesprochen, ihm auch keinen Vorwurf wegen seiner Studien in Bologna oder seines Vortrags in Rom gemacht. Er war tolerant genug, Nicolaus' Ansicht von der Erdbewegung als interessante Hypothese zu betrachten.
In der Ferne erhob sich über dem Wald die Kirchturmspitze von Braunsberg. Die Sonne stand tief im Westen und tauchte das Land in einen goldenen Schimmer.
Er ist völlig arglos, dachte Nicolaus und sagte: „Ich habe lange darüber nachgedacht, Onkel, das ist eine Arbeit für ein ganzes Leben."

Watzenrode begriff den Sinn der Worte silbenweise. Sein Gesicht versteinerte. „Für ein ganzes Leben?“ Er starrte Nicolaus an. Seine Stimme klang heiser.
Der Sommerwind rauschte in den Buchen. Die Sonnenstrahlen färbten die Wolken violett und rot. Der Wagen rumpelte über eine Holzbrücke; unter ihnen glitzerten die Wellen der Passarge.
Seine Fassung hing an einem seidenen Faden. Er ahnte, dass soeben wie beiläufig alles in Frage gestellt war, für das er seit zwanzig Jahren gelebt hatte. Niemals war ihm der Gedanke gekommen, Nicolaus könnte plötzlich etwas anderes wollen, etwas ganz anderes, das alles über den Haufen warf.
Für einen Augenblick kam ihm ein Ketzergericht gar nicht so irrsinnig vor, wie er es sonst immer bezeichnete, zur Zügelung uneinsichtiger Söhne. Aber dieser Gedanke machte ihm nur seine wilde Verzweiflung bewusst.
Dann wieder fiel ihm ein, dass er Nicolaus schließlich mehr Zeit für seine geliebte Astronomie gewähren könnte und dass er später auch als Bischof ... Aber er wusste sofort, dass er sich etwas vorgaukelte. So viel Mathematik und Astronomie war noch in seinem Schädel drin, um zu wissen, was Nicolaus meinte. Dass ihm nichts davon aufgegangen war, wo er Nicolaus seit fünf Jahren fast täglich um sich gehabt hatte!
Blind war der Mensch in seinem Bestreben, denn er dachte nur an sich und seine Ziele. Nicht einmal den nächsten Menschen an seiner Seite konnte er begreifen.
Nicolaus hatte alles erwartet, nur nicht dieses verbissene Schweigen des Onkels. Dessen Augen blickten starr

geradeaus, und sie bekamen erst wieder Leben, als die Mauern von Braunsberg auftauchten und Philipp Teschner, leiblicher Sohn des Onkels und Bürgermeister, die hohen Gäste empfing.

Watzenrode war heute auf eine Weise freundlich zu seinem Sohn, dass dieser zum ersten Mal in seinem Leben spürte, wie sehr er geliebt wurde. „Siehst aus wie deine gute Mutter. Wir waren sehr, sehr glücklich."

Der strenge Mann seufzte und packte eigenhändig die Geschenke aus. Zuletzt zog er einen Ring vom Finger, den er seiner Schwiegertochter aufsteckte. Als sie ihn auf die Stirn küsste, zog er sie an sich wie eine Geliebte.

Lukas schien den größten Tag seines Lebens zu haben. Er setzte die Enkel auf seinen Schoß und ließ sie mit Kreuz und Kette spielen. Dabei blickte er Nicolaus an wie ein Lehrer, der mit seinen Musterschülern protzt.

Die nächsten Tage in Frauenburg zeigte Lukas ein übernächtigtes und mürrisches Gesicht. Nicolaus wusste, dass der Streit mit den Domherren nicht die Ursache war.

Watzenrode hatte sie ausgelacht, als sie ihm vorwarfen, dass er zu eigenmächtig handle. „Ich werde nicht wegen jeder Entscheidung nach Frauenburg reisen", hatte er bissig geantwortet. „Große Politik wird in Heilsberg gemacht und nicht hier."

Er hatte sich durchgesetzt, wie gewöhnlich, er hatte Mut, Entschlusskraft, er hielt sich nicht bei Kleinigkeiten auf. Er wusste, was er wollte, dennoch wäre es manchmal klüger gewesen, auch die Dummköpfe ernst zu nehmen, die Krämerseelen, die Haarspalter.

Lukas drückte sie an die Wand, trieb sie in die Enge. Er schreckte sie oder überzeugte sie im günstigsten Fall, aber er gewann sie nicht für sich.
Nicolaus hatte es ihm manchmal gesagt. Anfangs hatte Lukas ihm wütend Unverständnis vorgeworfen, obgleich er begriff, dass sein Neffe Recht hatte. Sein Zorn rührte daher, dass er sein Temperament nur schwer zügeln konnte. Später knurrte er nur: „Schon gut." Dieses Mal wartete er vergeblich auf Nicolaus' Kritik.
Das Gespräch auf der Fahrt nach Braunsberg schien er vergessen zu haben. Er brauchte seine Energie, um das Land gegen den Ritterorden zu wappnen. Täglich konnte der Krieg ausbrechen. Und für März 1509 stand der Reichstag zu Petrokow bevor.
Trotzdem ließ der Onkel Nicolaus jetzt mehr Zeit. Gelegentlich überraschte er ihn mit einem kurzen Besuch in der Bibliothek, betrachtete die Bücher und Papiere, ohne ein Wort zu sagen. Vergeblich wartete Nicolaus auf eine Entscheidung. Lukas konnte nicht darüber sprechen. Es schien ihm unmöglich, seinen Plan aufzugeben.
Während des Reichstages in Petrokow unternahm Nicolaus einen Abstecher nach Krakau. Johann Haller aus Nürnberg, der in Krakau eine Druckerei eingerichtet hatte, übergab ihm die ersten Exemplare seiner Übersetzung.
„Ein würdig Büchlein, viel Ansporn für alle Humanisten und gut eingeführt durch Eure Widmung an Seine Exzellenz den Bischof."
Nicolaus war stolz auf dieses Werk seiner Mußestunden, und es tat ihm gut, anerkennende Worte darüber zu

hören, dass er alle fördere, die über die scholastische Enge hinausstrebten.
Seinem Onkel überreichte er das Buch nach ihrer Rückkehr auf Schloss Heilsberg. Die Sonne stand tief über den Hügeln, aus dem Flusstal wehte kühle Luft. Die Winterkälte saß in den dicken Mauern, und das Feuer im Kamin tat wohl.
Watzenrode empfand das Buch wie ein Abschiedsgeschenk. Er seufzte schwer. Vielleicht gab es einen Ausweg. Vielleicht besann sich Nicolaus anders, sein unzertrennlicher Begleiter, wie Corvinus in seinen Versen geschrieben hatte.
„Wenn du dich in Frauenburg einrichten möchtest ... einige Monate geht es auch so. Ich kann doch weiterhin auf dich zählen?"

Watzenrode war wütend auf jedes Wort, das er gesagt hatte. Er wunderte sich wochenlang, warum er Nicolaus geradezu fortgeschickt hatte, ohne dass er darum gebeten worden war. Jeden Tag hoffte er, Nicolaus zurückkehren zu sehen, doch er bekam nur Briefe: „Ich habe mich eingerichtet, fast schon eingelebt. Ich arbeite die Grundsätze aus. Tausend Dank für deine Güte. Am zweiten Juni erwarte ich eine Mondfinsternis."
Der Onkel trieb die Rosslenker, die auf die Pferde einhieben. Der Wagen knarrte in allen Achsen.
Eine Mondfinsternis! Grundsätze! „Schneller", rief er. „Schneller!!" Sein Herz war zerrissen. Er wütete gegen sich selbst. Warum hatte er Nicolaus nicht festhalten können? Was hatte er falsch gemacht?

Nicolaus bewohnte eins der Häuser, die am Südhang des Domberges für die Domherren eingerichtet worden waren. Zu einem Kanonikat gehörte ein Haus und außerhalb der Burg auch noch ein Gutshof.
Der Onkel fand ihn im Garten. Sein Zorn verrauchte, als er die Freude bemerkte, die Nicolaus bei seinem Eintreten zeigte.
„Ich bin so froh, Onkel, dich zu sehen." Er wagte eine schüchterne Umarmung, befahl den Dienern, das Beste aufzutischen, und führte Watzenrode ins Haus.
„Morgen wollte ich mich bei dir anmelden", sagte Nicolaus glücklich. „Ich wollte dich um Rat bitten. Meine Grundsätze sind entworfen."
Der Bischof merkte erst jetzt in vollem Maße, wie sehr er seinen Neffen entbehrt hatte. „Ich wollte dich gern mitnehmen, Nicolaus, den Winter über", sagte er stockend.
Nicolaus gab seine neu gewonnene Unabhängigkeit nicht gern auf, aber er suchte das Verständnis des Onkels. Und er wollte ihn auch nicht allein lassen bei den bevorstehenden Verhandlungen, die für Ermlands Zukunft so viel bedeuteten.
Lukas begann sich mit einem Eifer für Nicolaus' Ideen zu interessieren, dass er fast den Ritterorden darüber vergaß. Er wusste, Eigensucht war dabei, Nicolaus zu fesseln, doch die Sache selbst begann ihn zu faszinieren. Seine Neigung zum Wagnis, zum kühnen Unternehmen war herausgefordert.
Alles, was er bisher gedacht und unternommen hatte, erschien ihm plötzlich klein und unbedeutend im

Vergleich zu dem, was Nicolaus Abend für Abend vortrug.
Zuerst verblüfften ihn die merkwürdigen Beobachtungen seines Neffen mit dem Mond, den Wolken, dem Schiff und dem Ufer. Er musste es selbst ausprobieren, und das erstaunte Gesicht des General-Vikars über den Boot fahrenden Bischof bedachte er mit dem Wort „Dummkopf“. Dann staunte er über die Berichte alter Schriftsteller. Cicero hatte überliefert, dass griechische Philosophen glaubten, die Erde drehe sich mit sehr großer Geschwindigkeit um ihre Achse, wodurch sich der Himmel zu bewegen scheine. Lukas musste das Spiel mit der Kerze probieren.
Nicolaus erzählte, dass Aristarch von Samos wegen Verachtung der Religion angeklagt war, weil er den heiligen Mittelpunkt der Welt verschob, die Erde sich auf einem geneigten Kreis bewegen und um ihre Achse drehen ließ. Dies alles, um die Himmelserscheinungen richtig zu erklären.
Der Bischof hörte gespannt zu.
„Archimedes berichtet von Aristarch, dass er diese Welt viel größer sah als alle anderen“, ergänzte Nicolaus.
Watzenrode trank den Wein wie Wasser. „Das sind die schlimmsten Ketzereien, die ich je gehört habe. Lachen würde ich, wenn wir den falschen Glauben hätten!“ Er bekreuzigte sich. „Was denkst du, mein Sohn?“
Nicolaus schmeckte den Wein. Er war glücklich, dass ihn der Onkel zu verstehen suchte. „Ich denke, dass man alle Menschen lieben muss. Ptolemäus war überragend, Onkel, gewaltig, überzeugend. Er passte in die Welt.

Aristarch nicht. Er war ungeheuer, unbegreiflich. Doch er hatte mehr erkannt."

Watzenrode trank. „Sag mir deine Grundsätze, Nicolaus, ich will wissen, wofür ich opfere."

Nicolaus stand auf. „Das System von Ptolemäus ist unsicher. Es gibt eine Möglichkeit, die Bewegung der Planeten einfacher herzuleiten, wenn man von anderen Grundannahmen ausgeht:

Erstens, es gibt nur einen Mittelpunkt für die Gestirne und ihre Bahnen.

Zweitens, der Erdmittelpunkt ist nicht auch der Mittelpunkt der Welt, sondern nur der der Mondbahn und der Schwere.

Drittens, alle Planeten bewegen sich um die Sonne, die im Mittelpunkt ihrer Bahnen steht.

Viertens, der Abstand der Erde zur Sonne verschwindet im Verhältnis zur Weite des Firmaments.

Fünftens, die Bewegung, die wir am Himmel beobachten, rührt von der Bewegung der Erde her. Sie dreht sich täglich um sich selbst.

Sechstens, die Bewegung der Sonne ist nur scheinbar. In Wirklichkeit läuft die Erde wie alle anderen Planeten um die Sonne.

Siebtens, die seltsamen Bewegungen der Planeten lassen sich durch die Erdbewegung erklären.

Also", schloss Nicolaus seine Rede mit einem tiefen Atemzug, „also, im Mittelpunkt steht die Sonne, um sie bewegt sich der Merkur auf sieben Kreisen, Venus auf fünf, unsere Erde auf drei, um sie der Mond auf vier, Mars, Jupiter und Saturn jeweils auf fünf Kreisen. Das

sind vierunddreißig Kreise, bedeutend weniger, als Ptolemäus für sein System brauchte." Nicolaus sah seinen Onkel erwartungsvoll an.
„Nicht dass ich alles verstehe", sagte dieser nach langer Pause. „Warum bist du dir so sicher?"
Nicolaus fachte die Glut im Kamin an und warf Buchenscheite hinein. „Das ist unser Leben, das Feuer, die Sonne. Mit der Sonne erwacht und stirbt das Leben."
„Amen", ergänzte der Bischof frostig. „Ist das eine neue Religion?"
Keineswegs, Exzellenz, dachte Nicolaus, und beinah hätte er es laut gesagt, denn er sah vor sich den Bischof und nicht den väterlichen Onkel. Aber nur für einen Augenblick. Lukas meinte seine Worte weder böse noch gehässig. Deshalb fuhr Nicolaus unbeirrt fort: „Mit der Sonne kommt und geht das Licht und die Wärme. Einige Gelehrte nannten sie deshalb das Herz oder den Lenker der Welt, andere den sichtbaren oder den alles sehenden Gott.
In dem herrlichen Bau der Welt kann diese Leuchte an keinem besseren Ort stehen als an einem, von dem sie das Ganze beleuchten kann. Die Sonne lenkt die sie umkreisende Familie der Planeten und die Erde.
Unter dieser Anordnung finden wir die wunderbare Symmetrie der Welt und den festen harmonischen Zusammenhang zwischen der Größe und der Bewegung der Bahnen."
Watzenrode fand, dass Nicolaus weniger wissenschaftlich als poetisch gesprochen hatte, aber Nicolaus wies den Einwand zurück.

„Ich habe begonnen, die Bahnen des Mondes und der Planeten zu beobachten und zu berechnen. Du siehst, ich komme mit halb so vielen Kreisen aus wie Ptolemäus. Alles wird einfacher und harmonischer.
Wie zweckmäßig ist die Natur eingerichtet! Warum sollte Gott das Weltall nicht nach den gleichen einfachen Prinzipien erschaffen haben?“
Der Onkel sah die Flammen um die Scheite züngeln. Das Holz krachte unter der Glut, und die Haut sog die Wärme in sich auf.
Er begriff die ungeheure Größe dieser Idee, und er vermochte die Begeisterung seines Neffen nachzufühlen.
Er ahnte, wie schwer es sein würde, die ganze Astronomie umzuwandeln, das in Jahrhunderten entstandene und seit fünfzehnhundert Jahren gültige System.
Welche Anstrengung würde es kosten, die komplizierten Berechnungen des Ptolemäus auf einer ganz anderen Grundlage auszuführen! Und das alles zu einem Zeitpunkt, wo der Kalender nicht mehr mit den Jahreszeiten übereinstimmte, wo die Planeten ganz andere Daten an den Himmel schrieben als die Schreiber auf die Astronomischen Tafeln.
Der Bischof öffnete das Fenster und starrte auf den sternklaren Himmel. Die Nacht war dunkel; der Mond befand sich irgendwo unterhalb des Horizontes.
Sollte das Himmelsgewölbe wirklich so viel größer sein, als man es sich bisher gedacht hatte? Was war das überhaupt für eine Vorstellung, dass die Erde auf einer riesigen Bahn um die Sonne herumlief?

Wo blieb der Himmel, das Paradies, der Sitz des Vaters, des Sohnes, der Mutter Maria?

„Mein Gott!" Watzenrode fühlte sich in einen endlosen Raum stürzen, in dem es keinen Halt mehr gab. Alles um ihn löste sich auf in Dunst und Rauch. Er schüttelte sich, schloss das Fenster und wankte auf seinen Platz.

Nicolaus erschrak über den Ausdruck des Entsetzens und der Furcht auf dem Gesicht des Onkels. „Du zerstörst unsere Welt", hörte er Lukas mit brüchiger Stimme sagen. „Man wird dich verfluchen, in den finstersten Grund der Hölle auf ewig verdammen. Man wird dich für den leibhaftigen Satan halten, man wird dich jahrelang foltern, jedes Glied einzeln, man wird dich zerquetschen, zerreißen, zerstechen, mit glühenden Kohlen verbrennen und in siedendem Wasser schmoren. Man wird eine Kommission beauftragen, herauszufinden, wie man dir unter den fürchterlichsten Qualen in einem möglichst langen Zeitraum einen Lebensnerv nach dem anderen herausreißen kann."

Watzenrodes Gesicht drückte die Pein aus, die ihm seine Vorstellungen verursachten. Er sah das schreckliche Ende seines Neffen leibhaftig vor sich, die einzig mögliche Reaktion der Kirche auf diese Sünde.

Nicolaus empfand bei den Worten seines Onkels die Wärme des Kaminfeuers wie die Hitzes eines Scheiterhaufens. Unwillkürlich stieß er den Sessel ein Stück zurück. Die Glut brannte in seinen Wangen; der Glockenschlag der Turmuhr wimmerte durch die Nacht.

Nach dem Zustand der Seele empfingen die Erlebnisse ihr Licht, ihre Bedeutung – ebenso wie die Erlebnisse

den Zustand der Seele bewegten. „Denkst du wie die Pythagoreer, Onkel? Sollen wir unsere Erkenntnisse nur mündlich und nur unseren Vertrauten offenbaren?“
Der Teufel gibt nicht auf, fuhr es dem Bischof durch den Kopf. „Beim heiligen Petrus!“, rief er unwirsch. „Willst du leben oder brennen?“
„Leben, aber nicht vegetieren!“ Nicolaus fühlte Sicherheit in sich aufsteigen. „Die Propheten haben auch gesagt, was sie für wahr hielten. Christus ließ sich für die Wahrheit seiner Lehre ans Kreuz schlagen. Viele flohen, aber sie nahmen die Wahrheit mit.“
Watzenrode umschloss sein Bischofskreuz. „Es ist vermessen, sich mit Christus zu vergleichen oder mit den Propheten. Hus fühlte sich als Prophet, Savonarola fühlte sich als Prophet! Wahrheit ist das, was die Kirche beschließt. Das Dogma der Unfehlbarkeit des Heiligen Vaters ist ein Grundpfeiler unserer Welt.“
„Ich streite nicht um Dogmen.“ Nicolaus erhob sich. „Der Aufbau des Weltalls ist es, um den es mir geht. Sind wir denn heute weniger berechtigt zu denken als die Heiden vor fünfzehnhundert Jahren? Mögen wir im Vergleich zu den Riesen Aristoteles oder Ptolemäus Zwerge sein. Jedenfalls stehen wir auf ihren Schultern und sehen dadurch trotz unserer Winzigkeit zumindest ein bisschen weiter.“
Mein Gott, was für ein Bischof könnte er sein! Watzenrode wurde weich gestimmt. Dann packten ihn Schmerz und Empörung. Zum Teufel mit dieser Astronomie, die ihm seine Pläne zerstörte! Verflucht seien Brudzewski und Novara, Ptolemäus und der Kalender, Sonne,

Mond und Sterne, die ihm seinen Neffen entrissen. Was gingen sie ihn an, ihn, den Bischof von Ermland. Er hatte ganz andere Sorgen, irdische, menschliche. Er stampfte mit dem Fuß auf, als könnte er die Dinge zertreten, die in sein Leben hineinpfuschten. „Du streitest nicht gegen Dogmen", sagte er grollend. „Du wirfst sie nur völlig in den Staub. Du begehst eine schlimmere Todsünde als je ein Ketzer zuvor."
Nicolaus starrte in das Feuer, das in sich zusammenkroch. „Ich glaubte, du würdest mich verstehen, Onkel, du würdest mir helfen oder Rat wissen. Gott sei uns gnädig. Gute Nacht."
Watzenrode stierte vor sich hin. Er war unzufrieden mit sich. Es lag nicht immer in seiner Macht, dem Gespräch die gewünschte Richtung zu geben. Sollte er Nicolaus verbieten, seine Studien fortzusetzen? Lukas fühlte die Einsamkeit der Nacht und das Ungeheure der neuen Idee.

Wochen und Monate vergingen; Nicolaus und sein Onkel berührten das Thema nicht mehr. Kühle Sachlichkeit bestimmte ihr Verhältnis. Sie bereiteten sich auf eine Tagesfahrt vor, veranlasst von Kaiser Maximilian und König Sigismund. Kurz vor Johannis 1510 brachen sie auf nach Posen. Dort sollte die Klage des polnischen Königs gegen den Hochmeister verhandelt werden, der sich nach wie vor weigerte, den Lehnseid zu leisten.
Gesandte des Kaisers, der Kurfürsten, des Königs von Ungarn, weltliche und geistliche Fürsten Polens übertrafen sich in der Pracht ihrer Gewänder und ihres

Schmucks, aber auch in der Heftigkeit ihrer Worte. Der Ritterorden suchte den Spieß umzudrehen. So weigerte sich der Hochmeister nicht nur, dem polnischen König den Lehnseid zu leisten, er forderte das westliche Pruzzen zurück, das der Ritterorden in dem zweiten Frieden von Thorn 1466 an Polen verloren hatte. Sein Ordensmarschall, Wilhelm von Eisenberg, hieb auf sein Panzerhemd und schrie: „Wir sind gerüstet. Kaiser Maximilian ist auf unserer Seite. Was uns nicht freiwillig gegeben wird, werden wir erkämpfen." Er streckte das Kinn vor, sein spanischer Bart stach wie ein Dolch aus dem Gesicht.
Lukas Watzenrode trat vor die Gesandten. Dieser Tag war wie noch nie einer geeignet, sein großes Ziel zu erreichen. Er klagte den Orden an, er stellte ihn bloß wegen seiner Friedensbrüche, seiner Raubzüge, Plünderungen, Morde, seiner Vertragsbrüche, ja auch wegen der Bedrückung und Ausbeutung der Bauern, Handwerker und Kaufleute in seinem Gebiet.
Eisenberg stieß gereizt mit dem Schwert auf den Boden, sein Gesicht wurde grau vor Hass, seine kleinen Augen suchten den Bischof zu verbrennen.
Watzenrode hatte das Gefühl: Gleich stürzt er sich auf mich, der Ordensmarschall. Trotzdem fuhr er fort: „Die Städte Pruzzens haben dreizehn Jahre lang die schwersten Kämpfe und Opfer ertragen, um die so edlen Kreuzritter loszuwerden. Sie und Ermland haben sich unter den Schutz des polnischen Königs gestellt. Auch der Ordensstaat untersteht dem König des polnischen Reiches; er ist ihm lehnspflichtig. Nach Recht und

Gesetz muss er verurteilt werden!“ Die Stimme des Bischofs bekam einen beschwörenden Klang. „Was will der Ritterorden noch in unserm Land? Hier gibt es nur Christen. Möge er seine Aufgabe dort erfüllen, wo die Tataren und Mohammedaner unser Land bedrohen!“

Die Abgesandten Polens und der pruzzischen Städte nahmen Watzenrode in ihre Mitte. Die Verwünschungen und Drohungen der Ordensbrüder zerschellten. Doch ihr Ruf nach Rache verstärkte die schlimmen Befürchtungen. Eine Entscheidung kam nicht zustande.

Nicolaus drängte auf eine schnelle Rückreise. „Die Verhandlungen führen zu keinem Ergebnis. Jeder beharrt auf seinen Forderungen.“

„Es wird erst Frieden geben, wenn der Ritterorden vernichtet ist.“

Auf den Wiesen weideten die Kühe. Das Getreide stand hoch und schwer auf dem Halm. In Wellen trieb der Wind den Pollen über die Ähren. Heuhaufen umgaben die Gehöfte.

Auf der Höhe von Thorn holte der Tross des Hochmeisters die Kolonne des Bischofs ein, umzingelte sie von beiden Seiten und versperrte ihr die Weiterfahrt.

Eisenberg näherte sich dem Wagen des Bischofs, die Hand zum Zeichen des Friedens erhoben.

„Lasst ihn heran!“, befahl Watzenrode seiner Leibwache.

Eisenberg legte die Hand auf die Brust. „Wir haben eine Bitte an Eure Exzellenz.“ Seine Augen blinzelten unsicher. „Euer Neffe ist ein tüchtiger Arzt. Hochmeister Friedrich braucht ihn.“

Vielleicht wollten sie seinen Neffen in ihre Gewalt bringen, als Faustpfand, zum Erpressen. „Der Arzt ist hier!“, rief der Bischof, und als Eisenberg die Schultern hob, ergänzte er: „Schickt Euren Herrn!“
„Er liegt im Wagen fest, hat Fieber.“ Eisenberg zog das Schwert und warf es vor sich hin.
„Ich gehe.“ Nicolaus sprang vom Wagen, sein Diener reichte ihm die Arzneitasche.
Unruhig wartete Watzenrode auf die Rückkehr seines Neffen. Natürlich wussten die Ordensritter, dass Nicolaus sein Sekretär, sein Berater, sein Leibarzt und der Kronprinz von Ermland war, eine wertvolle Geisel, zu wertvoll für ein Risiko.
Lukas behielt den Ordensmarschall fest im Blick. Seine Wache umringte ihn. Aber Eisenberg war keine Geisel vom Wert seines Neffen. Das Herz krampfte sich ihm zusammen. War er in eine Falle gerannt? Er hätte zehn Eisenbergs zum Pfand verlangen müssen.
Aber da kehrte Nicolaus zurück, unversehrt, schwang sich auf den Wagen und sagte: „Sieht schlecht für ihn aus.“ Die Kolonne setzte sich schwerfällig in Bewegung. Eisenberg hob sein Schwert auf, fluchte über den Staub, den die Wagen aufwirbelten.
Der Bischof wischte sich den Schweiß von der Stirn. „Wird es lange mit ihm dauern?“
„Einige Monate vielleicht. Aber es geht zu Ende.“
Wie anders die Menschen wurden, wenn sie krank waren; störrisch und einfältig wie Kinder, demütig oder aufgebracht, schließlich bescheiden und ergeben, einfach in ihren Wünschen, dankbar schon für ein Lächeln,

einen Schluck Wasser, gläubig vor dem Wort des Arztes und seiner Arznei. Reiche und Arme unterschieden sich da kaum, abgesehen von dem Äußerlichen, dem Zimmer, dem Bett, der Kleidung. Das blieb auch nach dem Tode noch, der Sarg, der Grabstein, eine Weile wenigstens, die anderen Unterschiede aber schmolzen schon vorher unter dem Fieber und Verfall der Kräfte zusammen.

„Dann werden wir einige Zeit Ruhe behalten", unterbrach Watzenrode Nicolaus' Grübeleien. „Ich möchte, dass du mich wieder einmal gründlich untersuchst." Es war doch eine verflixte Sache, immer wenn in seiner Nähe jemand erkrankte, begann er sich leidend zu fühlen.

In der Tat, der Onkel war gealtert; erschlafft waren die Haut und das Gewebe. Trotzdem hielt er sich aufrecht, und seine Spannkraft schien unvermindert.

„Jede Woche ein Dampfbad mit Kamille und Salbei. Vor dem Frühstück ein Glas Wasser. Zweimal abends kein Fleisch. Und einmal täglich die Königspille. Dann wirst du so alt, dass du mich nicht mehr als Nachfolger benötigst." Immer, wenn Nicolaus den Onkel behandelte, kehrten sich ihre Beziehungen um. Lukas war dann fast ängstlich ergeben, hörte aufmerksam und zaghaft auf jedes Wort, betrachtete lauernd jede Miene und Geste. Erst wenn er zu wissen glaubte, woran er war, gewann er seine alte Sicherheit und Haltung zurück.

„Im nächsten Jahr erwarten wir wieder eine Mondfinsternis", sagte Nicolaus, während sich der Onkel schnaufend und ächzend in seine Kleider hüllte.

„Wenn du wenigstens aus den Sternen weissagen könntest, wen die Ordensbrüder nach Friedrichs Tod zum Hochmeister erheben werden."
„Soll ich dich zum Narren halten?"
„Die Mondfinsternis kommt, ob du hinsiehst oder nicht." Lukas trat hinter dem Vorhang hervor, setzte die violette Kappe auf seine Tonsur und grinste boshaft.
Ende des Jahres gelangte die Nachricht vom Tod des Hochmeisters Friedrich nach Heilsberg. Das Rätselraten um den Nachfolger begann.
Gerüchte überschwemmten das Land. Eines davon bestätigte sich: Albrecht von Brandenburg, ein Neffe des polnischen Königs, wurde gewählt.
Das war ein geschickter Schachzug des Ordens. Watzenrode begriff die Gefahr, dass sich Albrecht mit Sigismund auf Kosten Ermlands einigen könnte.
Die Depeschenboten jagten über den frostharten Boden, durch eisige Winternächte und wilde Schneestürme nach Krakau und Gnesen.
Boten des neuen Hochmeisters wurden abgefangen. Sie kamen aus deutschen Ländern und trugen den Befehl an die Ordensmarschälle bei sich, zum Krieg zu rüsten.
„Jetzt oder nie!", sagte Watzenrode zu Nicolaus. „Auch Albrecht weigert sich, den Lehnseid zu leisten. Sigismund bleibt uns gewogen. Hoffentlich zögert er nicht!"
Eine starke Erregung ließ den Bischof nicht zur Ruhe kommen. Er sah sich kurz vor dem Ziel seiner Wünsche.
Nicolaus war von früh bis spät mit dem Entwerfen von Schriften, Depeschen, mit der Bewaffnung und Befestigung der Städte und Schlösser beschäftigt.

Jetzt musste Sigismund den Ritterorden niederwerfen, auch wenn der Kaiser und die Herzöge von Mecklenburg, Pommern, Sachsen und der Kurfürst von Brandenburg dem Hochmeister Truppen zu schicken versprachen. Polen war stark genug, und König Sigismund hatte den Rechtsanspruch auf den Lehnseid des Hochmeisters. Die Versprechen des Kaisers und der Herzöge besaßen nicht viel Gewicht. Sie waren mehr eine Pflichtübung, um Albrecht den Rücken zu stärken und den König abzuschrecken. Polen brauchte einen Waffengang nicht zu fürchten.

Die Entscheidung stand bevor. Jeder Gedanke, jede Handlung wurde davon bestimmt. Täglich erwartete der Bischof die Truppen des Königs. Endlich kam ein Meldereiter.

Watzenrode riss ihm die Depesche aus der Hand. Dann drehte er sich schroff herum, reichte Nicolaus das Schreiben und ging in sein Turmzimmer.

„Der Orden ist mit dem Teufel verbunden!"

Watzenrode war verbittert, seine Hoffnung erschüttert. Im Südosten waren die Tataren ins Reich eingefallen, Sigismund musste sie zurückschlagen, die Bedrohung durch den Orden blieb bestehen.

Der Bischof spürte seine Ohnmacht, das Schwinden seiner Kraft, die er verbraucht hatte, jahrelang und doch vergeblich. Eines Tages vielleicht, wenn sich die Kreuzritter stark genug fühlten, gingen sie zum Angriff über. Ermland lag in ihrer Zange, die Truppen des Königs waren weit.

Das Eis der Alle brach mit lautem Getöse in der Nacht zum einundzwanzigsten März. Regenböen trieben vom Südwesten über die mit Schnee bedeckten Wiesen und Felder. Die dunkelroten Ziegel der hohen Mauern spiegelten sich in dem klaren Wasser des Schlossteiches. Wildenten zogen ihre Bahnen, Bachstelzen trippelten geschäftig am Ufer entlang.
Länger als ein Jahr hatte Nicolaus wieder in Heilsberg zugebracht. Nur wenig Zeit und Muße waren ihm geblieben, seine astronomischen Studien fortzusetzen. Lange hatte er überhaupt gezögert, denn das, was sein Onkel gesagt hatte, war kein leeres Gerede.
Einige Zeit war er geneigt gewesen, dem Weg zu folgen, den Lukas für ihn geebnet hatte. Auf die Dauer aber befriedigte ihn das politische Geschäft nicht, diese kleinen und großen Albernheiten der Macht und Eitelkeit.
Welch einen Unterschied bildeten dagegen die wenigen Bahnen des Himmels, die freundliche Wärme der Sonne, die Unendlichkeit, in der ein Menschenleben keine Sekunde zählte.
Nicolaus näherte sich dem vierzigsten Lebensjahr. Auch ihm hatte der Bader die ersten Zähne herausreißen müssen. Die vergangenen Jahre, die einmal wie ein unendlich weiter Weg vor ihm gelegen hatten, waren schneller als ein Traum vergangen. Verlebte Zeiten erschienen kurz wie ein Regenschauer, nur die Zukunft dehnte sich endlos lang. Aber jetzt wusste Nicolaus, dass sie nur noch kurz für ihn war und dass er keine Zeit mehr verlieren durfte, wollte er das Gebäude des Weltalls, so wie er es sah, neu erfassen.

Watzenrode hatte es geahnt, dass Nicolaus eines Tages vor ihn treten würde, entschlossen, unbeirrbar. Er war sich aber nie darüber klar geworden, wie er sich verhalten sollte. Ablehnend, vorwurfsvoll, nachgebend. Und jetzt, als sein Neffe vor ihm stand, wusste er auch keinen Rat.

Du solltest mein Nachfolger werden, Nicolaus. Alles, wofür ich gekämpft habe, habe ich auch für dich getan. Wie soll ich meine alten Tage verbringen ohne dich, mein Freund, die langen einsamen Abende des Winters? Wie soll ich regieren ohne deinen Rat?

Natürlich konnte er verbieten, wo die Warnung nichts vermocht hatte. Aber er besaß doch keine Krämerseele, er war doch kein jämmerlicher Feigling. Nicolaus wusste das alles. Er verließ nicht leichtfertig den gesicherten Weg und nicht herzlos ihn, den Onkel, der sein Vater geworden war. Es war der Lauf der Natur; die Schwalben verließen das Nest. Er konnte Nicolaus nicht fesseln, ohne das Beste zu zerstören, das sie für immer verband, die Liebe.

„Geh, mein Sohn." Lukas wandte sich ab. Er vermochte kein Wort mehr zu sagen. Seine Ohren sausten, er kniete nieder und verfluchte den Tag, an dem er dem Ruf der Macht gefolgt war.

Nicolaus blickte entsetzt auf den Onkel, der wie zusammengebrochen vor dem kleinen Altar hockte. Eine heiße Welle des Mitleids überschwemmte ihn. Natürlich hatte er sich das ausmalen können, aber es war doch ein bitterer Unterschied zwischen der Vorstellung und der Wirklichkeit.

Er zögerte, er spürte das Verlangen, den Onkel aufzurichten, aber dann wandte er sich schroff ab und verließ hastig das vertraute Turmzimmer, in dem kein Gespräch belauscht werden konnte.

Wer das Schwert zieht, wird durch das Schwert umkommen. Dem neuen Hochmeister schien dieses Bibelwort etwas zu bedeuten. Ruhe lag über dem fruchtbaren Land, und Nicolaus zog in Frieden von Dorf zu Dorf, um die Besitzungen des Domkapitels zu inspizieren. Die Domherren schienen nur auf seine Rückkehr gewartet zu haben, um ihm sogleich das Amt des Visitators anzuwählen, der kirchliche Angelegenheiten zu überprüfen und Gebühren einzunehmen hatte.

Nun gut, den Aufgaben, die sich aus seiner Domherrnstelle ergaben, wollte er sich nicht entziehen. Es blieb ihm trotz allem nun mehr Zeit für die Astronomie. Und während der Fahrten an den heiteren Sommertagen gab es viel Muße zum Nachdenken.

Jetzt lag die Zukunft klar vor ihm. Er wusste, was er zu tun hatte, um sein Werk auszuführen, und er hatte sich ausgerechnet, dass die Zeit dafür ausreichen musste, wenn er gesund und dem Land der Friede erhalten blieb. Selbst die Wünsche seines Onkels, ihn zu beraten und auf Tagungen zu unterstützen, konnte er ohne Bedauern erfüllen, was ihn sehr froh stimmte, denn er war dem alten Herrn dankbar und verbunden wie nie zuvor.

Watzenrode beschäftigte sich wieder lebhaft mit Nicolaus' astronomischen Theorien, und am fünften Oktober reiste er nach Frauenburg, um am nächsten Tag die

Mondfinsternis gemeinsam mit seinem Neffen zu beobachten.
Er begutachtete das Triquetrum, das der Tischler des Domkapitels nach Nicolaus' Angaben gearbeitet hatte, ließ es sich erklären und probierte es aus.
„Hier, der Visierstab und dieser vertikale Stab bilden die Seiten eines gleichschenkligen Dreiecks, dessen Grundlinie dieser dritte Stab bildet. Das Triquetrum ist ein sehr nützliches Instrument. Mit seiner Hilfe kann man den Höhenwinkel ablesen und durch trigonometrische Berechnungen die Höhe des anvisierten Gestirns bestimmen."
Lukas sah durch die Diopter, kratzte sich am Hinterkopf und brummte: „Und damit willst du die Astronomie umstürzen?"
„Nein, nein." Nicolaus lachte. „Nicht allein damit. Schließlich habe ich mir im Garten noch ein Quadratum errichtet, mit dem sich Äquinoktien und Solstitien bestimmen lassen."
Lukas ging um den senkrecht in der Mitte eines Vierecks angebrachten Stab herum wie ein Zauberer um ein geheimnisvolles Zeichen. „Eine Sonnenuhr, nicht wahr?", sagte er mit Kennerblick.
Nicolaus nickte, pflückte einen Apfel und reichte ihn dem Onkel, der vorsichtig hineinbiss. „Die Zähne", fluchte er. „Sie müssten nachwachsen."
Der Bischof blieb eine Woche. Die Domherren, die seinen Besuchen meist mit gemischten Gefühlen entgegensahen, waren erstaunt, wie mild und freundlich Watzenrode sein konnte.

Nachmittags, wenn die Sonne noch wärmte, ging er mit Nicolaus am Haff entlang. Der Wind trieb die Wellen an den Strand, Möwen trippelten vor ihnen im Sand, die Luft war feucht und schmeckte nach Salz.
„Willst du deine Theorie nicht bekannt machen?"
Nicolaus war erstaunt. „Fürchtest du keine Schwierigkeiten?"
Lukas hob einen Stein auf und betrachtete die bizarren Formen und tiefen Höhlungen. „Wir leben schließlich in Polen", antwortete er stolz. „Außerdem bin ich auch noch da."
Nicolaus sah den Möwen nach, die vor ihnen aufflogen und sich hundert Schritte entfernt wieder niederließen. „Wenn du meinst. – Aber vorläufig fehlen noch die mathematischen Berechnungen."
Watzenrode blieb stehen. „Gedanken sind wie Samen", sagte er eindringlich. „Man muss sie ausstreuen, dass sie fruchtbar werden. Schreib einen Kommentar und verteile ihn an deine Freunde." Er warf den Stein ins Wasser und blickte den Kreisen nach.
Als Nicolaus Weihnachten zum Onkel reiste, übergab er ihm eine Abschrift der ersten Aufzeichnungen, seines *Commentariolus*.
Lukas blätterte die lose gebundenen Seiten durch, fand die ihm bekannten Grundsätze und sagte bewegt: „Du heftest deinen Namen an das Firmament. Was ist ein Papst gegen einen Ptolemäus?"
Nicolaus fand den Onkel verändert. Sein herbes Äußeres schien gemildert, sein Starrsinn gelöst.
„Sigismund heiratet am achten Februar, begleitest du

mich?“ Das war ein Wunsch, den Nicolaus schwer abschlagen konnte.
Watzenrode hielt noch eine Überraschung bereit. Er reichte Nicolaus ein Heft und sagte bissig: „Eisenberg hetzt die pruzzischen Städte gegen mich auf. Ich habe es satt.“ Er stützte den Kopf in die Hände und stierte auf das Kaminfeuer.
Nicolaus las: *Wenn irgendwo ein Schaden durch Raub oder Mord geschieht, dann schreit der Bischof, dieser Jammer kommt von dem Orden. Es würde ihm nicht sonderlich zu Herzen gehen, wenn Danzigs und Elbings Vorstädte samt allen Häusern seiner Domherren in Flammen aufgingen, um damit das Kriegsfeuer zu schüren.*
Nicolaus wunderte sich, dass sein Onkel so empfindlich reagierte. Jeder wusste, dass die Kreuzritter ihre Raubzüge irgendwelchen Banden und Heiden andichteten. Watzenrode unterschied sich von manchem Bürgermeister und Burggrafen nur dadurch, dass er den Mut hatte, die Schuldigen beim Namen zu nennen.
„Eisenbergs Libell fällt auf den Orden selbst zurück. Das wissen deine Freunde ebenso wie deine Feinde.“ Nicolaus gab seiner Stimme Festigkeit. Er hatte das Gefühl, seinen Onkel aufmuntern zu müssen.

Die Hochzeit des Königs reizte Nicolaus nicht, aber das Wiedersehen mit Wapowski und Corvinus, die ihn feierten, als würde er und nicht Sigismunds Braut gekrönt.
„Du hast es gewagt!“ Corvinus in seiner schwärmerischen Art verglich Nicolaus mit Ptolemäus und

Prometheus. „Die Welt geht aus den Angeln“, rief er begeistert. „Wir sausen durch den Kosmos auf den Bahnen des Copernicus!“
Nicolaus wehrte sich, obgleich die Worte ihm schmeichelten und ihn bestärkten. Wapowski milderte erst Corvinus' Überschwang und meinte: „Schrecklich diese Dichter.“ Aber dann fuhr er fort: „Und doch spricht er wahr, Nicolaus. Du rüttelst an dem Bau der Welt.“ Seine dunklen Augen glühten unter den buschigen Brauen. Unruhig wanderte er hin und her, die Schultern hochgezogen, den Kopf nach vorn gestreckt.
„Wie lange wirst du brauchen, um dein System auszuarbeiten?“ Wapowski blieb mit einem Ruck vor Nicolaus stehen.
„Du überfällst mich, Bernhard. Jahre, vielleicht Jahrzehnte. Noch kann ich es nicht beurteilen.“
„Mein Gott!“, stöhnte Corvinus. „Ich kann es nicht fassen!“
Wapowski riss ihn in die Wirklichkeit zurück. „Was? Bist du ein Dichter oder ein Phantast? Die Erde drehte sich, als du es noch nicht wusstest, und trotzdem wurde dir nicht schwindlig. Komm, trink und träume. Unser Freund soll leben!“ Er reichte Corvinus den Pokal, stieß mit Nicolaus an und stürzte den Portwein in einem Zug hinunter.
Nicolaus kam sich vor wie ein Arzt, der eine neue Medizin verabreicht hat und der nun darum bangt, wie sie anschlägt.
Was würden die Astronomen sagen, die das Weltall ganz anders zu sehen gelernt hatten? Was die Astrologen, die

nach dem ptolemäischen System die Zukunft voraussagten? Was schließlich die Theologen, die obersten Richter der Wahrheit?

Er konnte allein auf die Kraft seiner Argumente bauen, auf die Bereitschaft der anderen, sie vorurteilsfrei zu durchdenken. Wenn er jedoch an die politischen Geschäfte dachte, an die Streitereien der Theologen, dann wurde ihm angst. Wer verließ schon den festgefahrenen Boden, die allen vertrauten Grundsätze, die geheiligte Lehre?

Der Onkel zerstreute seine Bedenken. „Nichts ist offiziell. Du hast deine Schrift lediglich einzelnen Personen überreicht.“ Er lächelte hintergründig. „Nur einen Stein ins Wasser geworfen.“

Die Schlittenkolonne des Bischofs kam nur langsam voran. Ein heftiger Sturm aus Nordwest peitschte nassen Schnee über die weiten Ebenen bei Lods.

Watzenrode schauderte unter den dicken Pelzen. Er fror, seit er Krakau verlassen hatte. Sein Magen war überlastet worden von den Gelagen; er war kein Jüngling mehr. Nicolaus wollte ihn untersuchen, aber der Onkel wehrte ab. „In Heilsberg haben wir mehr Ruhe.“

Die Übelkeit verlor sich nicht. Im Gegenteil. Sie ergriff den ganzen Körper. Die Beine und Arme wurden ihm schwer wie Blei, die Zunge stumpf und schwerfällig. Plötzlich überfiel ihn ein Schüttelfrost, und dann rann das Blut wie glühende Lava durch den Körper. Das Herz raste, der Atem flog. In Lentschiza an der Bsura mussten die Diener den Bischof ins Quartier tragen.

Nicolaus war ratlos. Keine Medizin schlug an. Erschrocken bemerkte er den matten, trüben Blick des Onkels, die graue Haut, die kraftlosen Arme.
„Weiterreisen!" Niemand wagte, sich dem Befehl zu widersetzen. Die Pferde gaben das Letzte. Reglos lag der Bischof neben Nicolaus. In Leslau stieg das Fieber. Der Onkel war so geschwächt, dass Nicolaus ihn füttern musste.
„Ich bleibe in der Nacht bei dir", suchte Nicolaus den Onkel zu beruhigen. Ihn erschütterte das traurige, ergebene Gesicht, die schnell verfallenden Züge des kräftigen Mannes, der nie verzagt hatte. Alles kam so unerwartet und so schnell, dass Nicolaus wie in einer Ohnmacht lebte. Unfassbar war die Erkrankung und unfassbar ihre Art. Er wagte nicht, an ihren Verlauf zu denken; alles, was er unternahm, blieb wirkungslos.
Am Morgen des fünfundzwanzigsten März schien das Fieber erloschen. Die Augen glänzten matt, die Züge waren erschlafft, aber ruhig. „Setz dich." Lukas Watzenrodes Stimme war leise und fest. Er tastete nach Nicolaus' Hand. Dieser umschloss die abgemagerten kalten Finger. „Ich will nach Thorn. Dort war ich einmal sehr glücklich." Er lächelte versonnen. „Du fährst sofort nach Heilsberg." Er schwieg, um Kraft zu gewinnen. „Du musst dort sein, bevor man erfährt, dass ich tot bin. Ihr müsst schnell handeln, meinen Nachfolger wählen. Lossainen ist gut."
Vor Nicolaus' Augen verschwamm das Gesicht des Onkels. Er biss sich auf die Lippen, er blickte in den grauen Wintertag, ihm wurde übel vor Schmerz.

„Lass dich segnen, mein Sohn."
Mechanisch kniete Nicolaus nieder, legte die Stirn auf den Bettrand und spürte die Hand des Bischofs auf dem Kopf.
„Führe dein Werk zu Ende, Nicolaus. Grüße meine Lieben, für die ich so gerne gesorgt habe."
Nicolaus wollte sich der Abreise widersetzen. Aber der Onkel gab nicht nach. „Zum Sterben brauche ich keinen Arzt." Er war wieder ganz Hoheit und duldete keinen Widerspruch. „Niemand kennt mein Land so gut wie du. Es wäre in großer Gefahr, wenn du nicht alles in die Hand nimmst, bis ein anderer Bischof da ist."

Die Schlittenkolonne teilte sich. Schneeflocken behinderten seine Sicht und den Blick auf einen geliebten Menschen, den er nicht wiedersehen würde.

5

Das Haff lag hell und ruhig unter dem weiten Himmel. In der Ferne verlief weißrötlich glänzend die Nehrung, ein schmaler Sandstreifen, hinter dem sich das dunkle Wasser der Ostsee scharf gegen den Horizont absetzte.
Nichts hatte sich gegenüber dem Jahr zuvor geändert. Die Wolken trieben hoch über dem Domhügel ins Land. Gleich mächtigen Lanzen flankierten die vier spitzen Türme die Stirnseiten der Kathedrale. Dohlen umsegelten wie eh und je den Glockenturm. Die gelb gepuderten Weidenkätzchen waren von Bienen umschwärmt. Blattspitzen drängten aus den prallen Knospen. Das Gras prangte in saftigem Grün. Sonne und Schatten wechselten unter dem schnellen Flug der Wolken.
Wie immer und zur gleichen Stunde rief die Glocke zum Gottesdienst. Gebete wurden gemurmelt; Worte und Lieder verhallten wie seit hundert Jahren unter dem Sterngewölbe. Unverändert blickte die Gestalt Jesu Christi von dem großen Kreuz des Hochaltars auf die Andächtigen.
Für Nicolaus Copernicus war jedoch alles anders geworden. Täglich wurde er daran erinnert, wenn er an der Grabplatte aus grauem Stein vorüberging, in die der Name Lukas Watzenrode von Allen und sein Wappen eingemeißelt worden waren.

Jetzt residierte im Schloss Heilsberg Fabian von Lossainen, ein besonnener und friedlicher Mann, der keine hochfliegenden Pläne verfolgte. Mit ihm würden die Domherren wenig Schwierigkeiten haben. Es war leicht gewesen, sich über den neuen Bischof von Ermland zu einigen.
Nicolaus hatte seine restlichen Bücher und Sachen einpacken lassen, während Fabian von Stadt zu Stadt zog, um die Huldigungen entgegenzunehmen.
Niemand drängte ihn, aber Nicolaus beeilte sich. Der Abschied von Heilsberg war endgültig. Er sah sich nur noch als Gast. Die Bibliothek, das Turmzimmer, auch seine eigenen Räume erschienen ihm verwaist. Einsamkeit umfing ihn. Hier war er ebenso wenig mehr zu Hause wie Lukas Watzenrode, dessen frisch gemaltes Porträt an der Wand unter denen der anderen Bischöfe hervorstach wie ein neu aufgeworfener Grabhügel auf einem Friedhof.
Selbst die Vikare, Kapläne, Kämmerer, Fischmeister, Waldmeister, Küchenmeister, Turmwächter, Leibdiener, Rosslenker, die mehr oder weniger vertraut mit Nicolaus waren, erschienen ihm fremd, obgleich er sie seit Jahr und Tag kannte. Man richtete sich auf die neuen Verhältnisse ein, überrascht und verwundert, dass der Nachfolger Watzenrodes nicht Nicolaus Copernicus hieß. Es gab jedoch kein Gemunkel, jedenfalls wurde nichts laut, wohl aber Bedauern, Traurigkeit, Tränen, gute Wünsche und hin und wieder auch ein wohl überlegtes Geschenk. Und alle baten ihn, sie nicht zu vergessen, wenn der neue Leibarzt allein nicht helfen konnte.

Nicolaus war darüber erstaunt. Er hatte ärztlichen Rat erteilt, gewissenhaft nach sorgfältiger Untersuchung, einige bewährte Medizinen bereitet und verordnet, aber nicht wie in einer beruflichen Tätigkeit, sondern mehr nebenbei als Freundschaftsdienst. Es war ihm gar nicht so bewusst geworden, dass seine Kuren oft geholfen hatten.
Endlich waren die Wagen zur Abreise bereit; dem persönlichen Abschied folgte die offizielle Verabschiedung, steif durch amtliche Würde. Er umfing alles mit einem letzten Blick, hörte ergriffen das Abschiedsmadrigal im Schlosshof, verneigte sich, sprang auf den Wagen, fuhr über den Hof und die Brücke, hörte das Rasseln der Ketten und den Schall der Trompeten.
Glocken ertönten aus der Ferne, in den Bäumen rauschte der Wind. Kraniche schwirrten pfeilschnell unter den Wolkenhügeln gen Norden. Sie erinnerten ihn an Andreas, an ihren Abschied von Italien. Wie würde sein Bruder die Nachricht vom Tod des Onkels aufnehmen? Würden die Domherren ihm weiterhin Urlaub gewähren?
Einige hatten seine Rückkehr gefordert. Man wusste jetzt, dass er krank war, aber man stellte sich dumm. Einige spekulierten auf seine Pfründe und suchten Gründe, um ihn um seine Einkünfte zu bringen.
Sie machten Stimmung gegen Andreas. Was hatte er schon für das Kapitel getan? Warum trieb er sich in Italien herum? Watzenrode war tot, jetzt brauchte man keine Rücksicht mehr zu nehmen.
Nicolaus hatte sich eingerichtet. Noch war alles neu für ihn, die Menschen, ihre Gewohnheiten, die Kathedrale

mit ihrem Geläute, das Haff und die Baude mit dem kleinen Hafen und auch sein bescheidenes Haus unterhalb der Domburg mit dem kleinen Garten, in dem er schon gewohnt und gearbeitet hatte.
Trotzdem, er fühlte sich freier; es war sein Haus, sein Gut, sein Vorwerk, das er in Besitz nahm; er bestimmte nun selbst den Rhythmus seines Lebens.
Natürlich oblagen ihm auch in Frauenburg Verpflichtungen. Er lebte nicht allein. Man traf sich beim Gottesdienst, man besuchte sich privat. Klatsch und Gerüchte liefen in einem Tag über den Domberg.
Beratungen wurden angesetzt; man musste die Einkünfte und Ausgaben des Kapitels kennen, die Beschwerden, Rechtsverletzungen, Strafen; man musste über die Besetzung der Ämter entscheiden. Man stritt sich, und man stimmte ab. Wer nicht da war, entschied mit der Mehrheit.
Wenn er seine Kollegen auch kannte, die Domherren von Cleetz, Delau, Johannes Sculteti, Stockfisch, Snellenberg, Crapitz und Zander, er sah sie jetzt täglich und musste sich auf sie einstellen. Nicht jeder war ihm sympathisch. Am besten gefiel ihm Sculteti, seine ungezwungene Heiterkeit, sein freier Sinn und seine umfassende humanistische Bildung. Mit dem zehn Jahre jüngeren Tiedemann Giese war er so gut wie befreundet, aber Tiedemann Giese lebte leider in Allenstein als Statthalter. Neuerdings, seit er Nicolaus' Ideen kannte, beschäftigte sich auch Giese mit Astronomie.
Die Domherren Bernhard Sculteti, Albert Bischof und Christoph von Suchten würde Nicolaus so bald nicht zu

sehen bekommen, denn sie vertraten Ermland beim Apostolischen Stuhl in Rom.

Andreas hatte eine Depesche geschickt; er befand sich auf dem Weg nach Frauenburg. Diese Nachricht beunruhigte Nicolaus. Er fürchtete das Wiedersehen. Vergeblich hatte er seine Kollegen bestürmt, Andreas' Urlaub zu verlängern. Die Mehrzahl folgte dem gehässigen Antrag Snellenbergs, der formell Recht hatte.

„Die Statuten des Domkapitels sehen es nicht vor, dass ein Domherr wegen Krankheit jahrelang beurlaubt werden kann. Unser Bruder Andreas reiste in einem Auftrag Watzenrodes nach Rom. Als er krank wurde, gaben wir ihm Urlaub, aber doch nicht für sein ganzes Leben."

Jeder wusste, dass Snellenberg egoistisch war. Er lebte ständig in dem Gefühl, mehr als andere zu arbeiten, und er hatte immer Angst, seine Einnahmen könnten sich verringern. Gefälligkeiten führte er gern aus, aber er ließ sie sich bezahlen.

Nicolaus' Warnung wurde nicht ernst genommen. Woher wollte er schon wissen, dass Andreas sehr krank wäre? Seine Briefe machten einen anderen Eindruck, sie waren stets munter und eher frech als bedrückt.

Sollte Nicolaus die Krankheit beim Namen nennen? Das Wort würde schockieren, aber nichts retten. Nicolaus hätte Andreas gern die anstrengende Reise erspart, aber es würde besser sein, wenn er an den Verhandlungen teilnahm.

Die Erwartung, die man an ein Ereignis knüpft, bestimmt oft das Erlebnis. Nicolaus kannte das Aussehen

Leprakranker. Er war auf das Schlimmste gefasst. Als Andreas aus dem Wagen gestiegen war und vor ihm stand, hätte er ihn beinahe umarmt.
Andreas' Gesicht und auch seine Hände waren noch so weit verschont geblieben, dass nur der aufmerksame Beobachter die Zeichen der Lepra entdeckte.
„Lass dich nicht täuschen", hörte er Andreas' Stimme, die sich rau und belegt anhörte. „Ich grüße dich mit den Augen. Ich bin glücklich, dich noch einmal zu sehen. Doch ich beneide dich um deine Gesundheit."
Andreas hinkte. Er betrat nur sein eigenes Haus, besuchte keinen Freund und keinen Gottesdienst. Nur einmal folgte er der Einladung seines Bruders, das Arbeitszimmer zu besichtigen, das sich Nicolaus in dem breiten viereckigen Turm der Festungsmauer eingerichtet hatte. Andreas setzte sich nicht und berührte keinen Gegenstand. „Ich habe deinen Kommentar gelesen. Sculteti hat ihn gelesen und dem freisinnigen Bischof von Middelburg übergeben, dessen Rat am Päpstlichen Stuhl geschätzt wird. Man muss den Kalender in Ordnung bringen. Schaffst du das mit deinem System, dann hast du gewonnen."
Nicolaus führte seinen Bruder auf den Balkon. „Erst muss ich die genaue Länge des Jahres bestimmen, also den Umlauf der Erde um die Sonne. Die Schwierigkeit besteht darin, dass die Erde sich nicht genau dreihundertfünfundsechzigeinviertelmal um sich dreht, während sie die Sonne umrundet. Sie muss sich etwas langsamer drehen, einige Stunden nur, aber mit dem Gnomon ist es sehr schwer, die genaue Zahl zu ermitteln."

Kleine Boote fuhren über das glitzernde Haff. Einige hatten Segel gesetzt, andere wurden gerudert. Auf den Weiden dösten schwarzweiß gefleckte Kühe vor sich hin. Ein Ochsengespann quälte sich über den Hügel im Südwesten.
„Ich beneide dich um diesen Ausblick. Ein schönes Land. Aber es bekommt mir nicht. Ich muss zurück."

Die Beratung fand im Domkapitel statt. Andreas blieb vor seinen Kollegen stehen und musterte sie abschätzend.
„Wir haben die Zeugnisse deiner Ärzte gesehen, Bruder Andreas." Der Domkustos Cleetz machte einen hilflosen Eindruck. „Wir verstehen dich, aber wir können dich nicht lebenslang beurlauben."
Andreas trat zwei Schritte vor. „Soll ich hier vor euren Augen verrecken?"
Unwillkürlich zuckten die Domherren zusammen. Jeder fürchtete die Ansteckung. Seit sie wussten, dass Andreas leprakrank war, machten sie einen weiten Bogen um ihn. Snellenberg schwankte zwischen Gier und Angst. Er wünschte Andreas fort bis ans Ende der Welt, aber nicht mit den Einkünften. Schließlich musste auch er etwas für seine Pfründe tun!
„Warum geht Andreas nicht in ein Leprosenheim? Eine kleine Rente könnten wir ihm zahlen", schlug Snellenberg vor, aber nur Cleetz und Crapitz billigten seine Idee.
Andreas humpelte an den Tisch. „Nun gut", sagte er bitter. „Dann bleibe ich hier. Welches Amt soll ich über-

nehmen?“ Er starrte verächtlich auf seine Kollegen, die schnell von ihm abrückten und in sich zusammenkrochen.

„Wir vertagen uns!“ Cleetz entfuhren die Worte wie ein Hilferuf.

Der Sommer verging. Snellenberg fand heraus, dass Watzenrode Andreas zwölfhundert Goldgulden übergeben hatte zwecks Förderung eines Kirchenbaus. Wo war die Abrechnung?

„Das geht nicht einmal die Raben etwas an.“ Andreas wurde wütend. „Wie kannst du das fragen?“ Er stützte den Kopf in die Hände. „Weißt du, wie das ist, ausgestoßen zu sein, ein Toter unter Lebendigen? Jeder flieht dich, Männer und Frauen, reiche und arme. Die Diener verlassen dich, es bleibt dir nur noch das Leprosenheim, der Anblick des hundertfachen Elends und der Qualen, die dir noch bevorstehen.“ Er nahm die Hände vom Gesicht. Seine verquollenen Augen irrten durch den Raum. „Lukas hat es als Einziger bedacht. Er wusste, dass Ekel und Angst nur von Geld überwunden werden. Das war seine Kirche, die er einzig und allein für mich gebaut hat. Rausgeschmissenes Geld für einen Unwürdigen!“ Er stand auf und verließ wie ein Verfolgter den Raum.

Sculteti unterstützte Nicolaus, aber es half nichts. Am 4. September 1512 fasste die Mehrzahl den Beschluss, jede Gemeinschaft mit Andreas Copernicus aufzugeben.

Andreas lachte voller Verachtung. „Ich könnte jedem von euch mein Schicksal anhängen. Krämerseelen, Judasse, Feiglinge!“ Seine Kollegen zuckten wie unter

Rutenschlägen zusammen. „Ihr seid erbarmungslos wie Ratten, aber ich gebe meine Rechte nicht für ein Almosen her."
Snellenberg sprang auf. „Und wo bleibt der Beleg für die zwölfhundert Goldgulden?" Er blickte wie ein Geldwechsler in die Runde. „Wenn Andreas Copernicus unser Entgegenkommen missdeutet, dann sollten wir seine Einkünfte beschlagnahmen."
Bevor er das letzte Wort herausgebracht hatte, stand Andreas vor ihm. „Soll ich dir mal über dein gieriges Gesicht fahren", sagte Andreas seltsam gelassen.
„Reiß ihn weg!", schrie Snellenberg, aber niemand wagte es, Andreas anzufassen.
„Kommt nur", fuhr Andreas böse fort. „Ihr habt mich jetzt so weit, dass es mir Spaß bereitet, euch täglich mit meinem Anblick zu erfreuen."
Nicolaus war halb ohnmächtig vor Entsetzen. Sein Herz hämmerte gegen seine Brust, die irren Blicke um ihn her betäubten seinen Verstand. Er stand auf, legte seinen Arm auf Andreas' Schulter und führte ihn ins Freie.
Die Septembersonne schien warm in den Domhof. Ein Keil Wildgänse schwirrte über den Hügel. Das Weinlaub leuchtete in gelben und roten Farben.
„Wir geben nicht auf", sagte Nicolaus leise. „Jetzt bist du formell im Recht. Aber du musst noch hier bleiben, es ist ohnehin schon zu spät für eine Reise."
Worte über Barmherzigkeit und Nächstenliebe konnten nichts ausrichten. Ihr Sinn wurde einfach verdreht. Sollten denn alle unter einem leiden? Dass der eine niemanden leiden lassen wollte, wurde übergangen. Andreas

wollte seine Einkünfte behalten und in Italien leben; aber der Preis war den Snellenbergs zu hoch.
„Dann wird Andreas den Statuten des Kapitels gemäß in Frauenburg bleiben und sein Einkommen hier verbrauchen.“ Nicolaus machte eine Pause. „Keines der Statuten berechtigt einen Ausschluss von Kranken.“
„Und die zwölftausend Goldgulden!“, rief Snellenberg erbost.
„Ja, ja“, pflichteten ihm einige bei.
Nicolaus sah Snellenberg ironisch an. „Das ist wohl eine Angelegenheit zwischen Bischof Watzenrode und Andreas.“
„Unerhört!“ Das Wort verhallte im Raum.
„Meine lieben Brüder.“ Scultetis Stimme nahm einen salbungsvollen Ton an. „Ich verstehe den Eifer, aber nicht den Grund. Andreas will uns schonen. Sollten wir dafür nicht auch ein Opfer bringen, ein unbedeutend kleines eigentlich; denn stellt euch vor, ihr wäret an seiner Stelle und müsstet das karge Brot der Fremde essen und dem Tod fern der Heimat entgegensehen.“ Bitterkeit und Ironie schwangen in den Worten mit, dennoch wirkten sie auf einige ergreifend, denen der Streit ohnehin lästig wurde.
„Gott allein weiß, wie lange der arme Teufel noch zu leben hat.“ Stockfisch wandte sich an Nicolaus. „Ich verstehe den Zorn deines Bruders. Wird er nach Italien zurückkehren, wenn wir alles beim Alten lassen? Schließlich“, er sah den Kustos beschwörend an, „schließlich könnte er auch in Rom noch etwas für unser Kapitel tun.“

Es gab keinen Einspruch mehr. Als Nicolaus seinen Bruder unterrichtet hatte, sagte dieser mit müdem Lächeln: „Den Winter über sollen sie zappeln, unsere lieben Brüder in Christo. Meine Antwort erhalten sie erst im Frühling."

Diesen Abschied würde Nicolaus nie vergessen. Er hatte sich immer gegen das schreckliche Gefühl gewehrt, aber es kam immer wieder. Wie ein zum Tode Verurteilter erschien ihm Andreas.

Vor zwanzig Jahren war er mit ihm nach Krakau, vor fünfzehn Jahren zum ersten Mal nach Italien gezogen. Blitzschnell wechselten die Bilder gemeinsamer Erlebnisse: die Mondnacht und ihr Streit mit den Radaubrüdern; die Abende mit Brudzewski und ihr tastendes und ungestümes Fragen; die wilde Fahrt auf der Weichsel und der Spaß mit der Astrologie; Tilmann von Allen und die Audienz beim Bischof; Pirckheimer schließlich und Dürer, die inzwischen berühmt geworden waren, die Tour über die Alpen, Bologna, Florenz und Savonarola, Padua – Pomponazzi lebte noch –, Ferrara und die Silbernächte von Venedig.

Mit der gleichen Gewissheit, mit der die Sonne die Jahresbahn der Erde beschrieb, verging das Leben. Nicolaus' vierzigster Geburtstag würde der letzte gewesen sein, an dem Andreas noch zu ihm hatte sprechen können.

Drei Monate später, am 29. Mai 1513, verließ Andreas' Wagen Frauenburg. Störche standen reglos auf ihren Nestern. Habichte kreisten hoch unter den Wolken im Wind.

Ein Rest von Unternehmungslust wilderte noch in Andreas' Augen. Sonst beherrschten ihn Traurigkeit und Resignation. Er hatte nie das tun können, was er gern getan hätte, er hatte nie der sein können, der er gern gewesen wäre. Damit hatte er sich schließlich abgefunden und seine Aufgaben zuverlässig, wenn auch ohne Eifer erfüllt. Er war leichtsinnig, doch nicht leichtfertig. Wer ein unbekümmertes Leben liebte, konnte sich in seiner Gesellschaft wohl fühlen. Er war stets ein guter Kamerad gewesen.

Dieser hoffnungslose Blick war am entsetzlichsten für Nicolaus. Alles andere ließ sich übergehen.

„Ich werde deine Astronomie in Rom vertreten, Nicolaus. Was kann mir schon geschehen?" Er lachte triumphierend. „Der Prälat übrigens, der dich damals nach deinem Vortrag angriff, ist in Ungnade gefallen. Er merkte zu spät, dass er eine Ansicht verfocht, die mit der des Papstes nicht übereinstimmte."

Andreas versuchte, Nicolaus in den letzten Minuten noch einmal zu erfreuen. „Girolamo hält große Stücke auf dich, Bruderherz. Er meinte allerdings, du solltest mehr die Natur als die Sterne befragen. Er hält alle Sterngucker für Astrologen."

Sie lachten, und für einen Augenblick spürten sie keinen Schmerz. „Ich kann mir nur nicht ganz erklären, warum du so sicher bist, dass sich die Erde bewegt?" Andreas versuchte mit seiner Frage den endgültigen Abschied hinauszuzögern.

„Stell dir vor", Nicolaus zog einen kleinen und darum herum einen hundertmal größeren Kreis, „die riesige

Himmelskugel mit der Sonne, den Planeten und den Tausenden von Sternen soll in einem Tag um die Erde herumsausen. Das wäre eine Mühle, die sich um den Mühlstein dreht. Ptolemäus sagt, alles müsste von der Erde wegfliegen, wenn sie sich dreht, wie der Dreck von einem Rad. Aber dann würde doch der Himmel, der sich wegen seiner Größe viel, viel schneller drehen müsste, viel, viel schneller auseinander fliegen."

Andreas' Miene, erst nachdenklich ernst, gewann einen verschmitzt-heiteren Ausdruck. „Wie sich doch die größten Denker irren können", sagte er voll Genugtuung. „Gott verdammt noch mal, dass da seit fünfzehnhundert Jahren noch kein Mensch, kein Papst, keiner der großen Scholastiker drauf gekommen ist, auf diesen einfachen logischen Schluss!"

Er hob die Hände zum Gruß. Die Pferde scharrten im Sand und schnaubten. Die Sonne verlor an Farbe und sandte helle, warme Strahlen. Andreas stieg auf den Wagen.

„Man wird ein Konzil einberufen: Kalenderreform. Es wäre schön, dich in Rom wiederzusehen."

Die Pferde zogen an. Nicolaus ging neben dem Wagen her. Spinnweben glitzerten zwischen den taufrischen Blättern.

„Hü, ho!", rief Andreas.

Die Pferde fielen in Trab. Andreas wandte sich noch einmal um, dann blickte er starr geradeaus, und Nicolaus blieb zurück.

Das Rollen der Räder verlor sich. Leise säuselten die hellgrünen Blätter in der frischen Morgenbrise. Eine

Drossel flötete auf der Windfahne des Dachreiters. Die Glocke schlug zur Andacht.
Das war ein Abschied wie bei einem Begräbnis. Vergeblich wehrte sich Nicolaus dagegen. Denn noch lebte sein Bruder, noch. Aber was war das für ein Leben! „Mein Gott, steh ihm bei. Erlöse ihn von seinem Übel, lass ein Wunder geschehen!“

In den Monaten nach Andreas' Abreise hatte Nicolaus mehr Muße für seine große Arbeit. Es gab außer den religiösen und ideologischen Einwänden auch sachliche, die er widerlegen musste.
Seine Idee erschien widersinnig, der Augenschein allein sprach gegen sie. Wie schwer war es ihm und seinen Freunden gefallen, sich eine Bewegung der Erde um sich selbst und um die Sonne vorzustellen. Wie viel schwerer würde es für alle anderen sein, sich in ein neues System hineinzudenken. Immerhin, von Eudoxos bis Ptolemäus und bis heute hatten sich die Astronomen die Freiheit erlaubt, beliebig viele Kreise zu verwenden, um die Bahnen der Sterne darzustellen. Daher dürfte ihm wohl die Freiheit zustehen, zu prüfen, ob nicht die Bahnen der Himmelskörper dadurch besser erklärt werden könnten, dass man von der Bewegung der Erde ausging.
Diese Prüfung war seine Aufgabe, ihre Lösung der Beweis, dass in Wirklichkeit die Erde und die anderen Planeten von der Sonne regiert wurden.
Was musste er tun, um diesen Beweis zu erbringen?
Wochen vergingen, ruhige und nachdenkliche. Wenn man ein System überwinden wollte, musste man es

genau studieren. Die Sommertage waren lang; es las sich gut im Garten, umgeben von dem Duft der Blumen und Kräuter, während der Schatten des Gnomonstabs langsam über die Marken des Steins hinwegwanderte.
Ein System ging wie ein Lehrsatz von einer Voraussetzung aus. Diese musste er prüfen. Damit hatte er in seinem Kommentar begonnen. Und er hatte auch die Gründe dargelegt, die ihn zu seiner neuen Voraussetzung geführt hatten. Jetzt musste er sein System darauf aufbauen. Aber mit welchen Bausteinen?
Er hatte die Sternenkataloge, in denen die Beobachtungen des Ptolemäus und anderer aufgeführt waren. Sie waren nicht immer zuverlässig, doch er musste sie benutzen. Unmöglich konnte er auf diese Daten verzichten. Durch Berechnungen ließen sich die Fehler vielleicht ausgleichen.
Zugleich musste er die überlieferten Kenntnisse durch eigene Beobachtungen erweitern, hin und wieder auch prüfen, um Zweifel zu beseitigen.
Am 1. Januar 1512 hatte er den Ort des Mars bestimmt, am 5. Juni des gleichen Jahres die Opposition des Mars beobachtet. Es wurde Zeit, die Beobachtungen fortzusetzen.
Frauenburg war kein idealer Ort dafür. Es lag ziemlich hoch im Norden. Viele Nächte waren kalt und feucht. Oft trieben Seenebel vom Haff über den Berg. Breite Wolkenbänke überquerten endlos langsam den Himmel, und oft war er völlig bedeckt.
Erst am 25. Februar des folgenden Jahres gelang ihm wieder eine Beobachtung: Er bestimmte den Ort des

Saturn. Und am 5. Mai 1514 konnte er die Opposition des Saturn beobachten.
Diese Stunden tiefer Einsamkeit auf seinem Turm waren ihm qualvoll und beglückend zugleich. Schmerzlich wurde ihm bewusst, dass er unmöglich so viele Beobachtungen würde machen können, wie sie sein Werk erforderte. Dennoch ging eine große erhebende Ruhe auf ihn über, wenn er den Himmel betrachtete und in seiner Phantasie dem Lauf der Erde und der Planeten folgte, die in riesigen unterschiedlichen Bahnen und daher auch in verschiedenen Zeiträumen um die Sonne herumliefen. Nichts erschien ihm vergleichbar mit dieser Weite und Harmonie, mit dem Wunder von Nacht und Tag und den Jahreszeiten.
Im September wurde er durch eine Depesche aus seinen beschaulichen Gedanken und astronomischen Berechnungen herausgerissen. Sein Bruder und Bernhard Sculteti schrieben ihm aus Rom, dass der Bischof von Fossombrone, Paul von Middelburg, Papst Leo X. gewonnen habe, auf einem Konzil die dringend nötige Kalenderreform zu beraten.
Du bist eingeladen, alter Junge, offiziell, wie du dem beiliegenden Schreiben Middelburgs entnehmen wirst. Middelburg kennt deinen Commentariolus *und ist sehr interessiert. Lass dich hier sehen! Dein unglücklicher Andreas und Bernhard Sculteti, der seinen Bruder Johannes grüßen lässt.*
Das Schreiben versetzte Nicolaus in eine ungewöhnliche Aufregung, die ihm noch größere Qualen bereitete als jene, die ihn vor vierzehn Jahren in Rom überfallen hatte. Aber welch eine veränderte Szene! Nach seinem

Vortrag hatte der Prälat seine zaghafte Frage abgekanzelt. Wie dankbar wäre er damals für ein Wort oder nur eine Geste der Ermunterung oder auch nur der Anerkennung gewesen. Nun lud man ihn ein zum Vortrag über seine Theorie. Der Stein hatte weite Kreise gezogen; sein *Commentariolus* schien von Hand zu Hand gegangen zu sein, natürlich inoffiziell. Er schien viel weiter verbreitet, als Nicolaus zu hoffen wagte, ja wünschte.
Wie glücklich wäre er vor einigen Jahren gewesen, wenn sich einige wenige Astronomen zu seinem *Commentariolus* geäußert hätten. Das Schweigen der Fachgelehrten war schlimmer als Kritik. Niemand hatte den Mut, ihm auch nur eine private Mitteilung zu machen. Was verbarg sich hinter dem Schweigen? Die Missachtung eines Narren? Oder Angst?
Lukas hatte Recht behalten; inoffiziell nahm man die neue Theorie zur Kenntnis, und so war sie bis zur höchsten Autorität der Kirche vorgedrungen. Dort trafen sich in wenigen Monaten die angesehensten Astronomen der katholischen Welt von Polen bis Spanien. Dort sollte der Domherr Copernicus seine Gedanken zur Kalenderreform vortragen und damit seine Theorie gegen die allgemein anerkannte, herrschende und geheiligte des Ptolemäus stellen. Welch eine Gelegenheit und welch entsetzliche Versuchung. Nicolaus blätterte mechanisch in seinen Manuskripten. Was war eine Theorie wert, die offiziell verurteilt wurde? Nichts, weniger als nichts. Dieser Gefahr musste er sie aussetzen; denn wenn er sie in Rom vortrug, würde sie zu einer offiziellen Angelegenheit werden.

Nicolaus lächelte traurig, dennoch fühlte er sein Herz wieder ruhiger schlagen. Der schlimmste Feind des Menschen war die Eitelkeit. Es gab zum Glück zwingende Gründe, ihr zu widerstehen. Er faltete die Hände und legte seinen Kopf darauf. Das Gezänk der Möwen und Dohlen durchdrang die Stille, aber Nicolaus hörte es nicht. Erst als die Treppe unter schweren Schritten knarrte, hob er den Kopf. Die Tür öffnete sich und der nach der Art römischer Senatoren frisierte Kopf seines Freundes Johannes Sculteti erschien.

„Heute bin ich ausnahmsweise nicht neugierig", sagte Johannes verschmitzt lächelnd. „Ich weiß schon alles."

Sculteti trat ins Zimmer. Er war so groß, dass er die dunkelbraunen Deckenbalken mit dem Kopf erreichen konnte, wenn er sich auf die Zehenspitzen erhob.

Über keinen Besuch freute sich Nicolaus mehr als über den Johannes Scultetis, dessen Schritt er nun schon erkannte, sobald dieser den Turm betrat und die Treppen hinaufstieg in sein Arbeitszimmer. Er war neugierig, ohne aufdringlich zu sein, er gewann dem Leben die heiteren Seiten ab und legte danach die Lehren der Kirche für sich zurecht.

„Würde die Natur die Ehe erfordern, hätte ich da Vater werden können?" Er lachte über sich und die vielen dummen Regeln, mit denen sich die Menschen gegenseitig das Leben schwer machten. „Nie werde ich mich zum Priester weihen lassen, es sei denn, die Kirche hebt das naturwidrige Zölibat auf."

Sculteti gefiel an Copernicus sein freundlicher Ernst und seine „kühne Idee". Was er über die Erde, das ketzerte

Copernicus über den Himmel. „Mit deinem System fällst du ein Gottesurteil." Johannes Sculteti liebte großartige Vergleiche, aber er brachte sie nicht mit Pathos, sondern mit witzigem Ernst hervor. „Natürlich kann das auch halsbrecherisch werden, wenn es dem Papst nicht passen sollte." Er drohte Copernicus mit dem Finger und lachte. Unbekümmert setzte er sich auf den Tisch, trotz der sorgsam geordneten Manuskriptseiten und des ängstlichen Blicks seines Freundes.

„Ich habe eine Neuigkeit für dich, streng geheim noch." Er flüsterte die letzten Worte, um dann laut fortzufahren: „Was hältst du von Dantiscus, Nicolaus?"

„Ein fröhlicher Humanist und ein geschickter Diplomat", antwortete Nicolaus, erstaunt über die Frage.

„Snellenberg hat keine Ruhe gegeben. Dantiscus soll Koadjutor für Andreas werden."

„Stellvertreter für Andreas?" Nicolaus spielte mit dem Federkiel. Einen Stellvertreter für einen erkrankten oder altersschwachen Domherrn zu ernennen, war üblich. „Ist Dantiscus denn nicht mehr Sekretär des Königs?" Er blickte fragend zu Sculteti auf.

„Das ist es ja gerade. Er soll gar keine von Andreas' Pflichten übernehmen, sondern auf diese Weise – entschuldige bitte – als Nachfolger Andreas' vorbestimmt werden." Sculteti baumelte mit seinen langen Beinen, verwundert, dass Nicolaus keinerlei Empörung zeigte.

„Du magst Dantiscus nicht?"

„Was für eine Frage, kruzitürken!" Sculteti durchmaß den Raum mit drei Schritten. „Er ist ein Diplomat, ein Höfling."

„Aber als Berater des Königs wäre er uns eine Stütze gegen den Ritterorden.“
„Er wäre uns eine Laus im Pelz.“ Sculteti setzte sich in die Fensternische. „Dantiscus ist ein Schleimscheißer, mit Verlaub gesagt. Er ist freisinnig, er ist großzügig, er lebt weltmännisch, aber er billigt das alles nur sich selbst zu. Andern gegenüber ist er wie eine Schnake, die Blut aussaugt und dafür sticht.“
Nicolaus lächelte über den Eifer seines Freundes.
„Du nimmst es mir nicht übel, wenn ich deinem Urteil nicht folgen kann. Allerdings sollte ein Koadjutor ein wirklicher Gehilfe oder Vertreter sein. Wen schlägst du vor?“
Sculteti sah so verblüfft aus, dass Nicolaus lachen musste.
„Mein Lieber“, antwortete Sculteti schließlich und stelzte fröhlich an den Tisch, „also, sagen wir Bernhard Korner aus Kulm, ein zuverlässiger und munterer Geselle. Jetzt müssen wir uns beeilen, dass wir diese Sache noch vor deiner Abreise nach Rom durchbringen.“
„Rom?“ Nicolaus hob den Blick. „Paul von Middelburg meint es sicher gut, aber selbst wenn die Einladung vom Papst ausginge, ich bliebe dem Konzil fern.“
Sculteti war mehr als überrascht und verstand Nicolaus nicht. Julius II. war schließlich tot; ein kriegerischer Papst, interessiert noch an der Kunst, aber kaum an der Wissenschaft. Leo X. war dagegen ein friedlicher Mann, ein Freund der Gelehrten.
„Mein Bruder schreibt, es bestünde keine Gefahr für dich. Würde ich dir sonst zuraten?“ Er warf schmollend die Lippen auf. „Bedenke, was du dort für ein Forum

hast! Ein vom Papst angesetztes Konzil! Welch eine seltene Gelegenheit, deine Ideen zu demonstrieren."
„Middelburg ist ein in der Astronomie und Mathematik bewanderter Bischof und Vertrauter des Heiligen Vaters", entgegnete Nicolaus. „Vielleicht – dein Bruder und Andreas deuten es in ihrem Schreiben an –, vielleicht würde er meine Theorie sogar unterstützen, zumindest aber wohlwollend bedenken. Andernfalls hätte er mich kaum eingeladen."
„Also, was zögerst du?", fragte Sculteti verwundert. „Scheust du den Streit mit denen, die dir entgegentreten werden? Fürchtest du das Urteil der Dogmatiker?"
Nicolaus hatte geglaubt, mit der Angelegenheit fertig zu sein, doch jetzt musste er Sculteti ohne Antwort lassen. Er durchlebte unruhige, aufreibende Wochen. Er musste unbedingt mit sich ins Reine kommen! Sein Entschluss konnte ihm auch persönlich zum Verhängnis werden. Nicht einmal seinen Freund hatte er überzeugen können. Wenn er nicht den Mut aufbrachte, für seine Anschauung einzustehen, war er gezwungen, sie aufzugeben.
„Ich habe dich immer für einen tapferen Mann gehalten", hatte Sculteti gesagt, nicht vorwurfsvoll, aber die Worte trafen Nicolaus und fraßen an ihm. War er feige? Aber was geschah, wenn seine Idee verlacht wurde? Noch waren seine Beweise nicht zwingend genug. Spott war nicht angenehm, wenn man ernst genommen werden wollte. Und es würde genug Schwätzer geben, deren Geltungssucht ausreichte, ihn zu verhöhnen. Und es würde noch mehr Theologen geben, deren Unkenntnis

groß genug war, um bedenkenlos den Papst aufzufordern, Nicolaus Copernicus mit dem Bann zu belegen.
„Hältst du es für tapfer", fragte er Sculteti anderthalb Monate später auf einem Spaziergang am Haff , „allein gegen ein Heer von Kreuzrittern zu kämpfen?"
„Unsinn", antwortete dieser in einem Ton, der sagen wollte, wie kannst du so etwas fragen. Doch er blieb ruckartig stehen, als Nicolaus fortfuhr: „Du erwartest aber, dass ich allein mit einem halbfertigen System gegen alle Astronomen antrete."
Tiefliegende Fischerboote segelten dem Hafen entgegen, umschwärmt von wild durcheinander fliegenden Möwen. Ihre ungeduldigen Schreie hallten schrill durch die Nachmittagsstille.
Sculteti starrte über das Haff. Leise schwappte das Wasser gegen den angespülten Seetang. „Viele Hunde sind des Hasen Tod. Das ist wohl so. Entschuldige bitte, dass ich dich zum Selbstmord überreden wollte." Er legte seinen Arm auf Nicolaus' Schulter.
„Ich selbst wäre vielleicht nicht in Gefahr", antwortete Nicolaus, erleichtert, dass ihn sein Freund endlich verstand. „Aber die neue Astronomie könnte abgetötet werden, noch bevor sie richtig entwickelt ist und stark genug, sich zu behaupten."
„Schade um die schöne Gelegenheit", sagte Sculteti nachdenklich, und er träumte von seiner Studienzeit in Italien. „Was wirst du Rom antworten?", fragte er unvermittelt. – „Dass der Kalender erst reformiert werden kann, wenn der Lauf der Sonne und des Mondes bis auf die kleinsten Zeitteile bestimmt worden ist."

Sculteti lachte. „Worüber du dir Sorgen machst. Komm, die Elbinger haben mir einen guten Wein geschickt. Ich glaube, du kannst einen Tropfen gebrauchen."
Er zog Nicolaus zum Domberg zurück. „Überhaupt", sagte er aufgeräumt, „ohne dich wäre mir die Zeit in diesem öden Nest ziemlich lang geworden. Wie sagten die alten Lateiner noch, leben und leben lassen! Schaff dir so ein Weib an wie ich. Zölibat hin, Zölibat her. Wen kümmert das noch? Ob Frau oder Haushälterin; man lebt nur einmal. Und ich sage: wenn schon, dann auch richtig."

Den ganzen Oktober über hing das Laub noch auf den Bäumen, und die milden Tage ließen ihm Zeit, in satten Farben auszureifen.
Der Domhügel lag auf einer Palette von gelben, orangefarbenen, roten und violetten Tönen. Ganz Ermland prangte wie ein Regenbogen in dem schräg fallenden Licht der Sonne.
Bis zum Martinsfest am 11. November 1516 blieb die leuchtende Pracht erhalten. Nicolaus Copernicus genoss sie auf der Fahrt nach Allenstein und vom Turm des Schlosses hinunter, auf dem er ein Jahr als Administrator tätig sein sollte.
Sein Blick schweifte über die Hügel oberhalb der Alle, in deren Wasser die Farben zu einem bunten Band zusammenflossen. Von der schnellen Strömung war nur ein leichtes Rauschen zu hören. In dem kleinen Schlosshof herrschte tiefe Stille, und der runde Turm an seiner Südwestecke verlieh ihr Sicherheit. Von ihm sah man weit

über die sumpfige Ebene im Nordwesten, aber er bot keinen Platz für astronomische Beobachtungen. Damit war es vorerst ohnehin vorbei. Das Leben war gegen ihn. Kaum hatte er etwas Zeit für die Astronomie gefunden, wurde sie ihm wieder entrissen.

„Christoph von Suchten schafft es nicht", hatte der Domkustos gesagt. „Wir finden niemanden, der unser wichtigstes Gebiet besser verwalten könnte als unser Bruder Nicolaus Copernicus." Man war sich selten so einig gewesen; man hielt es für ausgemacht, auch unter versteckter Anspielung darauf, dass zwei Koppernicks Domherren waren und doch wenigstens einer dem Kapitel ganz zu Diensten sein müsse.

Astronomie? Nun ja, jeder hatte schließlich ein Steckenpferd. Niemand wollte ihm das seine nehmen. Sculteti hatte verlegen die Hände gehoben, während Giese ihm zuflüsterte: „Auch dort findest du Zeit."

Zuletzt hatte ihn die Eitelkeit gelockt, dieser Ehrgeiz, zu beweisen, dass man ihm zu Recht vertraute. „Du bist Arzt, man weiß im ganzen Land, dass du auch Armen hilfst. Die Leute glauben, dass alles, was du tust, gut für sie ist."

Für den Martinsschmaus war die Tafel im Schlosshof und im Kreuzgang im Nordteil der Burg gedeckt. Über dem offenen Feuer brieten Ochsen und Gänse. Würziger Duft strömte durch die Gänge und Zimmer. Selbst den Wachposten und dem Ausgucker auf dem Turm lief das Wasser im Munde zusammen. Auch aus den Häusern der Stadt Allenstein und der umliegenden

Dörfer stiegen Rauch und Bratendüfte in den klaren Nachmittagshimmel. Am Martinsfest, an dem das Erntejahr und das Wirtschaftsjahr beendet, die Abgaben entrichtet und neue Dienstverträge geschlossen wurden, durfte niemand Hunger leiden. Selbst der Geizigste entdeckte an diesem Tag ein mildtätiges Eckchen in seinem Herzen.

Auf Mildtätigkeit durften auch die Kinder rechnen, die bettelnd und musizierend von Haus zu Haus zogen und sich ihre Säcke mit Fleisch und Brot, Kuchen, Äpfeln und Nüssen füllen ließen. Als sie zum Schloss zogen, ließ der Burggraf zu ihrer Überraschung sogar die schweren Tore öffnen. Der neu angekommene Hausherr Copernicus wollte, dass ihnen die Geschenke im Hof gereicht wurden. Der freundlich-ernste Mann mit den wallenden Haaren flößte den Mädchen und Jungen Vertrauen ein. Erst schüchtern, dann munter und keck sangen sie ihre Bettellieder, während die Nasen von dem Duft gekitzelt und die Augen von den Feuern unter den Bratspießen geblendet wurden.

Gegen Mitternacht schlug das Wetter um. Die Sterne verschwanden hinter einer Wolkenschicht. Aus dem Norden strömte kühle Luft heran, und plötzlich tobte ein Sturm über dem Land. In den Morgenstunden prasselte der Regen auf die Dächer, und als die Dämmerung heraufzog, standen die Bäume kahl und nass in dem fahlen Licht.

Während Hiernonymus, Copernicus' junger Diener, noch schlief, hatte der alte Albertus schon Feuer entfacht. „Ich konnte nicht schlafen", sagte er müde, „so ein

Wetter plötzlich. Aber es steckte mir schon tagelang in den Knochen." Er ächzte und kniff die Augen zusammen, bis Copernicus ihm sagte: „Musst wieder mal schwitzen, Albertus, und jetzt koch uns Tee."

Nicolaus kannte das ausgedehnte Gebiet, dem er nun vorstand, aus seiner Heilsberger Zeit. Dazu gehörten Stadt und Burg Mehlsack, einhundertzwanzig Dörfer, Domänen, Mühlen, Brauereien, Bäckereien, Wälder und Fischgründe. Er war verantwortlich für die Bewirtschaftung, Rechtsprechung und Sicherheit, für die Einnahmen und Ausgaben. Wenn er seine astronomische Arbeit fortsetzen wollte, musste er Zeit und Kräfte gut einteilen. Deshalb war er entschlossen, alle überflüssigen Förmlichkeiten abzuschaffen.

Der Burggraf verstand Copernicus nicht gleich. „Eine andere Schlossordnung?" Sein Kopf erschien für den massigen Körper zu klein. Die Arme hingen ihm wie Greifer vor dem Bauch.

„Ja. Keine Zeremonie außer an Feiertagen. Zu den Mahlzeiten kommt jeder, wie es ihm am besten passt." Nicolaus sah ihn freundlich und gewinnend an. „Und überprüft bitte die Befestigungen und die Waffen."

„Geht seinen Gang, Landprobst." Der Burggraf fühlte sich in seinem Element, denn Förmlichkeiten lagen ihm wenig.

Der Schlosskaplan verzichtete nicht so gern auf die Nachahmung des Heilsberger Residenzstils, er musste jedoch Nicolaus' Gründe anerkennen. „Wir haben einfach Wichtigeres zu tun. Über hundert Bauernhöfe sind neu zu besetzen. Ich würde mich freuen, wenn Ihr mich

ab und zu auf meinen Reisen begleiten könntet.“ Das spitze Gesicht des Kaplans senkte sich zustimmend.
Schneller als Nicolaus’ Wagen eilten die Gerüchte von Dorf zu Dorf. Er hört dich an. Er lässt dir Gerechtigkeit widerfahren. Er holt dir nicht das Letzte aus dem Haus. Wenn du einen Bauerhof übernimmst, lässt er dir zwei, drei Jahre Zeit, bis er Abgaben verlangt.
„In Frauenburg wird man nicht erbaut darüber sein.“ Der Kaplan lächelte sanft. „Man rechnet dort sicher mit steigenden Einnahmen.“
„Wer Abgaben leisten soll, muss erst einmal seine Wirtschaft in Gang bringen können.“ Nicolaus wies auf ein verfallenes Haus. „Wo nichts ist, da hat selbst der Papst sein Recht verloren.“
Woche für Woche bereiste Nicolaus das Land. Sechs Pferde zogen mühsam den Wagen über die aufgeweichten Wege. Endlich gefror der Boden. Schnee trieb über die verkrusteten Furchen, anfangs spärlich in dünnen Flocken, später dicht und unaufhörlich.
Mit dem Schlittengespann fuhr Nicolaus in die weit entfernt liegenden Dörfer des Kreises Mehlsack. Die Bauern und Dorfschulzen waren beunruhigt. „Wir sind nicht sicher vor den Überfällen der Ritter.“ Das waren Klagen und Vorwürfe zugleich. Die Grenze zum Ordensland war nahe. Proteste allein nützten nichts.
„Ihr müsst zusammenhalten und euch bewaffnen. Der Burggraf wird von nun an täglich eine Reiterpatrouille ausschicken.“
Bauernfamilien zogen ins Land, und als der Frühling mit Regen und Südwind den Schnee zu schmelzen

begann, schloss Copernicus einigermaßen zufrieden das Register. Für zweiundzwanzig verlassene Gehöfte hatte er bereits neue Bewirtschafter gefunden; ein guter Anfang. Jetzt fand er wieder Zeit für seine Astronomie.

Das Schloss von Allenstein war allerdings für Beobachtungen wenig geeignet. Copernicus hatte schon überall vergeblich nach einem geeigneten Platz gesucht. Gerade hatte er sich damit abgefunden und den Berechnungen zugewandt, da fiel ihm eine Spiegelung auf. Sie ging von einer mit Wasser gefüllten Schale aus, die auf der Brüstung des Kreuzgangs stand. Das Wasser reflektierte das Sonnenlicht gegen die Wand im Innern des Kreuzgangs. Der helle Fleck wanderte wie die Sonne langsam über die Wand.

Auf diese Weise musste sich der Lauf der Sonne verfolgen lassen. Erreichte der Fleck den höchsten Punkt, stand die Sonne im Zenit. Da die Sonne täglich höher stieg, würde auch der Fleck höher rücken bis zu dem Tag, an dem die Sonne wieder tiefer sank.

Dann ließen sich die Äquinoktien ermitteln, die Tage, an denen Tag und Nacht gleich lang waren. Dann konnte er seine letzten Berechnungen aus Frauenburg kontrollieren. Er ließ die Wand frisch weißen, besorgte sich braune Farbe und markierte mit ihr den Lauf des Lichtflecks in Punkten und Strichen.

Die kleine Entdeckung gab Nicolaus neuen Auftrieb. In wenigen Stunden erledigte er die Verwaltungsarbeiten, die er vereinfacht und von allen überflüssigen Förmlichkeiten befreit hatte. Endlich kam er wieder mit den Sternen voran.

Andreas würde sich darüber unbändig freuen; in jedem Brief hatte er sich nach dem Fortgang der neuen Astronomie erkundigt. Er wolle schließlich noch den Sieg seines Bruders erleben und schimpfte, dass die Domherren Nicolaus so viel Arbeit aufbürdeten. Nun konnte er Andreas etwas beruhigen.

Nicolaus vertiefte sich so in seine Berechnungen, dass er einige Wochen lang taub blieb gegenüber den bösen Nachrichten, die als Gerüchte über das Land liefen. Der Hochmeister Albrecht warb Söldner an. Sie schlichen in kleinen Trupps über das Land oder kamen in Booten über die See.

Als Nicolaus im Spätsommer nach Frauenburg reiste und das Gebiet um Mehlsack erreichte, kamen ihm flüchtende Bauernfamilien entgegen, darunter zwei, die er im Winter angesiedelt hatte.

„Ihr wart sehr gütig, Herr, aber unser Leben wollen wir nicht auch noch verlieren. Kehrt um, Mehlsack brennt."

Hieronymus blickte erschrocken auf Copernicus. Sollte er nicht schnell die Pferde wenden? Vielleicht saßen die Raubritter den Fliehenden dicht auf den Fersen?

„Treib die Pferde an. Wir fahren nach Heilsberg."

Bischof Fabian von Lossainen umarmte Nicolaus und bat ihn ins Turmzimmer.

„Böse Dinge geschehen. Albrechts Söldner plündern wieder, Leute von Stand und Adel darunter. Er streitet alles ab, als wenn das Raubvolk in der Luft schwebte und seine Pferde aus der Erde rupfte." Fabian machte ein hilfloses Gesicht, das krank und verfallen wirkte. „Ja, mir geht es schlechter."

Nicolaus untersuchte den Bischof, der über seine körperliche Schwäche, über die Mühen seines Amtes und den Undank des Hochmeisters klagte, dem er nie wie Watzenrode feindlich begegnet sei.

„Ich werde nicht wieder gesund, ich weiß es, aber du kannst meine Leiden mildern, Nicolaus."

Der Bischof gab ihm am Tag darauf bewaffnete Reiter mit. Von weitem sahen sie den Rauch über Mehlsack. Hieronymus trieb die Pferde an und beobachtete ängstlich den Waldrand, jeden Augenblick eines Angriffs aus dem Hinterhalt gewärtig.

Zornig starrte Nicolaus auf die schwelenden Trümmer. Die Häuser vor der Stadtmauer waren niedergebrannt. Langsam schwenkte die Zugbrücke über den Graben. Ein Hauptmann führte Nicolaus zum Burggrafen und zum Bürgermeister.

„Neunzig Reiter griffen uns an. Als sie abzogen, hinterließen sie uns diese Botschaft." Der Bürgermeister reichte Nicolaus ein halbes Hufeisen, an dem ein Zettel befestigt war.

Wenn ihr von Mehlsack den Burggrafen nicht in vier Tagen ausliefert, so werden wir die Stadt mit einem Sturm begrüßen und alles darin morden und verbrennen, und ebenso alle Dörfer des Kapitels.

Nicolaus steckte die Botschaft mit unbewegter Miene ein. „Lasst uns die Wehranlagen besichtigen."

Er blieb fünf Tage in der Stadt. Die Ratsherren und Bewohner wurden ruhiger, ihre Entschlossenheit, sich zu behaupten, gefestigt.

Dieses Mal empfand Nicolaus die Gefahr so stark wie noch nie. Bischof Fabian war krank und schwach. Die

Kreuzritter fürchteten ihn nicht. Seine Kollegen in Frauenburg blieben sorglos, obgleich auch in der Nähe von Braunsberg Dörfer niedergebrannt wurden. Nicolaus' Rat, Waffen anzuschaffen, wurde nicht befolgt.

Unzufrieden und in zermürbender Sorge kehrte er nach Allenstein zurück. Viel von dem, was er vor einem Jahr aufgebaut hatte, war von den Raubrittern zerstört worden. Erstaunlich, dass dennoch Familien ins Land kamen, um eine wüste Bauernstelle zu übernehmen. Schutz brauchten die Menschen, wenn sie nicht verzweifeln sollten; es wurde Zeit, dass König Sigismund eingriff.

Die Unruhe blieb, Albrecht warb Söldner und verbot seinen Untertanen, ihre Verwandten und Freunde in Ermland zu besuchen. Er rüstete und schloss ein Bündnis mit dem russischen Großfürsten. König Sigismund schickte die ersten Truppen. Jeden Tag konnte der Krieg ausbrechen.

Nicolaus wurde zum dritten Mal zum Statthalter gewählt. Er ließ das Schloss weiter befestigen und Vorräte anlegen. Aber die erwarteten Kämpfe blieben aus.

Dennoch konnte Nicolaus seine astronomischen Forschungen kaum fortsetzen. Die pruzzischen Stände und Bischof Fabian baten ihn um ein Gutachten über die Währungswirren.

Seit Jahren verringerte sich der Wert der Geldmünzen. Hatte man zuerst aus einem Pfund Silber acht Markstücke geschlagen, so prägte man jetzt schon zwanzig und vierundzwanzig Markstücke daraus. Der wirkliche Wert eines neuen Geldstücks betrug nur noch ein Drittel des alten. Nicolaus hatte diese Entwicklung seit Jahren aufmerksam verfolgt. Er machte die Obrigkeit verantwortlich, die sich dadurch bereicherte. Sie bezahlte mit Geldstücken, deren Metallwert sie verringert hatte. Aber das war nicht der einzige Schaden, den sie anrichtete. Die wertvolleren Markstücke wurden gehortet, das schlechte Geld verdrängte das gute vom Markt. Die Preise stiegen, das Wirtschaftsleben geriet in Unordnung.

Wie sollte man das ändern? Nicolaus Copernicus dachte lange darüber nach. War es richtig, dass allein in Pruzzen drei Städte, Elbing, Danzig und Thorn, das Münzrecht besaßen? Eine Münzanstalt im ganzen Königreich musste genügen, und sie musste eine Münze von gleich bleibendem Wert prägen und alle anderen Münzen dagegen eintauschen.

Bischof Fabian hatte Bedenken. „Alle, die das Recht hatten, Münzen zu prägen, werden dagegen sprechen."

„Aber doch nur, weil sie sich jetzt auf Kosten aller anderen bereichern", antwortete Nicolaus.

„Eben, eben." Fabian wiegte seinen Oberkörper. „Es ist immer leichter, Privilegien zu vergeben als zu tilgen. Die Städte sollen uns helfen gegen den Orden. Was werden die Räte tun, wenn wir ihnen ihr Münzrecht bestreiten?"

Nicolaus wurde ärgerlich. „Wenn ich einem Kranken helfen soll, muss er auch bereit sein, meine Verordnungen zu befolgen. Ein Gutachten kann sich nicht nach den Wünschen der Privilegierten, es muss sich nach der Sache richten."

Der Bischof lächelte verlegen. „Warten wir noch, Nicolaus, wer weiß, ob nicht doch noch Krieg kommt."
Im Augenblick blieb alles ungewiss. Hochmeister Albrecht zögerte mit dem Angriff. Sein Vetter, der Erzbischof von Mainz, hatte ihn gewarnt. Kaiser Maximilian war gestorben; es war besser, den Nachfolger abzuwarten.
Der polnische König Sigismund aber musste mit seinen Truppen wieder gegen einfallende Tataren und später gegen ein russisches Heer ziehen. Wie ein Damoklesschwert hing der Krieg über dem Land.

Da überbrachte der Depeschenbote Nicolaus einen Brief. Er kam aus Rom, aber nicht, wie erwartet, von Andreas. Zögernd öffnete er das Schreiben. Andreas war tot, sanft eingeschlafen, wie Sculteti schrieb, von den Qualen erlöst.
Nicolaus stützte den Kopf in die Hände. Er spürte eine lähmende Müdigkeit. Niemand war Herr seines Schicksals, Gottes Wille geschah im Himmel wie auf Erden.
Ein letzter Gruß, eine letzte Botschaft. Vollende dein Werk, ich werde im Himmel für dich beten. Dein Andreas.
Die Kerze brannte herunter. Das Dämmerlicht verschlang die harten Konturen der Mauer. Die Abendglocke rief zur Vesper. Schuhe scharrten den Gang entlang. Nicolaus kniete vor seinem Altar und betete.

Als Nicolaus Copernicus im Herbst 1519 von Johann Crapitz in Allenstein abgelöst wurde, warnte er seine Kollegen. Nur wenige Domherren brachten ihre Bücher und andere Kostbarkeiten hinter die starken Mauern der Domburg. Einige spöttelten über den ängstlichen Sterngucker, der fast seinen ganzen Haushalt in den Turm verlegt hatte.
Anfang Dezember zog König Sigismund mit eintausendsechshundert Reitern und zwanzigtausend Fußleuten nach Pruzzen. Als Hochmeister Albrecht, ermutigt durch den neuen Kaiser Karl V., der Aufforderung des polnischen Königs, den Lehnseid zu leisten und Frieden zu halten, nicht folgte, schickte der König ihm den Absagebrief.
Der Krieg begann. Ermland lag mitten im Kampfgebiet.
Am 2. Januar 1520 überlisteten die Ordensritter Philipp Teschner und besetzten die größte und reichste Stadt Ermlands: Braunsberg. Der Hochmeister schickte dem Bischof eine Depesche:
Im Auftrage des Papstes, um die Stadt vor den Polen zu behüten, also im beiderseitigen Interesse.
Bischof Fabian war wütend wie noch nie. Er eilte nach Frauenburg, rief die Domherren zu sich und sagte: „Albrecht überlässt es gnädigerweise mir, Zeit und Ort zu bestimmen, wo ich ihm alle unsere Städte ausliefern darf. Das ist mehr als empörend.“ Im nächsten Augenblick schwankte er wieder. „Vielleicht wäre es doch gut, einen Unterhändler zu schicken.“ Ermattet suchten seine Augen Halt bei den Domherren, die über seinen

Besuch ebenso überrascht wie über den Fall Braunsbergs entsetzt waren.
Nicolaus und Sculteti fuhren zur Verhandlung nach Braunsberg. Der Hochmeister verlangte die Unterwerfung, während die Domherren ihn aufforderten, unverzüglich seine Truppen hinter die Grenzen zurückzuführen. Ergebnislos ging man auseinander.
Ende Februar läuteten alle Glocken der Kathedrale von Frauenburg Sturm. Späher hatten gemeldet, dass der Feldhauptmann Friedrich von Heideck mit einem Trupp gegen die Stadt zog. „Sie wollen das Nest so zerstören, dass während des Sommers kein Vogel mehr darin nisten kann."
Nicolaus sah die Domherren mit ihren Dienern, Haushälterinnen und Knechten, schnell gegriffene Habseligkeiten in den Armen, aus ihren Häusern fliehen und die Domburg aufsuchen. Hinterdrein drängten die Bewohner des Ortes mit voll beladenen Wagen und Tieren.
Dann tauchten sie auf, die Ritter mit dem weißen Mantel und dem schwarzen Kreuz darauf. Unsagbar mutig traten sie gegen die wehrlosen Häuser an, plünderten sie aus und setzten ihnen den roten Hahn aufs Dach. Die Leute im Domhof hörten das wilde Geschrei und das Prasseln der Flammen. Sie rochen den Brandrauch und wussten, dass sie ihre Häuser und Hütten nicht wiedersehen würden.
Nicolaus sah, wie sein Haus mit den andern in Flammen aufging. Ringsum schmolz der Schnee, schwarze, hässliche Flecke schändeten die teilnahmslose Landschaft. Hühner, Katzen, Schweine, Schafe und Ziegen rannten

ziellos umher, bis sie von den edlen Rittern eingefangen wurden. Weder Hass noch Trauer fühlte Nicolaus, nur eine endlose Leere. Da hatte er vor wenigen Tagen erst den Ort des Jupiter bestimmt, um nun tatenlos auf seinem Turm zu hocken und dem Treiben tollwütiger Räuber zuzusehen. Christen, die ihren Brüdern Haus und Nahrung stahlen.

„Gebt uns eure Schätze raus, oder wir stürmen euer Nest.“ Der Feldhauptmann ritt dicht an den Turm heran.

„Antworte ihm“, flüsterte Sculteti, während Snellenberg seine Ringe zählte.

„Mit Erpressern verhandeln wir nicht.“ Nicolaus’ Stimme war kalt und schneidend. Drohend richtete er die Hakenbüchse auf den Feldhauptmann.

„Schieß ihm eine Kugel um die Ohren“, rief Sculteti voller Empörung.

Einen Augenblick zuckte es Nicolaus in den Fingern. Dann zog er die Hand zurück. „Später, wenn sie angreifen.“

Nicolaus beobachtete die Manöver der Ordensritter. Im Domhof dampften über großen Feuern die Pechkessel. Auf den Zinnen lagen die geladenen Hakenbüchsen und Armbrüste. Der Burggraf ließ das Haupttor der Domburg mit Stämmen und Steinen verbarrikadieren.

Als die Ritter heransprengten, empfing sie ein Hagel von Kugeln und Pfeilen. Reiter kippten aus dem Sattel, Pferde stürzten. Wer den Türmen zu nahe kam, verbrannte unter dem siedenden Pech. Der Angriff brach unter wilder Panik zusammen. Um Mittag sprengte der Trupp Richtung Braunsberg zurück.

Noch in der gleichen Nacht wurden die Schätze des Domes in eisenbeschlagene Truhen verpackt und versiegelt. Nicolaus Copernicus übernahm den Transport nach Allenstein, der stärksten Burg des Kapitels.
Eine kleine Eskorte schneller Reiter begleitete die Schlitten, mit denen Nicolaus im Morgengrauen die Domburg verließ, während sich die meisten anderen Kollegen nach Elbing und Danzig in Sicherheit brachten. Der Burggraf versprach, die Domburg auch bei einer schweren Belagerung zu verteidigen. Boten sollten König Sigismund um Verstärkung bitten.
Auf geschützten Waldwegen führte Nicolaus seine Kolonne voran. Freies Gelände überquerten sie erst, nachdem es seine Reiter erkundet hatten. Mehlsack mussten sie weit umgehen, denn es war belagert. In versteckt gelegenen Vorwerken rasteten sie.
Nicolaus empfand Angst. Die tödliche Gefahr, der sie ausgesetzt waren, erschien ihm wie eine Mahnung. Alles, was er bisher geschaffen hatte, war nur ein Anfang. Eine einzige Brandfackel konnte seine Aufzeichnungen vernichten, eine Kugel sein Leben.
Der Krieg aber hatte gerade erst begonnen. Söldner aus Dänemark und dem Heiligen Römischen Reich Deutscher Nation waren auf dem Weg zum Ritterorden. Albrecht verlangte erneut von Fabian, sich zu unterwerfen.
Nicolaus sprach sich Mut zu. Er mußte es durchstehen wie die vielen anderen auch, denen der Krieg wie die Pest ins Haus drang. Der Gewalt durfte das Recht nicht weichen. Die Gefahren sollten ihn nicht unterkriegen,

aber die Angst blieb, die Angst um sein Leben und seine Astronomie. Wann endlich würde er seine ganze Kraft darauf verwenden können, wann endlich ohne Furcht und andere große Pflichten?
Gegen Abend des dritten Tages trafen sie in der Nähe von Guttstadt überraschend auf zwei Späher des Ritterordens. Sie entkamen Nicolaus' Reitern. Die Gefahr, verfolgt und überfallen zu werden, war jetzt erheblich gestiegen. Nach kurzer Pause in einem Dorf entschied Nicolaus, die Fahrt bei Nacht fortzusetzen.
Der Himmel stieg klar aus der Dämmerung des Abends. Die Sterne funkelten links und rechts der scharf gestochenen Mondsichel. Querfeldein gab Nicolaus die Richtung an. Orientiert an einem Stern, der südöstlich am Firmament in ungewisser Weite prangte.
Noch nie war ihm das Himmelsgewölbe so tief und grundlos vorgekommen. Vielleicht waren die Fixsterne so weit entfernt, wie es sich niemand vorstellen konnte. Wenn die Erde allein dreihundertfünfundsechzig Tage brauchte, um einmal um die Sonne herumzusausen …
Der Schnee knirschte unter den Kufen. Die Pferde schnaubten müde. Ab und zu nickte ein Reiter im Sattel ein, um erst im letzten Augenblick zu merken, dass er nicht auf einem Strohsack lag.
Endlos dehnte sich die Zeit. Unmerklich erst veränderte sich das Licht am Horizont.
Feuerschein verwischte die Spuren des wandernden Himmelslichts; irgendwo brannte ein Dorf.
Langsam ging die Nacht zu Ende. Fahlgrau hob der Morgen den dunklen Schleier. Die Sterne erloschen

unter den Strahlen einer kalten Sonne. Im glitzernden Dunst des Raureifs tauchten die dunklen Massen des Schlosses und der Kathedrale auf.
Sie überquerten die eisbedeckte Alle. Auf dem steilen Weg zur Zugbrücke strauchelten die Pferde. Eins stürzte und musste aus dem Zaumzeug herausgeschnitten werden. Endlich umgab sie das Dämmerlicht des vertrauten Schlosshofs von Allenstein.
Allen Warnungen zum Trotz kehrte Nicolaus nach Frauenburg zurück. Die Sorge um seine Aufzeichnungen und die Aussicht, an seinem astronomischen Werk weiterarbeiten zu können, ließen ihn die Gefahr missachten.
Er erreichte die Domburg und fand sie unverändert. Brandstätten unterhalb der Mauern waren aufgeräumt. Die ersten Gerüste standen nackt im Frühlingswind.
Zuerst kümmerte sich Nicolaus um den Aufbau, dann fand er Zeit für die Astronomie und viel Ruhe, denn die anderen Domherren blieben in Elbing und Danzig. Das Glück war ihm einige Monate hold. Im April beobachtete er die Opposition des Jupiter mit der Sonne und im Juli die Opposition des Saturn mit der Sonne.
Ab und zu näherten sich versprengte Reitertrupps dem Domhügel. Sie zogen jedes Mal schnell ab, wenn sie beschossen wurden. Gegen Ende des Sommers verstärkten Truppen des Königs Frauenburg; man fühlte sich wieder sicherer, und einige Domherren kehrten zurück.
Hochmeister Albrecht scheute eine offene Entscheidungsschlacht. Seine Truppen operierten getrennt. Sie überfielen Dörfer und Städte, plünderten und zerstörten

sie. Die Gebiete, die sie jetzt heimsuchten, lagen um Mehlsack, Wormditt, Heilsberg, Guttstadt und Allenstein.
Diese Gebiete musste Nicolaus Copernicus im November 1520 passieren. Crapitz hatte gebeten, ihn abzulösen. Er schaffte es nicht, und er hatte Angst. Immer mehr Söldner durchstreiften das Land. Die Überfälle mehrten sich wieder. Schloss Heilsberg wurde belagert und mit Feuerkugeln bombardiert. Die meisten Domherren flohen erneut in die festen Städte Elbing und Danzig. Copernicus schien allen der Geeignetste, die wichtigste Festung des Kapitels zu behaupten.
Heilsberg wehrte sich erfolgreich, aber Mehlsack, Wormditt und Guttstadt wurden erobert. Große Teile von Ermland lagen unter dem Schwert der Kreuzritter. Viele Menschen flohen das ausgeraubte Land. Hochmeister Albrecht konzentrierte seine Truppen im Raum Allenstein. Die Armee des polnischen Königs war weit; sie zog gegen die Hauptstadt des Ordens, Königsberg.
Ob seine Briefe den polnischen König erreichen würden? Die Boten konnten abgefangen werden. Nicolaus Copernicus war entschlossen, Allenstein auch ohne Hilfe zu verteidigen.
Aber er war nicht gewillt, dabei mehr als irgend nötig aufs Spiel zu setzen. Alle Reichtümer bedeuteten in diesen Wochen wenig; jetzt mussten die Schätze und Einkünfte aller Domherren für Befestigungen, Waffen und Munition verwendet werden. Sculteti, der in Elbing weilte, bestärkte ihn und schickte Hakenbüchsen und andere Waffen.

„Halt die Hände fest zusammen und öffne sie nicht zur Übergabe des Schlosses."
Nicolaus würde den Ordensrittern die gleiche Antwort geben, die sie von den Danzigern erhalten hatten. Als der Rat die Verhandlung mit dem Söldnerführer abbrach, rief dieser wütend und böse: „O ihr hochmütigen Danziger, ihr habt jetzt viele gebratene Gänse an den Spießen; die müssen wir mit euch aufessen."
„O Herr", antwortete ein Ratsherr sarkastisch, „das Zugemüse ist auch schon fertig. Ihr möget zur Mahlzeit kommen, wann es euch beliebt. Kommt ihr nicht, müssen wir es allein essen."
Der Burggraf fühlte sich ganz in der Rolle der Danziger und schlug eine Abschrift des Gesprächs ans Tor. Copernicus war nach seinem Geschmack. Der wusste, was er wollte; mit dem gingen seine Leute durchs Feuer.
Crapitz hatte zu viele Bedenken gehabt. Er hatte in einem Jahr nicht die Hälfte von dem geschafft, was Copernicus in zwei Monaten durchsetzte. Die Burg war gerüstet. Sollten die Ritter nur versuchen, ungeladen mit ihnen zu speisen.
Hochmeister Albrecht hatte Heilsberg vergeblich berannt und sich an den umliegenden Ortschaften schadlos gehalten. Er war unzufrieden. Der Papst und der ungarische König hatten ihn zum Frieden gemahnt. Kaiser Karl V. hatte viel versprochen und wenig gehalten. Der russische Großfürst hatte mit König Sigismund Frieden geschlossen. Die pruzzischen Städte unterstützten den polnischen König. Weder Danzig noch andere Städte hatten seine Söldner einnehmen können.

Albrecht wollte noch ein Faustpfand erobern: Allenstein. Guttstadt hatte er im Februar durch List überrumpelt. Dabei war ihm der Domherr Fabian Emmerich entkommen, der die Stadt verteidigt und sich nach Allenstein durchgeschlagen hatte. Die Rechnung war auch noch offen. Zweiundsiebzig Ritter hatte Albrecht verloren. Die Meldungen seiner Späher klangen nicht ermutigend. Allenstein starre vor Waffen. Dass sie auch die geschwärzten und lackierten Baumstämme auf den Zinnen als Kanonen gezählt hatten, ahnte er nicht. Albrechts schräg stehende Augen musterten argwöhnisch die ängstlichen Gesichter einiger Hauptleute. Er konnte sich auf die zugezogenen Söldner kaum verlassen. „Wir sehen uns das Schloss persönlich an."
Lange betrachtete er die hohen Mauern mit den überstehenden Wehrgängen und Schießscharten, aus denen so viele Rohre ragten, dass er unwillkürlich den Kopf einzog. Vom Turm schmetterte ein Horn. In der Ferne erscholl ein anderes.
„Das ist das Signal der königlichen Reiter!" Hauptmann Greusing riss sein Pferd herum. Er war aus polnischer Gefangenschaft entlassen worden und gegen sein Versprechen wieder in Waffen. Darauf stand ein martervoller Tod.
Albrecht sah ihm verdrießlich nach. Schließlich wendete er sein Pferd und ritt mit den anderen Hauptleuten zurück. Die Ankunft polnischer Truppen bot ihm einen willkommenen Grund, den Angriff auf das Schloss Allenstein aufzugeben.

6

Plötzlich war alles anders. Die Spannung, der Nicolaus monatelang ausgesetzt gewesen war, löste sich. Aber mit ihr verlor er an Kraft, und sosehr er sich auch anstrengte, sein Wille und sein Körper blieben schwach und matt.

Teilnahmslos verfolgte er die Verhandlungen des Hochmeisters mit dem König. Albrecht hatte um Waffenruhe gebeten, und Sigismund gewährte sie ihm, ohne durchzusetzen, dass der Ritterorden die eingenommenen Gebiete Ermlands räumen musste. So blieben viele Dörfer und Städte von Söldnern besetzt. Es war zum Verzweifeln!

Dennoch durfte Corpernicus sich keinen Missmut anmerken lassen, wenn er nun wieder Dörfer aufsuchte, um wüste Bauernhöfe mit neuen Siedlern zu besetzen. Nur wenn die Felder bebaut wurden und neues Vieh heranwuchs, konnte sich das Land erholen.

Nicolaus' Kräfte verfielen von Tag zu Tag. Die Anstrengungen der vergangenen Jahre, die körperlichen Strapazen, die seelischen Qualen und die harte geistige Arbeit hatten seine Gesundheit untergraben.

Obgleich er wusste, dass er sofort ausspannen musste, glaubte er seine Schwäche bezwingen zu können.

Eines Abends aber mussten ihn seine Diener aus dem Wagen heben. Er war ohnmächtig geworden; die langen

Tage, die ermüdenden Fahrten, die zähen Verhandlungen mit den Dorfschulzen forderten Tribut. Vor allem aber hatte ihn der Ärger mit einigen Domherren zermürbt, die ihm und Sculteti vorwarfen, ihre Einkünfte für Befestigungen und Waffen vergeudet zu haben.
Er wollte sich darüber nicht aufregen, schließlich hätte er gar nicht anders handeln können. Nicht einmal die Statuten des Kapitels hatte er verletzt, denn nur wer sich in Ermland befand, konnte über die Angelegenheiten des Kapitels entscheiden. Das wussten auch diejenigen, die nach Danzig geflüchtet waren, aber gerade sie waren unverfroren genug, Nicolaus Copernicus mit Vorwürfen zu überhäufen.
Sicherlich wäre ihm eine Anerkennung dafür, dass er Allenstein behauptet hatte, angenehm gewesen, obgleich er sich nicht deswegen eingesetzt hatte. Er wollte das Leben der sich ihm anvertrauenden Menschen und ihre Güter schützen. Daraus hatte er Tatkraft und Ideen gewonnen. Diejenigen aber, die nichts als nur ihre Haut in Sicherheit gebracht hatten, nörgelten herum, als wären sie tödlich beleidigt worden. Darüber wollte er sich keine Gedanken mehr machen, doch er war zu schwach, um sich gegen diesen bohrenden Verdruss erfolgreich zu wehren.
Als er aus der Bewusstlosigkeit erwachte, fühlte er sich leichter und gelöst. Lauwarme Luft wehte ins Fenster, von dem Duft unzähliger Maiglöckchen gesättigt, die in dem tief eingeschnittenen Flusstal blühten. Fröhlich klang das helle Schlagen der Kohlmeisen und Finken.

Nicolaus brauchte keinen ärztlichen Beistand; seine Medizin hieß Ruhe. In Gedanken folgte er den Vögeln und den Wolken, dem glitzernden Wasser der Alle, den Schmetterlingen und Käfern. Die Natur erwachte, unbekümmert um die engherzigen Streitereien, den albernen Tanz um Macht und Gewinn. Wer sich darin erschöpfte, grub sein eigenes Grab; dessen Sinne stumpften ab, sie wurden unempfindlich für die Schönheiten des Lebens.

In zwei Jahren wurde er fünfzig Jahre alt. Die Jahre vergingen viel schneller, als er gedacht hatte. Es wurde höchste Zeit, sich auf sein astronomisches Werk zu konzentrieren. Wie lange würde er noch zu leben haben? Andreas war nun schon drei Jahre tot.

Im Juni konnte er nach Frauenburg zurückkehren. Doch erst im September des folgenden Jahres war es Nicolaus möglich, seine astronomischen Forschungen intensiv fortzusetzen. Er hatte im Oktober 1521 und noch einmal im März 1523 Ermland bei den Verhandlungen in Graudenz vertreten und seine Klagschrift wider den Orden vortragen müssen.

Auch seine Arbeit über die Münzreform hatte Nicolaus Copernicus vorgelegt. Und es schien, als habe er viele Delegierte der pruzzischen Städte, des Königs und sogar des Ritterordens überzeugen können, dass eine Regierung, die den Wert der Münzen verringert, wie ein geiziger Bauer handelt, der schlechten Samen sät und sich wundert, noch schlechtere Frucht zu ernten.

Dennoch hatte man sich nicht geeinigt. „Vielleicht ist es mir nur nicht gelungen, den andern klar genug zu sagen,

was ich mir vorstelle. Natürlich ist es auch möglich, dass ich mich irre und Dinge übersehe, die andere besser erkennen." Nicolaus blickte Giese fragend an.
„Ja", antwortete Giese bestimmt. „Du übersiehst wirklich, was andere besser erkennen, nämlich dass sie auf Bequemlichkeit und Gewinne verzichten müssten, wenn sie deine Vorschläge ausführen sollten. Die meisten, die reich sind, werden zu träge, um noch etwas Nützliches zu tun. Geiz und Gier bestimmen ihr Leben."
Giese legte seinen Arm um Nicolaus. „Ich bin zehn Jahre jünger und glücklich, dass du mir deine Freundschaft schenkst. Wenn ich dich um etwas bitten darf, arbeite nicht für diese Wanzen, arbeite an deiner Astronomie."
„Ich habe nicht für, sondern gegen die Wanzen gesprochen", antwortete Nicolaus, „und gearbeitet habe ich für diejenigen, die mit dem wertlosen Geld betrogen werden."
Giese zog ihn an sich. „Entschuldige, nichts anderes habe ich gemeint." Giese und Nicolaus sahen sich an und lachten.
Ermahnungen brauchte Nicolaus nicht, dennoch bestärkten sie ihn. Er hatte sich damit abfinden wollen, die Astronomie für sich allein zu vollenden, und an eine praktische Unterstützung war auch nicht zu denken. Aber es tat ihm doch gut, dass Wapowski, Giese und auch Sculteti seine Arbeit verfolgten und wünschten, dass sie ihm gelänge.
Er kam jetzt gut voran, obgleich er immer wieder andere Aufgaben übernehmen musste. Im September 1522 gelangen ihm zwei Beobachtungen, aber im Oktober bat

ihn Lossainen um ärztlichen Beistand. Als der Bischof Anfang Januar verstarb, wählten die Domherren Nicolaus zum Generaladministrator, so dass er bis zur Bestätigung des neuen Bischofs dessen Geschäfte führen musste. Er hatte gerade noch im Februar die Opposition des Planeten Mars mit der Sonne beobachten können, einige sehr kalte Stunden auf dem Balkon seines Turmes zugebracht, als er wieder nach Heilsberg aufbrechen und dort sechs Monate lang residieren musste, ohne das steife und alberne Zeremoniell abschaffen zu dürfen.
Endlich löste ihn der neue Bischof Mauritius Ferber ab, ein strenger, eigenwilliger Mann, von dem Nicolaus nicht sagen konnte, wie er regieren würde.
Er war darüber besorgt, denn die Kirche stand vor schwierigen Problemen, denen mit viel Geduld und Klugheit begegnet werden musste. Die Reformation der Kirche durch Martin Luther breitete sich auch in Pruzzen aus.
Als Nicolaus nach Frauenburg zurückgekehrt war und am 25. August eine Mondfinsternis beobachtet hatte, erhielt er ein Schreiben Ferbers, in dem dieser allen, die der „lutherischen Seuche“ verfallen sollten, schwerste Strafen androhte.
Nicolaus war darüber bestürzt. Er hatte es sehr bedauert, dass Luthers reformatorische Bestrebungen vom Papst zurückgewiesen und schließlich verdammt worden waren. Luther hatte in vielem Recht. Die Kirche hatte sich weit von Jesus Christus entfernt. Päpste und Priester waren selbstsüchtig, genussüchtig, eitel, arrogant und machtgierig geworden.

Luthers Kritiken erschollen nun in Tausenden von Stimmen, und viele griffen sie auf und trugen sie weiter von Stadt zu Stadt und von Land zu Land. Aber mussten deswegen gleich Bilder und Statuen verbrannt und das geistige Leben noch enger an die Bibel gefesselt werden? Glaubenseifer machte nur blind. Allein die Vernunft machte sehend: Wie wenige Menschen jedoch zu sehen wünschten!

Was alle brauchten, war die Freiheit des Denkens. Im Glauben sollte man sich in Liebe vereinen, brüderlich zueinander sein, sich nicht bekämpfen, sondern gegenseitig helfen. Und den Armen sollte man endlich mehr Gerechtigkeit widerfahren lassen. Sollte, sollte!

Ferbers Vorgehen widersprach den Auffassungen Nicolaus'. Er sprach mit Giese, der ebenso besorgt war und ihm eine Schrift vorlegte, in der er die streitenden Parteien ermahnte, sich zu verständigen.

Nicolaus bestärkte ihn, sie zu veröffentlichen. „Ferber wird darüber zwar nicht erfreut sein, allein wir müssen dem Geist der Unduldsamkeit entgegentreten, von wem er auch immer verbreitet wird."

„Ich wollte, ich könnte beide Parteien versöhnen", antwortete Giese nachdenklich, „allein ich fürchte, sie werden nun beide über mich herfallen."

Es geschah wie erwartet, und dann geschah, womit niemand gerechnet hatte.

Der Hochmeister Albrecht einigte sich mit König Sigismund. Er leistete den Lehnseid, löste den Orden auf, erhielt das Ordensland dafür als Herzogtum und führte die lutherische Kirche ein.

Der Papst warf den Bannstrahl auf Albrecht, und Kaiser Karl V. ächtete ihn, so dass der neue Herzog sich weiter gut mit Sigismund stellte.
Bischof Ferber aber bebte vor Angst und Wut. Ringsum herrschten die Lutheraner, heirateten Priester, wurden Klöster aufgelöst, und in den pruzzischen Städten strömten die Menschen zuhauf, hörten die Predigten der Ketzer und verweigerten die Beichte.
Im September erhoben sich die Bauern im neuen Herzogtum, in Pruzzen und Ermland, angeregt von den revolutionären Kämpfen in deutschen Ländern. Sie wollten keine Leibeigenen mehr sein, schmiedeten aus Sensen Spieße, verwandelten Dreschflegel in Morgensterne und sangen das Lied vom Bundschuh.
Herzog Albrecht und Bischof Ferber vergaßen, dass sie lutherisch und katholisch waren. Luthers Worte wider die räuberischen und mörderischen Bauern galten nun für beide. Jetzt diente ein Fürst dem Himmel besser mit Blutvergießen denn mit Beten. Und als die vereinigten herzoglichen und bischöflichen Truppen die Bauern besiegt und genügend zur Abschreckung hingerichtet hatten, gab Albrecht die besetzten Gebiete in Ermland frei.

Nicolaus Copernicus und Tiedemann Giese hatten die Ereignisse mit Bangen verfolgt. Sie ließen sich weder von den Lutheranern noch von deren Gegnern missbrauchen. Sie blieben fest in der Überzeugung, dass im Glauben die Liebe, in der Wissenschaft die Vernunft und im Leben die Gerechtigkeit regieren müssten.

Als Ermland den Frieden erhielt, konnte Nicolaus endlich sein astronomisches Werk fortsetzen. Nebenher beteiligte er sich an den Verhandlungen über die Münzreform, auch übernahm er verschiedene Ämter des Kapitels und folgte dem Hilferuf Erkrankter.

Aber gab es etwas Schöneres als den Himmel, etwas Wissenswerteres als den wahren Lauf der Gestirne? Die Astronomie war für Copernicus die Königin der Wissenschaften, der die Arithmetik, Geometrie, Optik, Geodäsie, Mechanik dienten.

Unter den Wissenschaften schien Copernicus keine so gut geeignet, den Menschen zum Besseren hinzuleiten, wie die Astronomie, die zugleich einen hohen geistigen Genuss spendete. Welch einen erhabenen Anblick bot der Himmel, welch eine tiefe Ruhe ging von ihm aus! Ptolemäus hatte zu ihm aufgesehen, Aristoteles und Plato, Aristarch und Pythagoras; Generationen betrachteten den ewigen Kreislauf der Gestirne, gegen den ein Menschenleben so verschwindend kurz war. Und wenn die Menschen auch das, was sie einmal entdeckt und erfunden hatten, ihren Nachgeborenen überlieferten, so hatten die Jahrtausende doch nicht ausgereicht, die Rätsel des Himmels zu lösen. Der Alexandriner Claudius Ptolemäus schien es geschafft zu haben. Mit bewunderungswürdiger Umsicht und Sorgfalt hatte er die Beobachtungen aus vielen Jahrhunderten fast zur höchsten Vollendung geführt. Aber schon Plutarch wusste, dass der Sternenlauf die mathematische Einsicht besiegte.

Nun war es ihm, Nicolaus Copernicus, vergönnt, das Geheimnis des Sternenlaufs zu entschlüsseln.

Nicolaus war so beschäftigt, dass er sich wunderte, wie schnell die Jahreszeiten ineinander übergingen.
Ein Domherr starb, ein anderer übernahm die Stelle. Im Jahre 1528 wurde auf Drängen des Königs und mit Unterstützung Ferbers Dantiscus Domherr. Er gab sich freundlich, gebildet, tolerant.
Einige Zeit später wurde Nicolaus von Ferber zu sich gerufen. „Es ist wieder mein Magen."
„Weniger essen, Exzellenz, weniger Wein. Ärger schadet, Milde hilft, und dreimal täglich einen Becher von diesem Tee."
Ein Jahr später bat man Nicolaus, ein Gutachten über den Brotpreis zu schreiben. Die Waren verteuerten sich, die Armen litten Hunger.
„Man muss einen festen Preis für Brot festsetzen. Es ist nicht gut, wenn das Gebet *Unser täglich Brot gib uns heute* kein Gehör findet."
Bis zu seinem sechzigsten Geburtstag wollte er sein astronomisches Werk vollendet haben. Doch nach und nach bemerkte Copernicus Unstimmigkeiten. Seine Berechnungen entsprachen nicht, wie erwartet, den Beobachtungen. Das begann ihn zu beunruhigen, erst wenig, dann immer stärker.
Die Erde ließ sich ebenso wenig wie die Planeten auf Kreisbahnen um die Sonne als Mittelpunkt herumführen. Die Rechnung seines Systems ging nicht auf.
Zweifel bestürmten ihn. Konnten all die unzähligen anderen im Irrtum gewesen sein? Hatten so viele Generationen vor ihm Unrecht? Lag der Irrtum nicht bei ihm?

Da wollte er die größte, erhabenste, kühnste Entdeckung machen, aber der Himmel strafte ihn Lügen.
Jetzt, wo er sechzig Jahre alt war, wo zwischen den Zähnen Lücken klafften, wo sein Haar ergraute und seine Kräfte erlahmten, wo es Zeit wurde, mit seinem Leben ins Reine zu kommen, da stand er fassungslos vor seiner Arbeit, da war alles, was er gedacht und berechnet hatte, in Frage gestellt.
Er wollte den wirklichen Lauf der Planeten erfassen, und er war überzeugt, dass sie um die Sonne kreisten. Nicolaus starrte auf das Modell seines Systems. Auf dem weißen Papier sah es gut und harmonisch aus.
Wo lag der Fehler? Er zweifelte keinen Augenblick, dass der Fehler in seinem System lag. Denn die Wissenschaft hatte die Aufgabe, die Erscheinungen so zu erfassen, wie sie wirklich waren.
Ob die Planeten vielleicht gar nicht auf Kreisen um die Sonne liefen, sondern auf Ellipsen? Aber konnten die Gestirne sich anders als auf der vollendeten Rundung eines Kreises bewegen? Daran konnte er nicht glauben, und er strich diesen Satz wieder aus. Ihn zu prüfen würde ohnehin jahrelange Arbeit erfordern, und dazu war es zu spät.
Giese hatte nicht wissen können, wie bitter es für Nicolaus war, von ihm zu hören, dass jetzt alle Welt von seinem System sprach. Giese wollte ihm damit eine Freude bereiten, doch er konnte auch kein Wort zurücknehmen, so gern er seinem Freund Kummer erspart hätte.
Papst Clemens VII. hatte sich und seinen Beratern von Johann Albert Widmannstadt die copernicanische

Theorie erklären lassen. „Er hat deine Lehre nicht ungnädig aufgenommen, Nicolaus. Widmannstadt erhielt für seinen Vortrag eine kostbare griechische Handschrift überreicht."

Der gute, sanfte Giese, der gern jeden Menschen glücklich sah. Nicolaus wurde es warm in der Brust. Es war ein Trost, diesen Freund zu haben, der trotz seiner Güte ein festes Herz besaß. Und er verstand genug von Astronomie, um fachgerecht urteilen zu können.

Bisher hatte sich Nicolaus auf die Angaben verlassen, die von Ptolemäus und anderen Astronomen über die Planeten gemacht worden waren. Er hatte sogar den Nürnberger Astronomen Werner vor zehn Jahren getadelt, weil dieser die Beobachtungen der alten Astronomen fehlerhaft genannt hatte. Vielleicht war es aber überhaupt nicht möglich, den Lauf der Planeten genau genug zu beobachten?

Was konnte er noch tun? Unruhe packte ihn, und er geriet in eine verzweifelte Hast. Viele Jahre hatte er nicht mehr zu leben, und wenn er sich auch noch rüstig fühlte, so wie vor zehn oder zwanzig Jahren konnte er nicht mehr arbeiten. Unmöglich war es, alle die Beobachtungen zu wiederholen, die er für den Ausbau seines Systems verwendet hatte. Er würde sich mit einigen wenigen begnügen müssen, um seine Berechnungen zu überprüfen.

Seine Haushälterin, Anna Schillings, spürte, dass Nicolaus Copernicus unglücklich war. Sie liebte ihren ernsten, freundlichen Herrn, für den sie umsichtig sorgte. Er

brauchte sich um die Hauswirtschaft keine Gedanken zu machen. Je älter Nicolaus wurde, desto wohltuender empfand er die Ordnung, mit der Anna ihn umgab. Er hatte sich an die ruhige, freundliche Atmosphäre gewöhnt, die sie ihm zu bereiten verstand, und er mochte ihr frisches, ungekünsteltes Wesen.
Mancher Domherr beneidete Nicolaus um diese tüchtige Frau, ganz besonders Plotowski, dem jede Haushälterin nach einem Dienstjahr wieder davonlief.
Anna Schillings und Copernicus waren einander vertraut geworden, und so wie er sich ab und zu gern ihr humorvolles Geplauder über die Bauern und Fischer anhörte, fragte sie ihn bisweilen über die Sterne aus.
Seit einigen Wochen aber war er wortkarg und zerstreut. Schließlich fragte sie ihn geradeheraus, was ihn bedrücke.
Er blickte sie an, wie aus einem Traum erwachend, ohne ein Wort zu sagen. Da beschloss sie, auf den Busch zu klopfen. „Waren es die Elbinger Fastnachtsspiele? Daraus würde ich mir gar nichts machen. Einige sind wütend, weil Ihr ihnen ihr Münzrecht weggeredet habt. Aber die Possen haben damit nichts zu tun. Sie verspotten einen jeden, der was gilt, den Papst wie den Luther, den König, den Bischof oder die eigenen Herren vom Rat."
Ihre Wangen hatten sich gerötet. Sie lächelte gewinnend, und Nicolaus nahm ihre Hand und sagte: „Nein, nein. Auch Jesus ritt auf einem Esel und war sich nicht zu schade. Jeder versteht die Welt auf seine Art. In Königsberg lacht man über mich, wenn Albrecht dem Mundschenk zuruft: ‚Pass auf und verschütt mir die

Kanne nicht.‘ Andere finden es witzig zu sagen, ich hätte die Erde auf den Bratspieß gesteckt und würde sie über dem Feuer rösten. Aber das ist es nicht.“

Als er Anna den eigentlichen Grund genannt hatte, drückte sie seine Hand und meinte: „Ich verstehe nur, was Ihr mir in all der Zeit erklärt habt. Doch warum fügt Ihr nicht noch einige Epizykel hinzu?“

„Aber Anna!“ Der Vorwurf in seiner Stimme traf sie hart. Unwillkürlich zog sie ihre Hand zurück, aber Nicolaus beachtete es nicht.

„Ptolemäus brauchte die vielen Epizykel, weil er den Himmel um die Erde kreisen ließ, weil er die Erscheinungen seinem System unterordnete. Ich bin mir aber sicher, dass sich die Erde bewegt und nicht der Himmel. Also müssten die Rechnungen aufgehen, schließlich habe ich schon vierunddreißig Epizykel verwendet.“

Sie sah ihn an und dachte: Er wäre ein guter Mann für mich gewesen. Mit der Priesterschaft hat er doch Unrecht, da sind die Lutheraner besser.

Sie stand auf und schenkte ihm Wein ein. „Warum muss denn alles so genau sein. Kein Ei gleicht dem anderen, wenn man das auch immer behauptet. Vielleicht torkeln die Planeten ein bisschen oder tanzen auch mal aus der Reihe, wer kann das schon wissen. Und Ihr zerbrecht Euch damit den Kopf.“ Sie gab ihm einen Kuss auf die Stirn und rannte aus dem Zimmer.

„Aber Anna!“ Dieses Mal klangen seine Worte überrascht und froh. Er folgte ihr in den Garten. Der Holunder trug schwer an seinen weißen Blütendolden. Es duftete nach Kamille, Schafgarbe, Melisse und Lieb-

stöckel. Nicolaus zog Anna in seine Arme. „Ich hab dich gern, Anna, aber ich bin ein alter Mann."
Er wusste nicht, ob sie weinte oder lachte. Sie barg ihren Kopf an seiner Brust, während seine Hand über ihr rotblondes Haar strich. Sie waren ganz versunken und bemerkten die neidischen und gehässigen Blicke Plotowskis nicht.
Annas leichthin gesprochene Worte von den Eiern, die sich entgegen der sprichwörtlichen Behauptung nicht glichen, ließen ihm keine Ruhe. Wie nun, wenn die Planeten sich auf ihren weiten Bahnen wirklich hin und wieder einige Unregelmäßigkeiten erlaubten? Dieser Gedanke widerstrebte ihm allerdings sehr, denn im Weltraum sah er die Vollkommenheit göttlicher Schöpfung. Und für die Bahn der Planeten erschien ihm der Kreis als die geometrisch gemäße Form.
Aber vielleicht waren es doch Unregelmäßigkeiten der Planeten? Dann würde es natürlich gerechtfertigt sein, weitere Epizykel einzuführen. Aber die vollendete Schönheit seines Systems wäre gestört.
„Gibt es das überhaupt, vollendete Schönheit?" Anna blickte ihn zweifelnd an.
„Ich glaube schon." Nicolaus umarmte sie.
„Ich hätte es nicht sagen dürfen", seufzte Anna, „jetzt sitzt du wieder fest in deinem Turm wie in einem Gefängnis."
„In diesem Gefängnis entsteht eine neue Welt, Anna." Er küsste ihre Stirn. „Du kannst mich besuchen, wann immer du magst."

Tiedemann Giese hatte den Brief des Kardinals Schönberg aus Rom gelesen und wunderte sich über Nicolaus' Hartnäckigkeit. „Warum willst du ihm dein Werk nicht schicken? Er schreibt von deinen Verdiensten und deinem Ruhm, von seiner Verehrung für dich. Er kennt die Grundsätze deines Systems. Er scheint überzeugt, dass du mit wissenschaftlicher Gründlichkeit die Bahnen der Planeten errechnet und in Tafeln zusammengestellt hast. Er bittet dich, dein neues System den Freunden der Wissenschaft nicht vorzuenthalten. Er bezeichnet sich als einen dir wohlgesinnten Mann, der nichts sehnlicher wünscht, als deinen großen Verdiensten Anerkennung zu verschaffen." Gieses hellblaue Augen leuchteten vor Freude. Er blickte stolz auf Copernicus, auf Sculteti und auf Dietrich von Rheden, einen jungen Domherrn, der den Brief aus Rom mitgebracht hatte.

Nicolaus entgegnete ruhig: „Was sagte Dietrich von dem neuen Papst Paul III.? Hochgebildet und eifrig in der Verfolgung aller Ketzer. Ich bin zwar alt, aber ich will nicht lebendig verbrannt werden, auch mit einem wohlwollenden Kardinal an der Seite nicht." Nicolaus legte die Hand auf sein sechs Bücher umfassendes Manuskript. „Außerdem will und muss ich es verbessern, solange ich kann."

„Ich verstehe dich nicht." Giese hob hilflos die Hände. „Der Brief riecht nicht nach Feuer, und während dein Manuskript abgeschrieben würde, könntest du doch weiterarbeiten."

Nicolaus stand auf. „Du hast ein zu gutes Herz, Tiedemann, um die Bosheit der Mächtigen zu verstehen. Wie

viele Unschuldige haben sie im Namen Christi, im Namen eines Glaubens oder einer Idee gefoltert und getötet. Selbst vor Greisen im Alter von achtzig Jahren schrecken sie nicht zurück. Luther ist ein gebildeter und kluger Mann, aber er sagt:
Es ward gedacht eines neuen Astrologen, der wollte beweisen, dass die Erde bewegt würde und umginge, nicht der Himmel oder das Firmament, Sonne und Mond; gleich als wenn einer auf einem Wagen oder in einem Schiff sitzt und bewegt wird und meint, er säße still und ruhet, das Erdreich aber und die Bäume gingen und bewegten sich. Der Narr will die ganze Kunst Astronomie umkehren. Aber wie die Heilige Schrift zeigt, hieß Josua die Sonne stillstehen und nicht das Erdreich. So urteilt Luther."
Nicolaus' Stimme klang bitter. „Und Melanchthon, der gelehrteste unter den Lutheranern, schreibt: *Aufs deutlichste versichert uns ein Psalm, die Erde stehet ewiglich, die Sonne gehet auf und unter. Die Wahrheit ist von Gott, man soll sie ehrfürchtig aufnehmen. Diejenigen aber, die aus Eitelkeit oder Neuerungssucht anderes behaupten, solle die Obrigkeit bestrafen.* "
Die Freunde bedrängten Nicolaus vergeblich, sein Werk über die Umdrehungen der Himmelskörper drucken zu lassen. Sie verstanden seine Bedenken, nicht sein Zögern.
Er aber wusste, noch war seine Zeit nicht gekommen.

Und die Ereignisse gaben ihm Recht.
Nicolaus legte die Nachricht vom Tod Schönbergs langsam aus der Hand. Der Kardinal hätte die Abschrift seiner Bücher nicht einmal mehr lesen können. Und in wessen Hände wären sie dann geraten?

Im gleichen Jahr starb der Bischof Ferber, und sein Nachfolger wurde Dantiscus. Er gab sich loyal, aber er war falsch. Nach der Wahl beim festlichen Gelage sagte er zu Nicolaus: „Schade eigentlich, dass du nie Zeit hattest für mich. Ich weiß, du hättest lieber Giese als Bischof von Ermland gesehen. Tröstet es dich, dass Giese dafür Bischof von Kulm geworden ist?"
„Wir haben einstimmig gewählt, Hochwürden."
„Hoffentlich in der Erwartung eines Bischofs, der Schluss macht mit der Ketzerei."
Dantiscus' Gesicht war gedunsen, seine Augen von schweren Lidern halb verdeckt. Er hatte um diese Mitra gekämpft. Sie stand ihm zu als Altersrente, als Dank des Königs für ergebenen Dienst. Er war königlicher Sekretär und Diplomat gewesen und galt als einer der geistreichsten Humanisten. Gottlob, er hatte seine Jugend genossen und die Welt gesehen. Er war Gast des Kaisers gewesen, er hatte den Papst unter vier Augen gesprochen und auch Luther und Melanchthon. Nun war er Bischof von Ermland und vielleicht der erste hier, dem der Kardinalshut verliehen würde.
Copernicus und Sculteti schienen die Einzigen zu sein, die seine Größe nicht erkennen wollten. Sie hatten es damals erreicht, dass ihm ein anderer vorgezogen wurde, aber jetzt war er ihr Herr.
Dantiscus war Nicolaus gleichgültig. Höflich, aber bestimmt hielt er sich zurück. Nur als Dantiscus ihn um ärztlichen Beistand bat, reiste er nach Heilsberg.
Eine Magenverstimmung! Bei dem Appetit und Durst wahrlich kein Wunder.

Dafür hatte Nicolaus eine Woche lang seine astronomischen Arbeiten unterbrechen müssen.
Dann raubte ihm Dantiscus den halben Sommer. Mit fünfundsechzig Jahren musste er den aufgeblasenen Höfling auf seiner Huldigungsreise durch Ermland begleiten.
„Ich gewinne den Eindruck, dass Ferber die Zügel sehr locker gelassen hat“, näselte Dantiscus. „Ich werde ein Edikt gegen die Ketzerei erlassen. Wer nicht katholisch sein will, soll binnen eines Monats das Bistum verlassen. Und wer sich widersetzen sollte, wird als Volksverführer bei Leib und Leben bestraft.“
Vergeblich forschte er in Nicolaus’ Gesicht, ob ihn seine Drohung beeindruckte. Auf seine Frage antwortete dieser nur: „Druck erzeugt Gegendruck, Hochwürden.“
Der Abschied war formvollendet und frostig. Dantiscus’ Antwort ließ nicht auf sich warten. Sie begann mit einer Klage gegen Nicolaus’ Freund Sculteti, für die Stanislaus Hosius das Material geliefert hatte, ein ehrgeiziger Glaubenseiferer, der durch Dantiscus gegen die Stimme Scultetis Domherr geworden war.
Sculteti betrieb historische und geographische Forschung. Er war lebenslustig und hielt mit seiner Meinung nicht hinter dem Berg. Von seiner Haushälterin hatte er zwei Kinder. Dagegen richtete sich der Angriff Dantiscus’ und Hosius’: „wegen mangelnder Reinheit des Lebens“. Allen Domherren verbot der Bischof, mit Sculteti zu verkehren.
Nicolaus Copernicus missachtete das Verbot, und als Dantiscus ihn väterlich ermahnte, wies er ihn zurück.

„Bei dieser Schnake gibt es keine Gerechtigkeit.“ Sculteti baumelte mit den Beinen. „Gib mir eine Abschrift deines Werkes mit, Nicolaus. Ich gehe nach Rom und werde gegen ihn klagen. Gott beschütze dich vor dieser Wanze. Sie gehört zu den seltenen Exemplaren, die auch satt gefressen gierig sind.“

Sculteti hatte Recht. Der nächste Schlag des Bischofs richtete sich gegen Copernicus direkt. Dantiscus befahl ihm, seine Haushälterin zu entlassen, um den Verdacht „wegen intimer Beziehungen“ zu entkräften.

Verdacht? Nicolaus fühlte sich gedemütigt. Er war in seinem tiefsten Innern verletzt. Er mochte Anna gern. Sie gab seinem Alter die Wärme, die er viele Jahre entbehrt hatte. Und er vermittelte ihr die Geborgenheit, die sie ersehnt hatte.

Nicolaus hatte trotz seiner freien Gesinnung die sittlichen Gebote der Kirche ernst genommen, ganz im Gegensatz zu vielen Zeitgenossen, darunter auch Dantiscus, der Geliebte besessen und Kinder gezeugt hatte. Seit seiner frühen Jugend hatte er ohne die Liebe einer Frau auskommen müssen. Er hatte zärtliche und berauschende Begegnungen erlebt, aber sie waren nicht von langer Dauer gewesen; das Studium, seine Pflichten und seine Astronomie hatten seine Zeit und Kraft mehr als genug gefordert. Und trotzdem hatte ihm das Glück, das aus der Gemeinsamkeit mit einer verständnisvollen Frau erwachsen kann, gefehlt.

Anna Schillings war ihm im gereiften Alter begegnet. Sie war durch eine unglückliche Heirat leidgeprüft. Sie und ihre Kinder waren verzweifelt gewesen, bevor er sie zu sich nahm. Ihre Dankbarkeit hatte sich in Liebe, ihre Liebe in Verständnis verwandelt. Sie hatten sich aneinander gewöhnt und lebten zufrieden und glücklich. Und jetzt, wo sein Freund Sculteti abgereist war, packte Anna ihre Sachen.

„Du mußt den Weisungen Seiner Bischöflichen Gnaden nachkommen, Nicolaus. Wenn ich auch nichts von deiner Astronomie verstehe, ich wäre eine Gefahr für dich. Der guten Sitten wegen würden dich Dantiscus und seine Günstlinge hindern, dein Werk zu vollenden."

Das Haff lag unter Eis, bitterkalt wehte der Wind um seinen Turm. Öde war der Abend, schlaflos die Nacht, trübe der Morgen und freudlos der Tag. Nicolaus fühlte sich alt und verlassen wie noch nie. Kein Stern gewährte ihm Trost.

Giese lud ihn ein, nach Löbau zu kommen. Doch erst eine Depesche, dass sein Freund krank sei, riss ihn aus seiner Lethargie.

Als Copernicus nach Frauenburg zurückgekehrt war, suchte ihn ein junger Mann auf.

„Ich heiße Georg Joachim von Lauchen; man nennt mich Rheticus." Er machte einen unbekümmerten und selbstbewussten Eindruck.

„Um es gleich zu sagen, ich komme aus Wittenberg, und ich bin befreundet mit Luther und Melanchthon, aber ich bin Mathematiker."

Nicolaus musterte seinen Besucher. Rheticus war in dem gleichen Alter, in dem er selbst vor einundvierzig Jahren Novara kennen gelernt hatte. Rheticus wollte sein Werk

studieren, er machte einen aufrichtigen und klugen Eindruck. Glaubensbekenntnisse interessierten ihn nicht. „Jeder hat ohnehin seinen eigenen Himmel."
Rheticus verstand erstaunlich viel von Astronomie, und er war dankbar für jede Erklärung. Etwas von dem jugendlichen Schwung übertrug sich auf Nicolaus, und während Rheticus ein Buch nach dem anderen durcharbeitete, setzte Nicolaus seine Beobachtungen und Rechnungen fort.
Im Forst rief der Kuckuck, die Saat ging auf, das Graubraun der Felder verschwand unter einem hellen Grün. Klar und munter floss das Wasser aus den Quellen. Die neuen Beschuldigungen, sich heimlich mit Anna getroffen zu haben, berührten Nicolaus kaum, doch waren sie ihm wegen seines Gastes peinlich.
Giese suchte ihn aus dieser Verlegenheit zu befreien und lud ihn und Rheticus zu sich in seine Residenz nach Löbau ein. Aber auch dorthin folgten die albernen Briefe, die nur aus Neid und Missgunst hervorgegangen sein konnten. Dantiscus forderte jetzt Giese auf, Copernicus vorzuhalten, dass er sich noch mit Anna Schillings träfe. Väterliche Ermahnungen nannte Dantiscus sein Geschwätz.
„Ich werde ihn zum Schweigen bringen." Giese lachte. „Ich habe eine Erleuchtung. Du wirst sehen, Nicolaus, Dantiscus wird noch froh sein, als Fliege im Bernstein zu überleben."
Giese war nicht darin geübt, Ränke zu schmieden. Er wollte Dantiscus auch nur erschrecken: *Euer Hochwürden sollten den Zuträgern nicht zu viel Glauben schenken; diese scheuen*

sich ja nicht einmal, gegen Euer Hochwürden selbst Verdacht zu erheben.
Der Schuss traf. Dantiscus hielt sich zurück. Auch mit Sculteti hatte er Pech, den man in Rom von allen Beschuldigungen freisprach und wieder in alle Rechte einsetzte.
Die Begeisterung, mit der Rheticus seine Astronomie aufnahm, beflügelte Nicolaus' Energie. Anfangs hatte er Zweifel, ob der junge Mann genügend Mathematik beherrschte, um sein Werk zu verstehen. Doch bald wusste er, dass Rheticus ihm darin ebenbürtig war.
Es waren aufregende Monate für Nicolaus. Zum ersten Mal setzte er sein gesamtes Werk der Kritik eines Mannes aus, dessen Urteil er vertraute. Nicht, dass er sich unsicher fühlte, doch er war seltsam gespannt, voller Erwartung und Freude, wie vor einem besonderen Ereignis. Er fühlte sich von seinem arbeitswütigen Gast mit fortgerissen, der in vier Monaten sein gesamtes Manuskript durchgearbeitet hatte und ihm im Oktober eine Schrift darüber vorlegte.
Nicolaus fand seinen Hauptgedanken wieder, und es war ein glückliches Gefühl, sich verstanden zu wissen.
„Mit deiner gütigen Erlaubnis möchte ich diesen Auszug als einen ersten Bericht von deiner Arbeit drucken lassen."
Rheticus hatte sein Werk bestätigt. Gab es noch einen Grund zu zögern? Nicolaus blätterte die Seiten langsam um. Ab und zu fiel ihm eine Zeile auf.
Könnte Ptolemäus wieder in das Leben zurückkehren, er würde seinen eigenen Hypothesen nicht mehr treu bleiben.

Es kann keine richtigere Anschauung über die Bewegung der Himmelskörper geben als die meines verehrten Lehrers.
Im Mittelpunkt der Welt hat die Sonne ihren Platz. Wahrhaftig, es ist etwas Göttliches, dass die Himmelserscheinungen von den regelmäßigen und gleichförmigen Bewegungen der Erdkugel abhängen.
Zum Philosophieren gehört ein freier Geist. Das Urteil von tüchtigen Gelehrten wird mein verehrter Lehrer niemals scheuen. Er will sich ihm vielmehr aus eigenem Antrieb unterziehen.
„Ich möchte noch in diesem Jahr nach Danzig fahren, um den Druck dieses Berichts zu besorgen."
Er war mutig, dieser junge Protestant, Professor an der Wittenberger Universität, wo Luther und Melanchthon herrschten. Nicolaus blickte Rheticus lange nachdenklich an.
Die erste Kunde, die er von seiner Astronomie gegeben hatte, lag bald dreißig Jahre zurück. Er hatte damals gewusst, dass er viele Jahre brauchen würde, um sie so zu begründen, dass sie die ptolemäische ersetzen könnte.
Er war auf große Hindernisse gestoßen. Der Lauf der Planeten ließ sich auch mit seiner Theorie nicht so einfach und klar darstellen, wie er einst angenommen hatte. Der genaue Mittelpunkt der Planetenbahnen war nicht die Sonne; sondern er hatte ihn etwa drei Sonnendurchmesser von ihr entfernt annehmen müssen.
Auch die vierunddreißig Kreisbewegungen, mit denen er im *Commentariolus* noch geglaubt hatte, die Erscheinungen am Himmel erklären zu können, hatten nicht ausgereicht. Er hatte noch doppelt so viel Epizykel hinzufügen müssen.

Ärgerlich war auch, dass er keine Fixsternparallaxe nachweisen konnte, die eindeutig beweisen würde, dass sich die Erde um die Sonne bewegte. Man sah daraus allerdings, wie unendlich weit der Weltraum war, so dass man die riesige Erdbahn nicht am Fixsternhimmel wahrnahm. Als wie viel größer als gedacht hatte sich doch auch die Erde erwiesen, seit die Expedition des Fernão de Magalhães um sie herumgesegelt war. Insgesamt war Nicolaus Copernicus jedoch zufrieden. Er hatte die Planetentheorie sehr vereinfacht und vor allem die rätselhaften Stillstände und Rückläufe der Planeten erklärt. Seine Astronomie war der ptolemäischen weit voraus, das durfte er wohl sagen; sie schuf ein völlig neues Bild vom Weltall, in dem die Erde den Erscheinungen des Himmels zugeordnet war. Es gab keine Logik im Denken, wenn es keine Logik im Verhalten der Dinge gab.

Es hatte ihn lange gequält, dass seine Astronomie noch kein völlig klares Bild der Planetenbahnen gab. Das würde ihn bis zu seinem Tod beschäftigen, aber er war bescheiden geworden.

Sein Werk über den Weltbau, das er *De revolutionibus* nannte, war so umwälzend, dass er allein es unmöglich vollenden konnte. Andere Astronomen würden kommen und es weiterführen.

Dafür musste er seine Manuskripte publizieren. Giese und Rheticus hatten Recht, wenn sie ihn drängten. Aber er selbst hatte auch Recht, wenn er noch wartete. Solange seine Manuskripte nicht gedruckt waren, solange konnte er sie verbessern.

Dennoch war es gut, wenn ein anderer über sein Werk schrieb. Und als Rheticus seine Frage wiederholte, sagte er: „Ich bin einverstanden, Joachim. Ich habe dir zu danken.“

Die *Narratio Prima* oder *Der erste Bericht*, wie Rheticus seine Schrift genannt hatte, zog viel weitere Kreise als der *Commentariolus*. Die *Narratio Prima* war ja auch die Botschaft von dem ausgeführten Werk, eine achtungsvolle, begeisternde und zündende Botschaft.

Die Astronomie meines Lehrers kann mit Recht ewig genannt werden; dies bestätigen die Beobachtungen der vergangenen Jahrhunderte und werden zweifellos die Beobachtungen der Nachwelt bestätigen. Es siege die Wahrheit, es siege die Tüchtigkeit! Mögen die Wissenschaften immer geachtet bleiben!

Ein zweiter, viel größerer Stein war ins Wasser geworfen worden. Es war gut, ihm einen dritten folgen zu lassen, eine Schrift aus seinem Werk, die die neuen trigonometrischen Sätze enthielt, die er entwickelt und für seine Berechnungen genutzt hatte. Das würde auf den mathematischen Rang seines Werkes hinweisen.

Rheticus fand die Idee gut, obgleich er viel lieber gleich das ganze Werk zum Druck befördert hätte.

„Die *Narratio Prima* haben sie in Basel nachgedruckt. Viele Gelehrte sind ungeduldig, sie brennen darauf, dein Werk zu studieren. Johannes Petrejus würde es sofort drucken. Warum zögerst du noch, Nicolaus?“

Nicolaus war sich darüber nicht so recht im Klaren. Die Zustimmungen, die er von vielen Seiten erhielt, kamen so überraschend, dass er fürchtete, unvorsichtig handeln zu können.

Selbst Dantiscus schickte ihm ein Epigramm mit der Bitte, es seinem Werk voranzustellen.
Gieses große Augen funkelten empört. „Erst wollte er mehr sein als du; nun, wo er merkt, dass man in Rom, Nürnberg, Krakau oder Königsberg von dir spricht, möchte er sich mit deinem Ruhm zieren. Aber schon morgen würde er Steine auf dich werfen; es brauchte dich nur ein Dummkopf von König oder Papst zu verurteilen."
Nicolaus faltete das Epigramm und den Brief, drückte sein Siegel darauf, legte es unter seine Papiere und sagte: „Dantiscus gehört zu denen, die mit ihren geistigen Anlagen statt der Wahrheit ihrem Ehrgeiz dienen."
Sie verloren kein Wort mehr darüber, doch sie stritten, was mit Nicolaus' Werk geschehen sollte. Giese fühlte seine Geduld auf eine harte Probe gestellt.
„Warum willst du nur die Planetentafeln drucken lassen und nicht das ganze Werk? Niemand kann jetzt noch verstehen, warum du zögerst. Rheticus hat deinen Auftritt angekündigt. Das Publikum ist voller Erwartung und bereit, dich begeistert zu empfangen."
Nicolaus lachte über den theatralischen Vergleich und deutete auf einen Brief Osianders, Hauptprediger von Nürnberg und ein Freund des Druckers Petrejus, bevor er sagte: „Es ist nicht so weit her mit der Begeisterung. Man ist wohl neugierig auf mein Werk, man hofft, für den Kalender und für die Schifffahrt Nutzen daraus zu ziehen, aber man fürchtet zugleich die neue Welt, die Vorstellung von der Bewegung der Erde und von der Größe des Himmels. Deshalb möchte Osiander, dass ich

die Philosophen und Theologen von vornherein beschwichtige und mein Werk als eine Hypothese ausgebe.“

Giese gab nicht nach. „Eben darum musst du es jetzt veröffentlichen! Und du solltest es dem Papst widmen, der es vielleicht gerade deshalb günstig aufnehmen wird, weil Luther und Melanchthon es in ihrer Blindheit ablehnen.“

Im tiefsten Inneren wusste Nicolaus Copernicus, dass er handeln musste. Er wurde neunundsechzig Jahre alt, jeden Tag konnte ihn der Tod niederstrecken. So wie er es sich wünschte, würde er sein Werk nicht mehr abrunden können.

Giese und Rheticus schrieben jeder für seine Konfession einen Artikel, dass Nicolaus' Werk nicht im Widerspruch zur Bibel stehe. Dass dies viel nützen würde, wagte Nicolaus nicht zu glauben. Aber er war jetzt entschlossen, sein Werk aus der Hand zu geben.

Wie verabredet, sandte Giese sein Manuskript an Rheticus, der es dem Nürnberger Drucker Petrejus übergab. Nicolaus' Gedanken folgten seinem Manuskript, mit dem er einen Teil seiner selbst aus der Hand gegeben hatte. Er wusste, dass sein Lebensfaden aufs Äußerste gespannt war.

Im späten Frühjahr 1542 genoss Nicolaus die Sonnenwärme. Er trank den Duft der frischen Erde, der Blätter und Blüten. Jeder Grashalm, jedes Tier, Farben und Töne erregten seine Sinne. Noch nie hatte er das Wunder, zu leben, zu atmen, zu sehen, zu hören, zu fühlen, zu

denken, so stark erlebt. Sein Lebenswerk lag in der Fremde, aber gute Freunde überwachten es. Die Fähigkeit des Menschen, die Wahrheit zu erkennen, würde siegen, musste siegen, die Vernunft, die Klugheit und Güte, Verstehen und Liebe umschloss.
Nicolaus hatte das Gefühl, sein Werk schützen zu müssen gegen die Überfälle der Schwätzer und Verleumder, der Glaubenseiferer in beiden Lagern, die nicht nach ihrer Vernunft, sondern nach dem Wort eines Apostels oder Vorgesetzten reden würden. Und es schien ihm am besten, sich direkt an den Papst zu wenden, ihm sein Werk zu widmen als Zeichen seines Vertrauens, aber auch als sein Bekenntnis zur Wissenschaft.
So widersinnig seine Lehre von der Erdbewegung jetzt den meisten auch erschien, der Nebel würde durch die Beweise schon verschwinden. Dieser Meinung waren auch seine Freunde, gelehrte Männer wie der verstorbene Kardinal Schönberg oder der Bischof Giese, die ihn alle ermahnt hatten, sein Werk zu veröffentlichen.
Schließlich war er, Nicolaus Copernicus, nur deswegen zu seinen Untersuchungen veranlasst worden, weil die Vorstellungen der Astronomen die wahren Bewegungen der Himmelskörper nicht wiedergeben konnten. Es war, als wollten sie Hände, Füße, Kopf und andere Glieder von unterschiedlicher Größe zusammensetzen. Die nicht zueinander passenden Teile stellten ein Ungeheuer, aber kein harmonisches Ganzes dar.
Ganz anders aber erschien das Weltall, wenn die Bewegungen der anderen Planeten auf einen Kreislauf der Erde bezogen und nach ihm berechnet wurden.

Dann ließen sich die Erscheinungen, die man am Himmel beobachten konnte, gut erklären.
Rang und Ansehen des Papstes unter den Wissenschaftlern konnten sein Werk schützen, wenn es auch im Sprichwort hieß, gegen den Biss der Verleumder gäbe es kein Mittel.
Deshalb musste Nicolaus die Grenze seines Vertrauens abstecken. Er durfte sein Werk der Gunst des Papstes zwar anvertrauen, es ihr aber nicht ausliefern.
Es war ja wohl bekannt, dass Lactantius, ein berühmter Schriftsteller, aber ein schlechter Mathematiker, recht kindisch von der Form der Erde gesprochen und die verspottet hatte, welche die Kugelgestalt lehrten. Darum wäre es sicher nicht verwunderlich, wenn solche Leute auch ihn, Nicolaus Copernicus, verlachen würden.
Nicolaus schmunzelte über sein Vorwort. Es war eine spitze Waffe gegen alle, die der Wahrheit entgegentreten würden, die aus vorgefassten Meinungen die Welt nicht sehen konnten oder wollten, wie sie wirklich war. Das aber war und blieb die höchste Aufgabe des Forschers: die Welt zu erklären, wie sie war. Daraus leitete sich alles andere ab, das Verständnis für die Dinge und das richtige Handeln.
Dieses Vermächtnis hörte sich einfach an, aber es war nicht leicht, ihm zu folgen. Wünsche, Hoffnungen, viele Leidenschaften stellten sich dem Streben nach ruhiger Sachlichkeit entgegen. Er selbst hatte ein glückliches Naturell gehabt. Trotzdem war sein Leben nicht frei von Irrungen, und es war vielen Einwirkungen ausgesetzt gewesen.

Wenn er sich dennoch zurechtgefunden hatte, oft unter Schmerzen, dann nur, weil er sich immer wieder darauf besonnen hatte, dass die Dinge ohne ihn da waren. Ob als Arzt oder Ökonom, als Verwalter oder Astronom, stets hatte er versucht, die Erscheinungen zu befragen, in ihre Geheimnisse einzudringen.
Ein Leben war kurz, das Gedächtnis eines Menschen nicht so stark, um alles zu behalten und zu bedenken. Er war stolz auf sein Werk, aber er empfand zugleich Ehrfurcht vor dem, was vor ihm geschaffen worden war.
In tiefer Ruhe erlebte er den ausgehenden Sommer, den Zug der Vögel nach dem Süden und Südwesten. Noch einmal jung sein können und aufbrechen, wohin der Wunsch ihn trieb, nämlich zu sehen, wie Buchstabe um Buchstabe gesetzt und sein Buch gedruckt wurde.
Ob er es noch zu sehen bekam?
Rheticus schrieb ihm, dass die Arbeit gut voranschritte. Osiander würde jetzt den Druck überwachen, da er selbst in Wittenberg Vorlesungen halten müsse.
Osiander? Das war keine gute Nachricht, Rheticus wusste doch, dass Osiander ihn vor einem Jahr überreden wollte, sein Werk als eine Hypothese auszugeben. Aber Rheticus hielt viel von ihm. Nicolaus Copernicus kannte ihn nur durch Briefe. Er musste ihm vertrauen.

Epilog

Als Rheticus im Januar 1543 erfuhr, dass Nicolaus Copernicus einen Schlaganfall erlitten hatte und rechtsseitig gelähmt war, bat er Osiander und Petrejus, den Druck des Werkes so schnell wie möglich fertig zu stellen und das erste Exemplar durch einen Boten nach Frauenburg zu schicken, so schnell wie auf den Flügeln des Windes.

Osiander hatte gegenüber dem großen Astronomen kein reines Gewissen. Er hatte zwar den Druck mit besten Kräften unterstützt, aber ein Vorwort in das Werk hineingeschmuggelt, das Copernicus nicht billigen würde.

Damit wollte er den Angriffen der Theologen und Philosophen den Wind aus den Segeln nehmen. Er hatte es so hingestellt, dass die eigentliche Aufgabe des Astronomen darin bestehe, den Verlauf der Himmelsbewegungen aus genauen Beobachtungen zu ermitteln und nach den Ursachen zu forschen. Könne er diese in voller Wahrheit auf keinerlei Weise finden, so müsse er beliebige Hypothesen ausdenken, die eine Berechnung jener Bewegungen nach den Sätzen der Geometrie ermöglichten. Beiden Aufgaben habe der Meister ausgezeichnet genügt. Es sei nämlich nicht nötig, dass diese Hypothesen wahr seien, es genüge schon allein, wenn sie eine Rechnung ermöglichten, die zu den Beobachtungen passe.

Osiander hatte das Vorwort nicht mit seinem Namen unterzeichnet. Dem aufmerksamen Leser musste es trotzdem auffallen, dass es nicht von Copernicus stammte. Das würde den Gelehrten vielleicht besänftigen. Aber es konnte auch der Eindruck entstehen, Copernicus habe nur eine richtige Grundlage für die Berechnungen der Planetenbahnen schaffen wollen.
Osiander selbst hielt sein Vorwort für ebenso genial wie die Erfindung des Trojanischen Pferdes durch Odysseus, denn es würde die Aufnahme dieses so unwahrscheinlich kühnen und umwälzenden Werkes erleichtern. Außerdem hatte er Copernicus' Einleitung zum ersten Band herausgenommen. Dort hatte Copernicus der Astronomie den höchsten Rang unter den Wissenschaften zugesprochen, den seit erdenklichen Zeiten die Theologie innehatte. Das würde die Theologen und Philosophen in Wut und Panik versetzen, die katholischen ebenso wie die lutherischen, und sie würden wegen dieser Anmaßung Copernicus' Werk verdammen.
Osiander war sich bewusst, dass er trotz bester Absicht eigenmächtig gehandelt hatte. Giese und Rheticus würden ihm bestenfalls Vorwürfe machen, aber sie waren schließlich nicht die Verfasser. Vielleicht war es ganz gut, wenn Copernicus die ganze Geschichte nicht mehr erlebte. Andererseits fühlte er sich dem großen Astronomen verpflichtet, und so folgte er dem Wunsch seines Freundes Rheticus und drängte Petrejus, den Druck zu beschleunigen.
Als der Bote am 24. Mai 1543 den Domberg hinaufritt, läutete die Totenglocke. Sonnenstrahlen drangen durch

die leicht bewegten Blätter; Licht und Schatten spielten auf dem Weg. Das Wasser des Haffs lag glatt wie ein Spiegel.
Der Domherr Donner, der für Copernicus in den letzten Monaten gesorgt hatte, öffnete das Paket, nahm das Buch heraus und betrachtete es, ohne es aufzuschlagen. Er führte den Boten in das Zimmer, in dem Copernicus aufgebahrt war.
Zwei Kerzen brannten neben seinem Kopf, bleich und gelöst war sein Gesicht. Während der Bote eine weitere Kerze anzündete, legte der Domherr das Buch Copernicus unter die gefalteten Hände auf die Brust.
Draußen zankten sich die Möwen mit den Dohlen. Die Schatten wurden länger. Langsam drehte sich die Erde in die Nacht. Der Sonnenkörper versank in gelbroter Glut. Die Mondsichel stieg aus dem Meer. In dem dunklen Blau des Himmels glitzerten unverändert die Sterne.

Der Fortgang der Astronomie

Der Grundgedanke von Copernicus, dass sich die Bewegungen der Himmelskörper durch die Bewegung der Erde erklären lassen, veränderte das herrschende Weltbild radikal. Nicht mehr die Erde bildete den Mittelpunkt der Welt (geozentrisches Weltbild), sondern die Sonne, um die sie wie alle anderen Planeten herumläuft (heliozentrisches Weltbild).

Da dieses Weltbild mit der Bibel nicht übereinstimmte, wurde Copernicus' Werk im Jahre 1616 auf den Index der verbotenen Bücher der katholischen Kirche gesetzt. Es schien auch allen Beobachtungen zu widersprechen, und der Nachweis einer Fixsternparallaxe, die Widerspiegelung einer Umlaufbahn am Himmelsgewölbe, gelang erst Bessel im Jahre 1838 mit dem von Fraunhofer entwickelten Heliometer.

Die Prutenischen Sterntafeln (über die vorausberechnete Stellung der Gestirne), die im 16. Jahrhundert nach der Copernicanischen Theorie aufgestellt wurden, waren nur wenig leistungsfähiger als die Alphonsinischen Sterntafeln aus dem 13. Jahrhundert, die nach dem von Ptolemäus geschaffenen geozentrischen Weltbild aufgestellt worden waren.

Das änderte sich erst mit den von Johannes Kepler Anfang des 17. Jahrhunderts berechneten Rudolfinischen Sterntafeln. Kepler kannte die von Tycho de

Brahe „in zehntausend Nächten“ gesammelten Beobachtungsdaten über den Lauf der Gestirne und entdeckte, dass sich die Planeten nicht, wie Copernicus noch glaubte, auf Kreisbahnen und mit gleich bleibender Geschwindigkeit bewegen, sondern auf elliptischen Bahnen und mit unterschiedlicher Geschwindigkeit (in Sonnennähe schneller als in Sonnenferne).

Nach und nach setzte sich das heliozentrische Weltbild durch. Dazu trugen Keplers astronomische Gesetze und seine Sterntafeln bei, außerdem die astronomischen Entdeckungen Galileo Galileis von der Milchstraße, dem Mond, der Sonne und den Phasen der Venus sowie die Philosophie Giordano Brunos, der sich zu Copernicus bekannte und die Unendlichkeit und Einheitlichkeit des Universums lehrte; Bruno wurde nach siebenjähriger Gefangenschaft im Jahr 1600 als Ketzer verbrannt.

Die Vollendung der von Copernicus begonnenen und von Kepler präzisierten Astronomie gelang Isaac Newton mit seinem 1687 formulierten Gravitationsgesetz, das die Bewegung der Planeten durch die Massenanziehung erklärte.

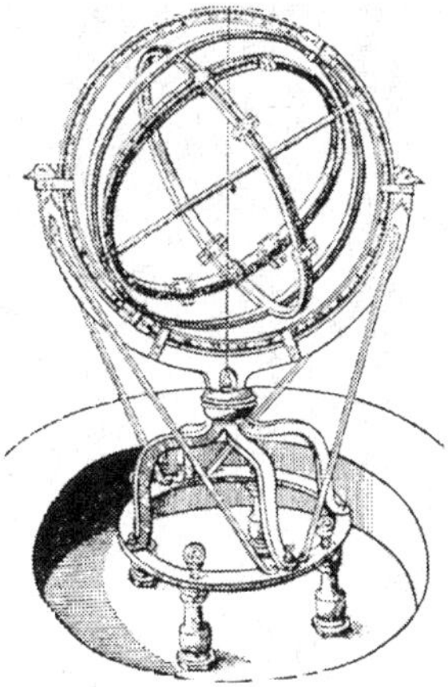

Armillarsphäre

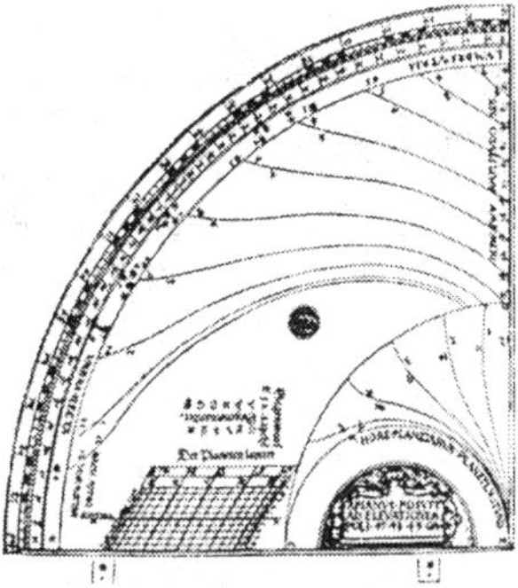

Quadrant

Astrolabium

Darstellung der von J. Stöffler für 1524 vorausgesagten Sintflut (Titelblatt eines Werkes über Astronomie und Geographie)

Zeittafel

1473 Am 19. Februar wurde Nicolaus Copernicus geboren; sein Vater war Michael Kopernik; Nicolaus bekannte sich zu den Humanisten, die ihre Namen latinisierten, daher Copernicus; er selbst variierte seine Unterschrift mehrfach, z. B. Coppernic oder Kopernikov

1476 Bauernaufstand unter dem „Pfeifer von Niklashausen“; weitere Bauernaufstände in Holland (1491), im Elsass (1493), in Baden (1502), im Breisgau (1513), in Württemberg (1514), in Österreich und in der Schweiz (1515)

1477 Gründung der Universitäten in Uppsala, Mainz, Tübingen

1482 Vordringen der Türken auf dem Balkan

1484 Papst Innozenz VIII. verlangt verstärkte Verfolgung von „Hexen“ in der *Hexenbulle*; drei Jahre später werden in dem Buch *Hexenhammer* die Kennzeichen für „Hexen“ beschrieben

1486 Maximilian I. wird Römisch-Deutscher Kaiser; Bartholomeo Diaz umsegelt das Kap der Guten Hoffnung

1488 Vasco da Gama umsegelt Afrika

1489 Der Nürnberger Holzschnitzer Veit Stoß vollendet den Altar der Marienkirche in Krakau

1491–1494 N. Copernicus studiert an der Universität Krakau

1492 Christoph Columbus entdeckt Amerika;
Alexander VI. wird Papst für den Preis von 150.000 Dukaten;
Martin Behaim schafft den ersten Erdglobus

1493 Die illustrierte Weltgeschichte von Hartmann Schedel erscheint in Nürnberg;
Leonardo da Vinci entdeckt die Ursache des räumlichen Sehens

1494 Sturz der Medici durch einen Volksaufstand in Florenz

1495 Die Werke von Aristoteles werden in griechischer Sprache in Venedig gedruckt

1496–1500 N. Copernicus studiert in Bologna

1497 Kaiser Maximilian I. erteilt das Privileg für die Leipziger Messe;
N. Copernicus erhält ein Kanonikat des Domkapitels in Frauenburg

1498 Vasco da Gama entdeckt den Seeweg nach Indien durch Umschiffung Afrikas;
Savonarola wird in Florenz als Ketzer verbrannt

1499 Amerigo Vespucci entdeckt die Küste Südamerikas; nach ihm wird Amerika benannt

1500 – N. Copernicus verlebt einige Monate in Rom und
1501 Heilsberg

1501– N. Copernicus studiert in Padua Medizin und beendet
1503 in Ferrara sein Rechtsstudium mit der Doktorprüfung; anschließend kehrt er nach Ermland zurück und arbeitet als Sekretär und Leibarzt seines Onkels, des Bischofs Watzenrode (bis 1511)

1509 N. Copernicus lässt seine Übersetzung der Episteln des Theophylaktos Simocatta in Krakau drucken; Erasmus von Rotterdam verspottet in dem Buch *Lob der Torheit* kirchliche Vorurteile

1510 Erfindung der Taschenuhr durch Peter Henlein

1511 – N. Copernicus arbeitet den Grundriss *Commentariolus*
1512 seiner heliozentrischen Theorie aus und verschickt einige Abschriften an Freunde

1512 Michelangelo Buonarroti beendet das Deckengemälde in der Sixtinischen Kapelle

1514 N. Copernicus lehnt es ab, an der in Rom stattfindenden Konferenz zur Kalenderreform teilzunehmen

1516 Thomas Morus schreibt sein Buch *Utopia* (Über die beste Staatsform und die neue Insel Utopia)

1516 – N. Copernicus übernimmt im Auftrag des Dom-
1519 kapitels das Amt des Statthalters (Landprobst) in Allenstein

1517 Martin Luther schlägt 95 Thesen an die Schlosskirche zu Wittenberg – Beginn der Reformation;
der Papst erlaubt den Handel mit schwarzen Sklaven

1518 Raffaelo Santi arbeitet an seinem Gemälde *Sixtinische Madonna;*
Tod von Andreas Copernicus;
Chinesisches Porzellan kommt nach Europa;
Ulrich Zwingli beginnt die Reformation in der Schweiz

1519 – 1521 Krieg zwischen dem Ritterorden und der polnischen Krone, in dem große Teile Ermlands erobert und verwüstet werden;
N. Copernicus übernimmt erneut das Amt des Statthalters von Allenstein und organisiert die Verteidigung der Stadt

1519 – 1522 N. Copernicus verfasst eine Schrift über die Münzreform

1519 Fernão de Magalhães beginnt die erste Weltumseglung; ihr Ergebnis ist der praktische Beweis für die Kugelgestalt der Erde;
Karl V. wird deutscher Kaiser

1522 Martin Luther übersetzt die Bibel ins Deutsche;
erste Bauernaufstände

1523 N. Copernicus übernimmt für sechs Monate das Amt des Generaladministrators bis zur Bestätigung des neuen Bischofs

1524 – 1533 N. Copernicus erarbeitet sein Hauptwerk *De revolutionibus,* in dem er das heliozentrische Weltsystem begründet und die ptolemäische Theorie widerlegt

1525 Martin Luther wendet sich in zwei Schriften gegen die deutsche Revolution (Bauernkrieg);
nach dem Friedensvertrag von Krakau wird das Ordensland in ein Herzogtum umgewandelt, das der ehemalige Hochmeister vom polnischen König als Lehen empfängt

1526 Ende des Deutschen Bauernkrieges;
der Reichstag zu Speyer erkennt den Protestantismus an;
Hans Holbein schnitzt den *Totentanz*

1528 Wiedertäufer fordern revolutionäre Verwirklichung des Urchristentums

1529 Die Reformation wird vom Reichstag verboten

1530 Das Tretspinnrad wird erfunden

1532 Auf dem Nürnberger Reichstag wird der Religionsfrieden beschlossen

1533 Die Kunde von Nicolaus Copernicus' neuem Weltsystem verbreitet sich durch mündliche Berichte

1533 – 1535 Aufstand der Wiedertäufer von Münster

1535 Karl V. erobert Teile von Nordafrika

1537 Handelsbörsen entstehen in Nürnberg und Augsburg, drei Jahre darauf in Hamburg und anderen Städten

1538 Der Kaffee gelangt nach Europa

1539–1541 Joachim Rheticus studiert unter Anleitung von Nicolaus Copernicus das Werk *De revolutionibus* und veröffentlicht darüber 1539/40 einen Bericht und kurze Zeit später ein Kapitel aus Copernicus' Buch über Trigonometrie

1541–1542 N. Copernicus schließt die Arbeit an seinem Werk ab und gibt die Erlaubnis zum Druck

1543 Andreas Vesalius' (1513–1564) Buch *De humani corporis fabrica*, die erste vollständige Anatomie des menschlichen Körpers, erscheint;
Nicolaus Copernicus' Werk *De revolutionibus orbium coelestium* erscheint in Nürnberg;
am 24. Mai stirbt Nicolaus Copernicus in Frauenburg an den Folgen eines Schlaganfalls

Personenverzeichnis

Agricola (Georg Bauer) (1494–1555)
Begründer der Bergbaukunde und Mineralogie; beschreibt in seinem Buch *De re metallica* Verfahren im Bergbau und in der Metallurgie

Albertus Magnus, Albert der Große (1193–1280)
Albert Graf von Bollstädt; bedeutender Gelehrter des Mittelalters; Dominikaner; verband die Erkenntnisse der griechischen Wissenschaft (Aristoteles) mit der christlichen Lehre

Albrecht von Brandenburg (1490–1568)
letzter Hochmeister des Deutschritterordens seit 1511, trat zum Protestantismus über, erhielt 1525 das Ordensland als Herzogtum und leistete dem polnischen König den Lehnseid

Alexander VI. (1430–1503)
Papst von 1492–1503, geboren als Rodrigo Lancal Borgia

Alexander Jagielonczyk (1461–1506)
Großfürst von Litauen, König von Polen 1501–1506

Archimedes (287–212 v. Chr.)
Mathematiker und Physiker; fand die Gesetze des Hebels und des Auftriebs, konstruierte ein Schneckenrad (Archimedische Schraube) und setzte sich für Anwendungen der Physik in der Praxis ein

Aristarchos von Samos (etwa 310 – 230 v. Chr.)
griechischer Astronom; lehrte das heliozentrische Weltbild und die Methode, das Verhältnis der Entfernungen der Sonne und des Mondes von der Erde zu bestimmen

Aristoteles (384 – 322 v. Chr.)
neben Plato der bedeutendste Philosoph der Antike; beeinflusste das philosophische Denken bis in die Neuzeit; begründete die Logik; schuf ein umfassendes philosophisches System der Natur und der Gesellschaft

Avicenna (980 – 1037)
(arab. Ibn Sina), Arzt und Philosoph aus Tadschikistan; schuf eine philosophische Enzyklopädie; lehrte die materielle Grundlage der Welt; seine medizinischen Lehren waren im Mittelalter hochgeschätzt

Belon, Pierre (1517–1564)
Arzt und Naturforscher; begleitete eine Expedition in den Nahen Osten

Bessarion, Johannes (1395 – 1472)
Humanist, Kardinal von Konstantinopel, später Erzbischof von Nizäa; förderte Kunst und Wissenschaft, besonders die Astronomie

Bessel, Friedrich Wilhelm (1784 – 1846)
Astronom und Mathematiker, Direktor der Sternwarte in Königsberg

Biringuccio, Vanoccio (1480 – 1538)
schrieb ein hervorragendes Buch über die Metall-, Glas- und chemische Produktion (Pyrotechnia)

Boccaccio, Giovanni (1313–1375)
Dichter, Humanist; entwickelte die volkssprachige Novelle und die Rahmenerzählung (*Decamerone*)

Borgia, Lucretia (1480–1519)
Tochter des späteren Papstes Alexander VI.; Frau des Alfonso d'Este, Herzog von Ferrara; Förderin von Künstlern und Gelehrten

Brahe, Tycho de (1546–1601)
dänischer Astronom, lieferte Johannes Kepler mit seinen Beobachtungsdaten die Grundlage für seine drei Planetengesetze

Brudzewski (Brudzewo), Albertus (1445–1497)
bedeutender Astronom und Mathematiker an der Universität Krakau

Bruno, Giordano (1548–1600)
Philosoph, bekannte sich zum Weltbild von Copernicus, lehrte die Unendlichkeit der Welt, wurde 1593 von der Inquisition eingekerkert, widerrief nicht und wurde im Jahr 1600 auf dem Scheiterhaufen als Ketzer verbrannt

Buridan, Johannes (etwa 1300–1358)
französischer Logiker und Naturphilosoph; kommentierte aristotelische Schriften und kritisierte einige Ansichten der Scholastiker

Callimachus
humanistischer Beiname für den Italiener Philipp Buonacorsi aus Florenz, einen führenden Vertreter des Humanismus, der um 1450 am Hofe des Königs von Polen Zuflucht fand, nach-

dem er den Verfolgungen Papst Pauls II. entkommen war; beeinflusste das geistige Leben der Universität Krakau und Polens

Catull, Gaius Valerius (84 –54 v. Chr.)
Lyriker; schrieb Gedichte, Epigramme, Lieder von natürlicher Empfindung und Kraft

Celtes, Conrad (1459–1508)
Dichter; Verbreiter des Humanismus, Lehrer an den Universitäten Ingolstadt und Wien; war von 1488 bis 1491 in Krakau; studierte bei Brudzewo Mathematik; hielt Vorlesungen über Cicero, Vergil, Seneca, Ovid

Cicero, Marcus Tullius (106 – 43 v. Chr.)
berühmter römischer Staatsmann, Redner und Schriftsteller; Verteidiger der Republik

Columbus, Christoph (1446–1506)
(neuere Schreibweise meist Kolumbus) italienischer Seefahrer in spanischen Diensten, Entdecker Amerikas

Copernicus, Andreas (1471–1518)
Domherr von Frauenburg, Bruder von Nicolaus Copernicus

Corvinus, Laurentius (um 1463 –1527)
seit 1489 Magister an der Krakauer Universität, später Stadtschreiber in Thorn und Breslau, Schüler von Celtes; war zeitlebens mit N. Copernicus befreundet

Dantiscus, Johannes (1485–1548)
Dichter, Diplomat, Bischof von Ermland

Dürer, Albrecht (1471–1528)
Maler und Graphiker aus Nürnberg; zu seinen bedeutendsten Arbeiten zählen die Kupferstiche *Ritter, Tod und Teufel, Hl. Hieronymus* und *Melencolia 1*

Durandus de Sancto Porciano (1275 –1334)
französischer Dominikaner, Philosoph, vertrat die Ansicht, dass in der Philosophie die Vernunft und nicht die Autorität gelte

Eudoxos von Knidos (um 408 bis ca. 355 v. Chr.)
griechischer Mathematiker; bearbeitete die Lehre von den Proportionen (Goldener Schnitt) und schuf das erste Modell der Planetenbewegung

Euklid (um 300 v. Chr.)
griechischer Mathematiker; schrieb das bedeutende Lehrbuch *Elemente*; gab der Mathematik einen streng wissenschaftlichen Aufbau

Erasmus von Rotterdam (1466–1536)
bedeutender Humanist des 16. Jh., Schriftsteller und Kritiker; bekämpfte Scholastik und Papsttum

Fracastoro, Girolamo (1478–1533)
Arzt, Philosoph in Padua; führte die Ansteckung auf lebende Keime zurück; lehnte das Dogma der Unsterblichkeit der Seele ab und vertrat materialistische Ideen wie sein Lehrer Petro Pomponazzi

Fraunhofer, Joseph von (1787–1826)
Physiker und Glastechniker, entdeckte 1814 unabhängig von W. H. Wollaston die Absorptionslinien im Sonnenspektrum

Friedrich von Sachsen
vorletzter Hochmeister des Deutschritterordens von 1498 – 1511

Galen (Galenos) (130–200)
berühmter Arzt; systematisierte die medizinischen Kenntnisse seiner Zeit; gab genaue Anweisungen für die Dosierung der Arzneien

Gutenberg, Johann (um 1394 –1468)
Erfinder des Typengießinstrumentes und des Buchdrucks mittels beweglicher Einzeltypen; verbesserte die Druckpresse

Hipparch von Nikäa (um 190 – 120 v. Chr.)
Astronom, Mathematiker; förderte die wissenschaftliche Beobachtung der Sterne, verfasste einen Katalog von über 1000 Fixsternen und führte die geographischen Koordinaten (Länge und Breite) ein; begründete die Trigonometrie

Hippokrates (460 – 377 v. Chr.)
Arzt; begründete die wissenschaftliche Heilkunde und ärztliche Ethik in Griechenland

Homer (um 800 v. Chr.)
altgriechischer Dichter; schrieb *Ilias* und *Odysee*

Horaz (65 – 8 v. Chr.)
römischer Lyriker; schrieb Oden, Episteln, Satiren mit scharfer Charakterzeichnung

Hus, Johannes (1369 –1415)
tschechischer Reformator; Rektor der Prager Universität. Agitator der nationalen und sozialen Freiheitsbewegung der

Hussiten. Auf Befehl des Papstes verhaftet und am 6. Juli 1415 zum Tode auf dem Scheiterhaufen verurteilt

Innozenz VIII.
Papst von 1484–1492; seine *Hexenbulle* förderte Hexenwahn und -prozesse

Johann I. Albrecht (1459–1501)
polnischer König ab 1492

Julius II.
Papst von 1503–1513, geboren als Giuliano della Rovere, förderte Bramante, Raffael, Michelangelo

Karl V. von Habsburg (1500–1558)
Römisch-Deutscher Kaiser von 1519–1556, seit 1516 spanischer König

Karl VIII. von Frankreich
König von 1483–1498, besetzte 1495 Neapel

Kasimir III. der Große
König von Polen 1333–1370

Kepler, Johannes (1571–1630)
Astronom, entdeckte die nach ihm benannten Gesetze über die Bewegung der Planeten und die Ellipsenform ihrer Umlaufbahnen

Klemenz VII.
Papst von 1523–1534

Koberger, Anton (1445–1513)
Buchdrucker und Buchhändler in Nürnberg; druckte die Bibel und Schedels *Weltchronik*

Krafft, Adam (1460–1509)
Bildhauer aus Nürnberg; schuf realistische Gestalten im Stil der Spätgotik und Renaissance

Lactantius, Lucius Cäcilius (zwischen 270 und 340)
Schriftsteller; einer der angesehensten Kirchenväter; Lehrer der Beredsamkeit in Nikomedien

Leo X.
Papst von 1513–1521

Magalhães, Fernão de (Magellan) (1480–1521)
begann die erste Umsegelung der Erde, die Elcano zu Ende führte

Mantegna, Andrea (1431–1506)
italienischer Maler und Kupferstecher; bildete sich an antiken Werken, studierte die Natur, die menschlichen Formen und die Gesetze der Perspektive

Maximilian I. (1459–1519)
Römisch-Deutscher Kaiser von 1493–1519

Melanchthon, Philipp (1497–1560)
Humanist und Mitstreiter Martin Luthers, Professor in Wittenberg; systematisierte Luthers Lehren und den Unterricht an protestantischen Universitäten

Michelangelo (1475–1565)
italienischer Bildhauer, Maler, Baumeister und Dichter

Middelburg, Paul von (Ende 15.– Anfang 16. Jh.)
Kardinal, Astronom, setzte sich für die Kalenderreform ein

Newton, Isaak (1643–1727)
englischer Mathematiker, Physiker und Astronom, Begründer der klassischen theoretischen Physik; er entdeckte die nach ihm benannten Gesetze: Trägheitsgesetz, Gravitationsgesetz u. a.

Nicolaus von Oresme (1320–1382)
Philosoph, Theologe, hielt die Bewegung der Erde für möglich

Novara, Dominicus Maria di (1454–1504)
italienischer Astronom an der Universität Bologna und Stadtastrologe

Occam (Ockham), Wilhelm von (um 1300–1349)
englischer Theologe und Philosoph der Spätscholastik; kritischer Denker, berief sich auf die Erfahrung und förderte die naturwissenschaftliche Forschung

Ockeghem, Johannes (1425–1495)
Komponist und Kapellmeister in den Niederlanden und in Frankreich

Osiander, Andreas (1498–1552)
lutherischer Hauptprediger von Nürnberg; wirkte später in Königsberg; überwachte den Druck des Hauptwerkes von Copernicus und fügte ihm eigenmächtig ein eigenes Vorwort bei

Ovid, Publius (43 v. Chr.–17 n. Chr.)
römischer Dichter; schrieb formvollendete Liebeslieder und das Buch *Die Liebeskunst*

Paracelsus, Theophrastus Bombastus von Hohenheim (1493–1541)
Arzt, Philosoph und Naturforscher; begründete eine neue medizinische und chemische Lehre

Paul III.
Papst von 1534–1549

Petrarca, Francesco (1304–1374)
italienischer Dichter, Humanist

Peurbach, Georg von (auch Purbach) (1423–1461)
Humanist und Astronom; revidierte mit Regiomontan die auf Befehl von Alfons X. hergestellten astronomischen Tafeln; verbesserte die Beobachtungskunst, studierte den griechischen Originaltext des *Almagest* und begann einen Auszug in lateinischer Sprache zu schreiben

Philolaos (2. Hälfte des 5. Jh. v. Chr.)
griechischer Philosoph, Pythagoreer, Mathematiker und Astronom; lehrte die Bewegung der Erde und einer Gegenerde um ein Zentralfeuer (Sonne)

Pirckheimer, Willibald (1470–1560)
Humanist; übersetzte griechische Schriften ins Lateinische

Platon (427–374 v. Chr.)
griechischer Philosoph und Mathematiker; begründete den philosophischen Idealismus mit der Ideenlehre; danach sind alle sichtbaren Dinge nur Schattenbilder der ewigen Idee, die nur der Geist begreifen könne

Pleydenwurf, Hans (1420–1472)
Kunstmaler in Nürnberg

Pleydenwurf, Wilhelm (1462–1494)
Kunstmaler in Nürnberg

Plutarch (etwa 46 –120)
griechischer Biologe und Schriftsteller populärwissenschaftlicher Bücher; schrieb Biographien über berühmte Griechen und Römer

Pomponazzi, Pietro (1462 –1524)
Philosoph der Renaissance; kritisierte scholastische Auffassungen, betonte die Wichtigkeit selbständigen Denkens und genauer Beobachtungen

Ptolemäus, Claudius (etwa 90 –160)
Geograph, Astronom, Mathematiker aus Alexandria; systematisierte und erweiterte die astronomischen und geographischen Kenntnisse; systematisierte das geozentrische Weltbild in dem Werk *Großes astronomisches System*, das 827 unter dem Titel *Almagest* aus dem Griechischen ins Arabische und im 13. Jahrhundert ins Lateinische übersetzt wurde; andere Werke sind: *Anleitung zur Erdbeschreibung* und *Harmonielehre*

Pythagoras von Samos (um 580 – 501 v. Chr.)
griechischer Philosoph und Mathematiker; nach seiner Lehre waren die Zahl sowie Maß und Harmonie das Grundlegende aller Dinge; begründete die religiös-politische Lebensgemeinschaft der Pythagoreer, die ihr Wissen geheim zu halten versuchten

Rabelais, François (1494 –1553)
französischer Schriftsteller, Humanist und Arzt; kritisierte in einem volkstümlichen Roman die Missstände in Kirche und Staat

Regiomontan (1436–1476)
eigentlich Johann Müller, aus Königsberg in Franken; Mathematiker und Astronom, Schüler von Peurbach, 1475 Erzbischof von Regensburg; vollendete Peurbachs Auszug aus dem *Almagest*

Rheticus, Joachim (1514–1574)
Professor der Mathematik in Wittenberg und Leipzig; Schüler von Copernicus und Verfasser der *Narratio Prima*

Savonarola, Girolamo (1452–1498)
Mönch und einflussreicher Prediger in Florenz; 1498 wegen seiner antipäpstlichen Reden verbrannt

Schedel, Hartmann (1440–1514)
Humanist und Geschichtsschreiber, Arzt; schrieb eine *Weltchronik*, 1493 in Latein und Deutsch gedruckt

Schönberg, Nicolaus von (um 1470–1535)
Bischof von Capua, Diplomat, Kardinal und Berater der Päpste Julius II. und Leo X.

Seneca, Lucius Annäus (um 4. v. Chr.– 65 n.Chr.)
römischer Philosoph und Politiker, Schriftsteller; schrieb moralphilosophische Briefe und naturwissenschaftliche Abhandlungen

Sigismund I. (1467–1548)
Großfürst von Litauen und König von Polen ab 1506

Stoß, Veit (1440–1533)
Bildhauer, Maler, Kupferstecher aus Nürnberg; schuf den Hochaltar der Marienkirche zu Krakau

Terenz, Publius (um 190 – 159 v. Chr.)
Sklave, römischer Lustspieldichter

Thales von Milet (um 624 – 548 v. Chr.)
Philosoph; erklärte das Wasser als Urstoff, aus dem alles entstanden sei; begründete die ionische Naturphilosophie

Thomas von Aquino
(1225 –1274) Theologe und Philosoph der Scholastik; Lehrer der katholischen Kirche

Tibull, Albius (um 54 –19 v. Chr.)
Dichter; schrieb Elegien und zarte Lyrik über Liebe und Natur

Tizian, Vecellio (um 1488 –1576)
bedeutender venezianischer Maler

Toscanelli, Paolo dal Pozzo (1397–1482)
Geograph; vertrat die Ansicht, dass man China und Indien erreichen könnte, wenn man den Ozean in Richtung Westen überquerte; beeinflusste Columbus

Urceus, Antonius (Codrus) (15. Jh.)
Humanist, Sprachlehrer in Bologna

Vasco da Gama (1469 –1524)
portugiesischer Seefahrer, fand den Seeweg über das Kap der Guten Hoffnung nach Indien

Vergil, Publius (70 –19 v. Chr.)
römischer Dichter, schrieb u. a. Hirtenlieder und das Heldenepos *Äneis;* galt im Mittelalter und in der Renaissance als größter Dichter

Vischer, Peter d. Ältere (1460–1529)
vervollkommnete die Kunstgießerei und machte die Gießhütte seines Vaters zur bedeutendsten in Deutschland

Walther, Bernhardt (1430–1504)
Instrumentenbauer, Astronom, Mäzen Regiomontans

Wapowski, Bernhard (um 1470–1535)
Studienfreund von Copernicus in Krakau; später dort Domherr und Sekretär des polnischen Königs; schrieb eine Geschichte Polens

Watzenrode von Allen, Lukas (1447–1512)
Domherr; Magister; ab 1489 Bischof von Ermland; Onkel und Förderer von Nicolaus Copernicus

Wolgemut, Michael (1434–1519)
Maler und Zeichner; fertigte kunstvolle Holzschnitte

Worterklärungen

Abakus: hier Rechenbrett

Absagebrief: Kriegserklärung, Ankündigung einer Fehde

Äquinoktium: Tagundnachtgleiche zur Zeit des Frühlings- und Herbstanfangs

Aldebaran: hellster Stern in den Hyaden

Almagest: astronomisches Hauptwerk des Claudius Ptolemäus

Alphonsinische Tafeln: Tabellen über die Örter der Sonne, des Mondes und der Planeten, die Alphons der Weise (1252–1282) nach dem ptolemäischen System anfertigen ließ

Armillar: (Ringkugel) astronomisches Instrument zur Bestimmung der Sternörter

Arrabiati: (ital.) Verrückte, spöttische Bezeichnung für Anhänger Savonarolas, die mit Verrenkungen demonstrierten

Artistenfakultät: hier wurden die Grundfächer (die Sieben Freien Künste) für jedes Fachstudium gelehrt (Grammatik, Dialektik, Rhetorik, Arithmetik, Geometrie, Musik, Astronomie)

Astrolabium: altes astronomisches Gerät zur Bestimmung des Standortes eines Gestirns

Astrologe: Sterndeuter, Wahrsager, der aus der Stellung der Sterne die Zukunft zu erkennen vorgibt

Bader: Inhaber einer Badestube, der auch einfache medizinische Behandlungen durchführte, Haare und Bart schnitt

Bauernstelle: abgabepflichtige Bauernwirtschaft auf Kirchenland

Breve: kurzes päpstliches Schreiben

Bundschuh: im 15. und 16. Jh. Fußbekleidung, davon abgeleitet, Feldzeichen der verbündeten aufständischen Bauern, besonders im Bauernkrieg 1525

Burse: Wohn- und Kosthaus für Studenten

Charybdis: Meeresstrudel, speziell in der Straße von Messina; auch Meeresungeheuer

Codrus: der Bettler, der Arme; Wahlname von Antonius Urceus

Damoklesschwert: eine ständig drohende Gefahr; nach Damokles, über dessen Haupt der Tyrann von Syrakus ein von einem Haar gehaltenes Schwert schweben ließ

Deutschritterorden: wurde 1190 als Krankenpflegeorden von Bremer Kaufleuten gegründet, 1198 in einen geistlichen Orden umgewandelt. Zu ihm gehörten Ritter- und Priesterbrüder. 1226 folgte er dem Ruf Herzog Konrads von Masowien zur Unterwerfung der heidnischen Pruzzen. Dafür erhielt er das Kulmer Land. Bis zum 15. Jh. dehnte er sein Machtgebiet aus, verlor aber nach der Niederlage 1410 bei Tannenberg gegen ein polnisch-litauisches Heer weite Gebiete. Im Streit mit den pruzzischen Städten und Ständen verlor er 1466 die Hälfte seines Gebiets an Polen; der Rest verblieb ihm als polnisches Lehen, das 1825 in ein Herzogtum umgewandelt wurde

Diopter: Visiereinrichtung, z. B. bei Fernrohren

Doge: Staatsoberhaupt der ehemaligen Republiken Venedig und Genua

Dogmatiker: Lehrer der Dogmatik, auch unkritischer Verfechter starrer Lehrsätze

Dreistab: altes astronomisches Gerät (auch Triquetrum genannt) zur Winkelmessung und Bestimmung der Zenitdistanz der Sterne

Eminenz: Hoheit; Titel der Kardinäle

Ephemeriden: in der Astronomie die vorausberechneten geozentrischen Örter der Sterne

Epigramm: kurzes Sinn- oder Spottgedicht

Epitome: kurzer Auszug aus einem literarischen oder wissenschaftlichen Werk; Name des von Peurbach begonnenen und von Regiomontan fertig gestellten Auszugs aus dem *Almagest* des Ptolemäus

Epizykel: Kreislinie um einen Mittelpunkt, der auf einer Kreisbahn ständig fortrückt

Ermland: eine besondere administrative Einheit von Pruzzen, die vom Bischof regiert wurde

Euböa: zweitgrößte Insel Griechenlands und des Ägäischen Meeres

exzentrisch: hier: vom Mittelpunkt abweichend

Fixsterne: im Unterschied zu den Planeten, den Wandelsternen, die für die Augen scheinbar feststehenden Sterne am Himmelsgewölbe, die, wie die Sonne, selbst leuchten

Fixsternparallaxe: Nachweis der Widerspiegelung der Erdbahn um die Sonne am Himmelsgewölbe; dabei wird ein Fixstern von den beiden Endpunkten der großen Halbachse der Erdbahn um die Sonne angepeilt und der Winkel zwischen den beiden Peilgeraden gemessen

General-Offizial: Vorsteher einer bischöflichen Gerichtsbehörde

geozentrisch: auf die Erde als Mittelpunkt bezogen

Gnomon: siehe Quadratum

Gottesurteil: Gerichtsverfahren, bei dem bestimmte Zeichen als ein Urteil Gottes ausgelegt wurden

Häretiker: Ketzer

heliozentrisch: auf die Sonne als Mittelpunkt bezogen

Horoskop: Schema der Konstellation der Gestirne zu einem bestimmten Zeitpunkt; man glaubte, daraus die Zukunft voraussagen zu können

Hyaden: Sterngruppe am Kopf des Stier

Hypothese: Voraussetzung; noch unbewiesen; Annahme, die der wissenschaftlichen Erkenntnis als Hilfsmittel dient, weswegen ihr eine gewisse Wahrscheinlichkeit zukommen muss

Ilias: Heldengedicht von Homer über den Untergang der Stadt Ilium (Troja)

Jakobsstab: eines der ältesten astronomischen Instrumente zur Bestimmung der Winkelabstände der Sterne

Janitscharen: (neues Heer) türkische Truppe, 1329 von dem osmanischen Sultan Orchan aus christlichen Gefangenen gebildet, die sich zum Islam bekehren ließen

Jubeljahr: Jubiläumsjahr, Heiliges Jahr, von der katholischen Kirche seit 1300 ernannte Jahre, die der inneren Erneuerung dienen sollen; wird seit 1475 alle 25 Jahre begangen

Kanonikat: Amt und Würde eines Kanonikers

Kanoniker: Mitglied eines Dom- oder eines Stiftskapitels

Kanonisches Recht: Rechtsordnung der katholischen Kirche

Kapitel: Körperschaft und Versammlung von Geistlichen, z. B. an Domkirchen

Kleriker: katholischer Geistlicher; Mitglieder des Klerus einschließlich derjenigen, die nur die unteren Weihen empfangen haben

Klerus: der geistliche Stand

Koadjutor: Stellvertreter in einem Amt, Gehilfe

Konfession: Glaubensbekenntnis; Gesamtheit von Menschen gleichen Bekenntnisses

Konstellation: in der Astronomie: Stellung der Planeten zueinander sowie zu Sonne und Erde

konzentrisch: mit gemeinsamem Mittelpunkt

Lateran: päpstlicher Palast in Rom

Lehen: von leihen, ein geliehenes Gut, das auf einem gegenseitigen Treueverhältnis zwischen Leihendem und Beliehenem beruht

Lehnsdienst: Verpflichtung eines Beliehenen zu Abgabeleistungen, zum Kriegs- und Beratungsdienst

Lehnseid: das unter Eid gegebene Treueversprechen eines Beliehenen

Lehnswesen: die auf dem Lehnsverhältnis beruhende Rechts- und Gesellschaftsordnung; im Feudalismus verlieh der König das Land an seine Vasallen (Herzöge, Burggrafen, Bischöfe), diese verliehen es weiter an Aftervasallen (Ritter, Äbte), diese an Bauern (Hörige, Leibeigene)

Lepra: Aussatz, chronische Infektionskrankheit, die von Hautveränderungen über Absterben von Gliedmaßen bis zur Zerstörung des Nervensystems führen kann; galt früher als äußerst ansteckend, nach neueren Erkenntnissen nicht mehr; inzwischen heilbar

Libell: Büchlein; Schmäh-, Klageschrift

Magister: Lehrer; akademischer Grad

Madrigal: mehrstimmiges Gesangsstück

Meile: lat. milia, tausend Doppelschritte, altes Längenmaß von unterschiedlicher Größe; die römisch-antike Meile betrug 1489, die deutsche 7420,44, die britische 1609,34 Meter

Mitra: Kopfbedeckung eines Bischofs

Morea: seit dem 13. Jh. Name für den Peloponnes

Morgenstern: hier: eine Waffe, d. h. eine Stachelkugel an einer Keule oder Kette

Notabeln: die sogenannten vornehmen Herren aus Adel, Klerus und drittem Stand (hohe Beamte usw.)

Offizialat: seit dem 13. Jh. bestehende bischöfliche Gerichtsbehörde

Opposition: hier: Stellung eines Planeten zur Sonne

Parallaxe: Abweichung; der Winkel zwischen den von zwei verschiedenen Standorten aus nach dem gleichen Punkt gerichteten Linien

Pektorale: Brustkreuz eines Bischofs

Pfründe: nach früherem katholischem Kirchenrecht ein Kirchenamt, das mit Einkommensquellen (Land- und Geldvermögen) verbunden war

Piagnoni: (ital.) Heuler, spöttischer Name für die Gegner Savonarolas, die ihr Missfallen durch Heulen bekundeten

Planeten: die Umherschweifenden; auch Wandelsterne genannt, nicht selbstleuchtende Himmelskörper, die sich scheinbar ungleichmäßig (vor- und rückläufig) um die Erde bewegen

Prälat: Bezeichnung für hohen kirchlichen Würdenträger

Präzession: in der Astronomie: das allmähliche Vorrücken der Tagundnachtgleichen

Prior: Vorsteher eines Klosters

promovieren: die Doktorwürde erlangen

Pruzzen: Provinz des polnischen Königreichs, die Autonomie und besondere Privilegien besaß

Quadrant: Viertelkreis, älteres Gerät zur Bestimmung von Gestirnen

Quadratum: (Gnomon) Gerät zur Bestimmung der Äquinoktien und Solstitien

Reisige: berittene Söldner

Roter Hahn: Feuer, Brand; den Roten Hahn aufs Dach setzen, d. h. Feuer legen

Scholaren: Schüler, Studenten

Scholastik: die mittelalterliche Philosophie als Schullehre; sie verbindet die christliche Offenbarungslehre mit einer philosophischen Denkweise, die durch klare Fragestellung und scharfe Definition der Begriffe gekennzeichnet ist; Gründe und Gegengründe werden in der Disputation (Rede und Gegenrede) erörtert; herrschende Geistesrichtung vom 9.–15. Jh.

Signoria: Rat der Stadt Florenz

Simonie: nach kanonischem Recht unzulässiger Erwerb bzw. Verkauf geistlicher Ämter

Solstitium: Höchst- und Tiefststand der Sonne

Soutane: langer Leibrock der katholischen Priester

Tassel: Mantelschließe, im 13. und 14. Jh. gebräuchlich

Tierkreis: Bezeichnung für die zwölf Sternbilder (Tierkreiszeichen)

Tonsur: kahl geschorene Stelle auf dem Kopf (bei katholischen Geistlichen)

Trester: bei der Bier- und Weinbereitung durch Auspressen gewonnene Rückstände

Triquetrum: siehe Dreistab

Vaganten: fahrende, umherziehende Studenten, auch Dichter, Spielleute und Sänger, die ihre Dienste anboten, Gesellschaften unterhielten

Vikar: Stellvertreter im geistlichen Amt

Wawel: Schlossberg von Krakau

zelebrieren: eine Messe lesen; feierlich begehen

Zölibat: Ehelosigkeit; in der katholischen Kirche ist jeder zum Priester Geweihte dazu verpflichtet

Zykel: Kreis

Deutsch-polnische geographische Namen

Alle (Fluss)	Tyna
Allenstein	Oesztyn
Baude (Fluss)	Bauda
Braunsberg	Braniewo
Bsura (Fluss)	Bzura
Danzig	Gdańsk
Deutsch-Eylau	Iława
Dunajec (Fluss)	Dunajec
Elbing	Elbląg
Ermland	Warmia
Frauenburg	Frombork
Gnesen	Gniezno
Graudenz	Grudziądz
Guttstadt	Dobre Miasto
Heilsberg	Lidzbark/Warmia
Kalisch	Kalizs
Krakau	Kraków
Kulm	Chełmno
Lentschiza	Łęczyca
Leslau	Włocławek
Löbau	Lubawa
Lods	Łódź
Marienburg	Malbork
Mehlsack	Pięnieczno
Osterode	Ostroda

Passarge (Fluss)	Pasłęka
Petrokau	Piotrków
Plozk	Płock
Posen	Poznań
Pruzzen, später Preußen	Pruszy
Raba	Raba
Sandomir	Sandomierz
Sawichost	Zawichost
Tarnobrzeg	Tarnobrzeg
Thorn	Toruń
Tschenstochau	Częstochowa
Warschau	Warszawa
Weichsel (Fluss)	Wisła
Wisloka (Fluss)	Wisłoka
Wormditt	Orneta

Theophilacti scolasti-
ci Simocati ep'le morales: rurales
et amatorie interpretatione latina.

Titelblatt der von C. übersetzten *Episteln*

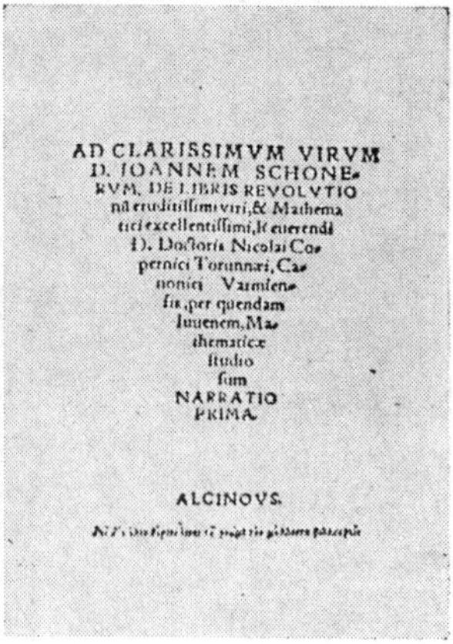

AD CLARISSIMVM VIRVM
D. IOANNEM SCHONE-
RVM, DE LIBRIS REVOLVTIO
nũ eruditissimi viri, & Mathema
tici excellentissimi, Reuerendi
D. Doctoris Nicolai Co-
pernici Torunnæi, Ca-
nonici Varmien-
sis, per quendam
Iuuenem, Ma-
thematicæ
studio
sum
NARRATIO
PRIMA.

ALCINOVS.

Titelblatt der *Narratio prima* von Rheticus

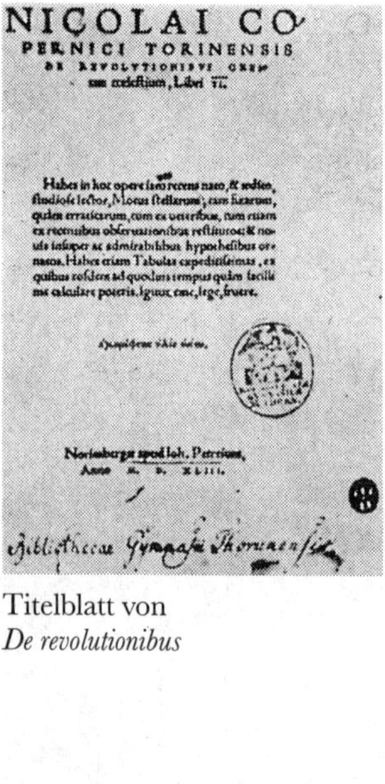

NICOLAI CO-
PERNICI TORINENSIS
DE REVOLVTIONIBVS ORBI-
um cœlestium, Libri VI.

Habes in hoc opere iam recens nato, & ædito, studiose lector, Motus stellarum, tam fixarum, quàm erraticarum, cum ex ueteribus, tum etiam ex recentibus obseruationibus restitutos: & nouis insuper ac admirabilibus hypothesibus ornatos. Habes etiam Tabulas expeditissimas, ex quibus eosdem ad quoduis tempus quàm facillime calculare poteris. Igitur eme, lege, fruere.

Norimbergæ apud Ioh. Petreium,
Anno M. D. XLIII.

Titelblatt von *De revolutionibus*

Manuskriptseite aus *De revolutionibus* (heliozentrisches Weltbild)

Quellen

Wertvolle Anregungen verdankt der Autor den Schriften von Nicolaus Copernicus, v. a. *Commentariolus* und *De Revolutionibus,* sowie den Büchern von

P. Gassendi, Tychonis Brahei vita, Paris 1654

G. Chr. Lichtenberg, Nicolaus Copernicus, Leipzig 1800

Camille Flammarion, Vie de Copernic, Paris 1872

L. Prowe, Nicolaus Coppernicus, Berlin 1883, 1884, 3 Bücher

L. A. Birkenmajer, Mikolai Kopernik, Krakau 1900

A. Armitage, Copernicus, The Founder of Modern Astronomy, London 1938

J. Wasiutynski, Kopernik, Warschau 1938

E. Zinner, Entstehung und Ausbreitung der Coppernicanischen Lehre, Erlangen 1943

H. Kesten, Copernicus und seine Welt, Wien, München, Basel 1953

A. Kauffeldt, Nikolaus Kopernikus, Leipzig, Jena 1958

G. Harig, Die Tat des Kopernikus, Leipzig 1965

F. Schmeidler, Nicolaus Kopernikus, Stuttgart 1970

J. Adamczewski, Mikołaj Kopernik, Warszawa 1972

Polnische Kopernik-Städte, Warszawa 1972

H. Bietkowski-Włodzimierz Zonn, Die Welt des Copernicus, Dresden 1973

J. Dobrzyski-M. Biskup, Kopernik, Leipzig 1973

Die Deutsche Bibliothek - CIP-Einheitsaufnahme

Strube, Wilhelm:
Wagnis und Furcht des Nicolaus Copernicus :
biographischer Roman /
Wilhelm Strube. Mitautorin: Helga Strube. -
Grundlegend überarb. und erw. Neuausg.
München : tabu-Verl., 1996
(Tabuphil)
ISBN 3-930777-79-7
NE: Strube, Helga

Nach der neuen Rechtschreibung

tabuphil – grundlegend überarb. u. erw. Neuausgabe

Umschlagillustration: Ursula Bruski

ISBN 3-930777-79-7

Kinderbuch-Klassiker im *tabu verlag*

Theodor Storm

Die Regentrude

Mit farbigen Illustrationen von Klaus Müller

64 Seiten, ISBN 3-930777-16-9

Nur wenn Maren und Andres die Regentrude finden und wecken können, wird die schreckliche Dürre aufhören ...

Ab 8 J.

Eduard Mörike

Historie von der schönen Lau

Mit farbigen Illustrationen von Jutta Mirtschin

58 Seiten, ISBN 3-930777-08-8

Das Märchen von der traurigen Wasserfrau im Blautopf von Blaubeuren, die erst dann ein Kind bekommen soll, wenn sie fünfmal gelacht hat ...

Ab 10 J.

Kinderbuch-Klassiker im *tabu verlag*

Charles Dickens

Ferienmärchen

Aus dem Englischen von Klaus Schirrmeister

Mit farbigen Illustrationen von Renate Totzke-Israel

64 Seiten, ISBN 3-930777-20-7

Drei humorvolle Märchen, geschrieben aus der Sicht von Kindern, die die leidigen Erwachsenen eines Besseren belehren wollen ...

Ab 6 J.

Alexej Tolstoi

Das goldene Schlüsselchen

oder die Abenteuer des Burattino

Aus dem Russischen von Robert von Radetzky

Mit farbigen Illustrationen von Antonin Kanewsky

200 Seiten, ISBN 3-930777-15-0

Die lebendige Holzpuppe Burattino stolpert wie ihr Vorbild Pinocchio von einer Dummheit in die nächste ...

Ab 8 J.

Bilderbuch-Klassiker im *tabu verlag*

August Kopisch

Die Heinzelmännchen

Mit Bildern von Rainer Sacher

32 Seiten, durchgehend farbig illustriert,

ISBN 3-930777-17-7

Die Geschichte von den fleißigen Kölner Heinzelmännchen – und warum wir heute selbst arbeiten müssen ...

Ab 4 J.

Tanz, tanz, Gretelein

Lieder, Tänze, Gedichte aus der Kinderstube

Mit Bildern von Reinhard Michl

48 Seiten, durchgehend vierfarbig illustriert,

ISBN 3-930777-25-8

Evergreens aus über hundert Jahren zum Singen, Tanzen und Spielen, von „Hänschen klein" bis „Es tanzt ein Bi-ba-Butzemann".

Ab 4 J.

Bilderbuch-Klassiker im *tabu verlag*

Fiedelhänschen

Verse und Sprüche aus der Kinderstube

Mit Bildern von Reinhard Michl

48 Seiten, durchgehend vierfarbig illustriert,

ISBN 3-930777-06-1

Bekannte und beliebte Abzählreime, Krabbelverse und Spielgedichte, von „Das ist der Daumen“ bis „Hoppe, hoppe, Reiter“ und „Ri-ra-rutsch“.

Ab 4 J.